沼 泽

［美］劳拉·金（Laurie R. King）著　李想 译

The Moor

目录

编辑前言 1

正文 3

编辑附笔 278

达特穆尔

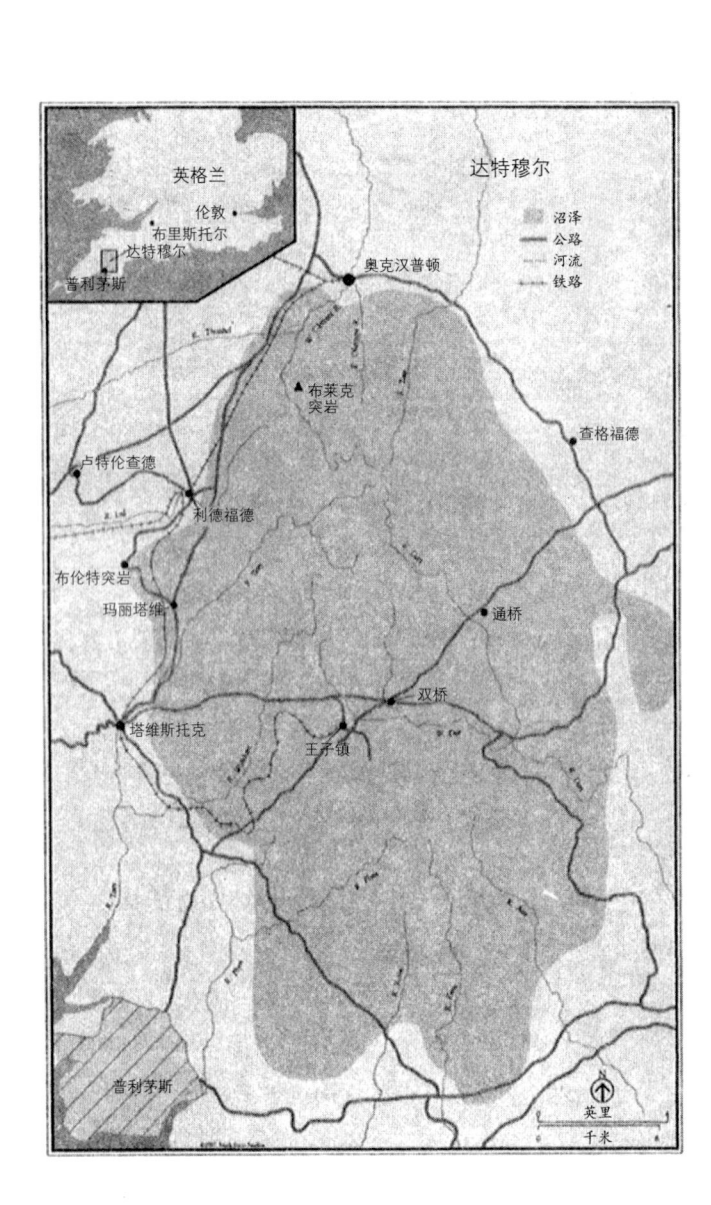

英格兰
- 伦敦
- 布里斯托尔
- 达特穆尔
- 普利茅斯

图例:
- 沼泽
- 公路
- 河流
- 铁路

地点:
- 奥克汉普顿
- ▲ 布莱克突岩
- 查格福德
- 卢特伦查德
- 利德福德
- 布伦特突岩
- 玛丽塔维
- 通桥
- 塔维斯托克
- 双桥
- 王子镇
- 普利茅斯

英里 / 千米

编辑前言

几年前，一个行李箱被丢到我家门口，而这第四份手稿就装在其中。箱子里杂七杂八地装着几件衣服、一个烟斗、一些细线、几块石头、几本旧书，还有一条贵重的项链。除了那条项链，箱子里装的东西都像是哪个怪人摸彩袋里的，要不就是阁楼里准备清理掉的垃圾。那份手稿静静地躺在箱底。

我本以为手稿的作者去世了，所以出于一些未知的原因把她的生平记录寄给我。但自第一本玛丽·罗素的故事出版以来，我陆续又收到了一些邮件，内容之繁杂堪比第一个行李箱里的东西，我不禁怀疑这些会不会是作者本人的意思。

值得注意的是，在罗素的故事中，她倾向于将实际的人名、地名与未知的名字相结合。其中一些名字巧妙地掩盖了它们所代表的真实身份，另外一些则让人难以捉摸。同样，她好像费尽心思地想掩盖沼泽中的一些真实地点，却又想通过名字和描述让人轻易地识别其他地点。因此，来达特穆尔的旅人是不可能在小说中指定的区域找到巴斯克维尔庄园的，而奥克蒙特河也并非和描述中的一模一样。我只能猜测，作者按照自己的意图，故意做了改变。

每个章节的楔子都引自萨宾·巴林·古尔德[1]的书，出处都做了标注。

---

[1] Sabine Baring-Gould，1834—1924，英国牧师、作家。作品极多，涉猎甚广。本书故事结合其生平进行了演绎。——编者注

一

> 我的写作终于告一段落,于是我跨上马,去沼泽。
> ——《达特穆尔[1]之书》

手里的电报写着:

> 请赶往德文郡。时间允许的话,乘到科里顿最早的一班列车过来。没有时间也请过来。带上指南针。
>
> 福尔摩斯

要说他把我惹恼了,可是说轻了。我们好容易刚从一件棘手的案子里走出来,简直精疲力竭,现在还不到一个月。我终于回到了我的精神家园——牛津,一心想着处理那些等着我做的事情,可是我的丈夫、我的老搭档——福尔摩斯,又霸道地扔给我这封电报,再一次把我拉进他的世界。我努力给房东太太的女佣一个微笑,告诉她不用回信(福尔摩斯忘了给我们发回信的地址——这不是第一次了),然后关上了门。自从上次听他说接了一件有趣的小案子,调查柏林一个防守森严的保险库是怎么失窃的,我就再也不想猜他为什么让我过去,要指南针干什么,或者他在德文郡究竟做什么。我克制住好奇心驱使的冲动,又坐回书桌旁。

---

[1] Dartmoor,英国德文郡中部的一个地区,柯南·道尔《巴斯克维尔的猎犬》故事发生地。——编者注

两小时后，女佣又打断了我，她手里拿着另一个薄薄的信封。里面的信纸上写着：

还需要埃克塞特[1]、塔维斯托克[2]和奥克汉普顿[3]的地图，六英寸比一英里。合上书，立刻出门。

福尔摩斯

这个可恶的男人，他太了解我了。

我在抽屉深处翻出口袋指南针，很沉，黄铜制的。四年前，在耶路撒冷的下水道里，这个指南针先是掉在地上摔裂，又进了水，虽然不如以前好用，但它是我们的老朋友了，也能正常使用。我把它扔进一个同样饱经风霜的帆布包，往上面塞满各种衣服——有在北极探险穿的衣服，也有和皇室成员参加晚宴穿的冠顶礼服（无可否认，这些福尔摩斯都用得上）。再装上一本书，讲的是西班牙中世纪时期的犹太教，我最近一直在读。然后出门，按照福尔摩斯详细的要求，买了几份英国西南部地形测绘详图，比例尺一定要六英寸比一英里才可以。

几个小时后，我到了德文郡的科里顿。面对荒凉的车站和不断逼近的黄昏，我站在那里，肩上背着帆布包，脚下踩着皮靴，头发都收在帽子里，听着火车喧嚣地鸣着汽笛奔向下一个村野小站。一对上了年纪的老夫妇也刚下车，他们费力地爬上等待他们的农用小推车，吱吱呀呀地离开了。天下着雨，而我独自一人，很冷。

---

1 Exeter，坐落于埃克斯河畔，是英国的历史文化名城，西南部重要的商业、文化中心，也是德文郡郡治。——译注
2 Tavistock，坐落于塔维河河畔，是英国西德文区的一个集镇，也是德文郡著名的锡矿区。——译注
3 Okehampton，是位于西德文区的教区，坐落在达特穆尔北部。——译注

我觉得在这种情况下有件事必须要做。我把帆布包扔在地上，腾出手来脱掉雨衣，摘了帽子和手套，上面还残留着我的温度。我直起腰，稍稍转了一下身，恰巧注意到刚刚经过的杆子上，钉着一小块浅色方形的东西。如果我没有转身，或者晚了半小时，天色变得更暗，那我就完全不会注意到它。

上面写着"罗素"。打开它我才知道，这是从什么地方撕下来的一张纸片。看到上面的字，我一下就认出是福尔摩斯的笔迹：

卢宅在向北两英里处。

你知道"信徒如同精兵"和"威德康比集市"这两个词吗？

福尔摩斯

我又在帆布包里翻找，这次是为了手电。确定没看错之后，我就把它摘下来。然后又在包的最底下翻出指南针，看看哪条延伸进夜色的小路是朝北的，就出发了。

我对于他字条中提到的两个词完全没有概念，只是之前听到过两首歌，一首是慷慨激昂的赞美诗；另一首是口耳相传的民谣。但是歌词不太清楚，只知道一首开头描述的是举着十字架行军的基督战士，对于犹太人来说[1]形象不怎么吉利；另一首又长又枯燥，讲的是"汤姆·科比利叔叔等一行人"的故事。首先，像我这种异教徒并不是每次走进教堂的时候都能赶上这种唱诗班的表演。其次，我也没有朋友对流言、民谣或者是莫里斯舞这种文艺范儿的东西感兴趣。我已经快三周没有见到福尔摩斯了，我真的觉得在这段时间里我的丈夫可能是疯了。

1　基督教和犹太教的恩怨由来已久。——译注

如果是晴朗的上午，走在平坦的道路上，两英里的距离并不远，但我正走在十分潮湿且暗无月光的黑夜中，而且路面泥泞，满是车辙印，坑坑洼洼。虽然看不见，但通过声音和气味来判断，我知道这条路旁有一条小河，有时候还会一脚踩进河里。这两英里还真是一段"美妙"之旅啊。此外，还发生了一件事：我感觉自己好像被人跟踪了。我平常不是容易紧张的性子，可一旦出现这种感觉，我便认为是有原因的。然而这次，除了真切的风声、雨声，我并没有听到其他声音，而且停住脚步后，我也没听见身后有什么脚步溅起的泥水声。或许只是因为天太黑了才疑神疑鬼，所以我尽量无视这种紧张情绪，继续赶路。

走到岔路口，我选择了左边的小道，而且十分庆幸在我要过小溪的时候，发现有一座小桥。要不是这座桥，我就得蹚水过去了，虽然蹚蹚水能冲掉鞋上踩的半英担[1]重的泥，但那样的话身上就更湿了。这座由郡政务委员会搭建的小桥，仿佛让我看到了烟火气息，看到了希望。

跨过小溪，汩汩的溪水声越来越远，而原本淅淅沥沥的雨声却越来越大，打落在泥土和植被上，发出愈加密集的噪声。这时，我听见一阵微弱的声音，估计在半英里以内。然后那声音近了一百码，我几乎已经听不到自己的脚步声。之后又近了五十码，声音已经到了耳边。

那是小提琴的声音，旋律凄美，乐声轻缓，带着深切而永恒的悲伤。虽然我从未听过这段曲子，但它却像所有的旧识之物，透着一种刻骨的熟悉感。确实，我认得拉动琴弓的那双手。

"福尔摩斯？"我朝着黑暗中叫道。

他收了尾，最后一个音符拉得很长，然后才停了下来。

---

[1] 1英担=50.802千克。——译注

"你好，罗素。劳驾了。"

"福尔摩斯，我希望你能给我一个好的理由。"

他并没有回答，但我听到了他把小提琴和琴弓装进箱子时那熟悉的声音。琴箱"嗒"的一声关上了，接着是套上防水套时强烈的摩擦声。我迅速打开手电，刚好看到福尔摩斯从他临时躲雨的地方走出来，那是一道带着檐儿的门，两边是石墙。他停下脚步，看到泥溅到我的右胳膊肘上时，若有所思，因为这显然暴露了我曾不小心踩进了泥坑。

"你走这条路怎么能不开手电呢？"他问道。

"我，呃……"我很尴尬，"我以为有人跟踪我，不想照亮路方便他。"

"跟踪你？"他提高了声调，侧身瞥了一下我来时的路。

"看着我。那是一种让人脊背发凉的感觉。"

手电的灯光下，我清楚地看见了他的脸："啊，是啊。一看你，就看见了你背后的沼泽。"

"沼泽？"我吃惊地说。我当然知道我在哪儿，但那一瞬间，比起在地理上对这里的认识，我突然想到了在火车上读的那本书中的情景。我脑海中突然浮现这样一个画面，一个皮肤黝黑的撒拉逊人提着一把弯刀，潜藏在德文郡乡村的小路边。

"达特穆尔，就在这里。"他转过来，朝我点了点头，"这里有很多花岗岩山石，看起来就像一堵堵高墙。达特穆尔在四五英里远的地方，虽然从这里看不到，但对于周围的村庄而言，它真真切切地存在着。你明天就能看到它。来吧，"他转过身，"我们去个暖和干爽的地方。"

我打开手电，光线穿过灌木篱墙照到对面的石墙上，照亮了一个法语路标（毫无疑问是战争年代士兵留下的纪念品）。我们刚要拐入一条更窄的小路时，借着手电的光看到了墓地的墓碑。头上是半秃的榆树和山毛榉，脚下是飘落的层层腐叶，形成一条小路，带着我们走向一个花园。这个花园看起来被冷落了很久，在现在这种阴冷的下雨天更是如此，但无论怎么说这显然是一个花园。而且在它的角落里有一座二层的石楼，高高的窗户上一块块小窗格反射着手电的光。花园的角落很黑，继续往前走走，能看到窗帘背后的光映出窗子，门廊的光被挡掉了一些，穿过杂草丛生的小路照到圆形的喷泉上，好像在欢迎我们。我们叮叮当当地走进窄小的门廊，正要脱去身上湿透的外套时，面前的古门"吱呀"一声开了。

看到站在门里那个人的第一眼，我以为他是一位男管家，就像这种规模的庄园主宅邸应该有的那种饱经沧桑的老管家，他应该像这座老房子一样无精打采，身心俱疲，却又几十年如一日地忠心不二。不过他穿着牧师长袍，扣子系到脖子，衣领是那种老式的牧师衣领，更让我吃惊的是他的脸，我不禁挺直了身体。尽管可能因为年老而有些佝偻，但他不是仆人。

老人个子很高，倚着手里的两根拐杖，透过眼镜（上面有绳，可以挂在脖子上）上下打量了我一会儿。他审视着从我帽子里飞出的头发，湿漉漉地打着卷儿贴在我的脸上，衣服上挂着烂泥，手里拿着糊了一层泥的雨靴，脚上是完全湿透的长袜，刚刚从靴子中解放出来。然后，他终于把目光转移到我那位合法丈夫的身上。

"我们一直等的就是这位？"他问道。

福尔摩斯转过头来看向我，嘴角撇了一下，虽然他动作很小，却足够让我看清。要不是怕回到那黑暗的地方可能会和肺炎亲密接触，我真应该立马穿上靴子离开这两个对我冷嘲热讽的男人，让他们俩自己待着去。然而，我并没有离开，我把一只靴子丢在石板地上，甩得走廊里到处都是泥点（令我满意的是一些泥正好落到了福尔摩斯的裤腿上），然后弯腰捡起帆布包。帆布包相对干一些，因为来的时候我一直穿着雨衣，把包背在里面（这让我看起来像个驼背，而且雨衣前面也合不上，但至少能保证我在到达目的地后有干的衣物换洗）。我用半僵的手打开背包的搭扣，扯出一大捆用衣服包着的地图，扔向福尔摩斯，他一把接住了。

"你要的地图。"我冷冷地说，"下一班离开科里顿的火车是什么时候？"

福尔摩斯脸上收敛了一些，只是看上去略显尴尬。但站在门口的这位老人却一直盯着我，就像在嗅什么比烂羊毛还让人不悦的东西。他们俩都没有回答我的问题。不过福尔摩斯用几近温柔且略带歉意的声音对我说：

"过来，罗素，这儿有炉火和热汤。真是把你冻坏了。"

这多少抚慰了我的心情。我扔掉另一只靴子，跟他进了屋，身后的牧师关上了门。进屋后，我和那位老人面对着面，福尔摩斯这才为我们彼此做了介绍。

"古尔德，请允许我向您介绍我的搭档，呃……也是我的妻子玛丽·罗素。罗素，这位是萨宾·巴林·古尔德牧师。"

我握住这位老人的大手时想，别人也许会觉得，福尔摩斯已经结婚两年半了，应该已经适应了妻子的存在，至少说起来应该很自然。然而我不得不承认，一般情况下我们俩都把对方看作搭档，而不是配偶，而且从我们婚后的生活来看，比起一对夫妻，我们更像两个个体。当然，一些法定的夫妻活动除外。

这位古尔德牧师只是稍稍对我表示了一下礼貌，然后就示意福尔摩斯带我上楼。我不知道一会儿还能不能让我下来，要不要现在就跟他道晚安。福尔摩斯拿了根蜡烛，用桌上的烛灯点燃了烛芯，然后我就跟随他走出温暖明亮的屋子，穿过一条晦暗的过道（我穿着长袜踩在地毯的薄补丁上，发出"噗噗"的声音）。忽明忽暗的烛光下出现了一段楼梯，台阶高度均匀，楼梯旁边的墙壁上挂着18世纪的各种人物肖像。

"福尔摩斯，"我压低声音叫他，"那个老家伙到底是谁？还有你什么时候才能告诉我，你把我拉到这里来干什么？"

"你说的'老家伙'是古尔德牧师，卢特伦查德教区的乡绅。他是个古文物研究者，自学成为六七个领域的专家，比你在大英博物馆里看到的任何作家都要多产。他还写过很多赞美诗，爱好收集乡村音乐……"

我灵光一现："《信徒如同精兵》和《威德康比集市》？"

"一首是他写的，另一首是他收集的。乡村牧师，"他继续说，"小说家、神学家。"——嗯，我想我在什么地方听说过他，但总是不自觉地联想起落满灰尘的大部头和其中陈旧的思想——"他也是建筑、考古等众多领域的业余人士。他是当今最了解达特穆尔历史和风土人情的专家，是一件案子的委托人，他还是……"他说，"我的朋友。"

我和他一边说话，一边随烛光上楼。楼梯旁边的墙上挂着先人的画像，光线昏暗，面目模糊，画里的人物一副漠然的样子。然后我们穿过一条走廊，头顶的石膏天花板显露出华丽的装饰。在这儿，我一下子停住了。好在福尔摩斯还没走太远，他打开一扇门走了进去。过了一会儿，我也跟了进去。他点亮了灯，这是一间不大不小的卧室，四周贴着玫瑰图案的墙纸（接缝处有点脱落），地上还铺着玫瑰图案的地毯，看得出来曾经应该很漂亮。我把帆布包放在椅子上，它看起来好像备受虐待，然后小心翼翼地坐在柔软舒适的高脚床边缘。

"福尔摩斯，"我说，"除了华生，你从没跟我说过你还有别的朋友。"

"没有吗?"他弯下腰划了根火柴,点燃壁炉里早已摆放整齐的树枝和木头。房间里还有个暖气,但是和其他屋子的暖气一样,它只是在角落里,没什么温度。"确实,我没有太多朋友。"

"你和他是怎么认识的?"

"哦,我认识巴林·古尔德很长时间了。当然,在巴斯克维尔那件案子中就有过合作,当时我需要了解当地人的日常生活,他的名字就一下出现在我的脑海里,他什么都知道,而且哪里都去过。我们偶尔通信,他来贝克街找过我两三次,还有一次在苏塞克斯。"

我不知道他怎么会把这样少有联系的人看作朋友,但是我也没多说什么。

"看他现在的样子,我可法想象他'哪里都去过'。"

"确实,岁月催人老啊。"

"他多大年纪了?"

"我看得将近九十岁了。五年前你还会觉得他才七十多岁,而且精神矍铄。最近这段日子,他几乎都不怎么下床了。"

我仔细观察他,听出他平淡的语气中有一丝悲伤。我完全没想到他对古尔德竟有如此感情,即使见到本人后,还是令人费解。

"你说他有一个案子要给我们?"

"饭后他会给我们说说案情。隔壁有浴室,我不知道应不应该建议你去,因为现在好像没有热水。"

二

从前在达特穆尔,人们相信,在暴风雨的夜晚,一个身着黑衣、身材魁梧的男人会出来狩猎,他带着会喷火的黑色猎犬,人们把它们叫作"希望猎犬"。

在风雨夜,有时人们能听到猎犬齐吠,有时候能听到猎人吹起骇人的号角。

——《西部故事:德文郡》

福尔摩斯一走,我就立马把粘满泥巴的湿衣服扔成一堆,在角落的水池里简单地洗了洗脸和胳膊,顺便把湿漉漉的头发紧紧地盘成一个髻。我犹豫了一会儿,决定穿上羊毛连衣裙——我最好还是不穿裤子,以免挑战了这位老人的审美。九十岁的老人也许不会相信女人脚踝以上是有腿的。

由于大量的装饰,女人的裙装要比简单的裤装更不易穿着,但我还是迅速地在几分钟内穿好裙子,拿上蜡烛,回到走廊。走廊的天花板十分有趣,刚才我走到这里就愣住了,看了一会儿,觉得它有种说不出来的古怪。我被画(有些确实很糟糕)和古董(有些应该放在博物馆)吸引住了,并在一件令人惊诧的非洲木雕前站了许久。这是一件刻在门周围的木雕,门通往其中一间卧室。木雕上的女性裸体,高傲而神秘,使这间卧室看起来更像是祈求子嗣延绵的圣祠,而不是维多利亚风格的卧室。我估计以后每次回房睡觉经过这里都会停一会儿。

我继续慢慢观赏，还看到许多巴林·古尔德的画像，这些脸要比创作者的艺术手法更有看头。然后我又循着声音下楼，走了一会儿，正好听见巴林·古尔德在说话，像是在严厉地批评：

"我的天啊！只不过两英里的路。我五十岁的时候在雨夹雪的天气里都走过来了，我看她还不到二十五岁。"

"我相信以后你会发现她其实体力非常充沛，而且不止于此，"福尔摩斯从容地回答道，"你也看到了，她不过是发了发火，并没有累倒。"

"但她还粗鲁地把地图扔到你脸上。"

"我记得你也是个急脾气的人，而且你还比罗素年长了许多。"

巴林·古尔德停顿了一下，然后低声笑了起来，说："你说得对，福尔摩斯。你还记得有一次在塔维斯托克，那个愚蠢的旅店老板想把我们赶出去吗？"

"我记得那次，真庆幸你没有戴牧师领。"

"天啊，是的。我本可以得到'战斗牧师'的永久称号，但是那个男人脸色都变了，当时你……"

尽管我确信，福尔摩斯是因为听到我过来了，才把牧师的注意力转移到对他英雄往事的回忆上，但我还是慢慢数了三十个数，好让他们的新话题继续下去，之后才打开门。

壁炉里散出更多烟，却没有带来多少温暖，潮湿的空气又闷又冷。长长的餐桌边只有孤零零的三张座椅，巴林·古尔德坐在背对着壁炉的中间位置，福尔摩斯坐在他对面。我走过去，坐在福尔摩斯右边的椅子上。在我就座的时候，出于礼貌，主人抬了抬屁股，也就抬了不到一英寸的距离，然后顺手取下汤碗的盖子，一点热气都没冒。等他做完饭前祷告开始招待我们的时候，汤就更凉了。更糟糕的是，这碗没什么温度的混合物,尝起来明显是一天前甚至是几天前做的。

我还是喝下了,随后又吃了一道鱼和炖兔肉。兔肉淡而无味,还嚼不烂,最后上的蛋羹也难以下咽。

饭桌上大家话很少,这正合我意。我也很高兴没有听到没牙的老人啜食的声音,老年人往往因为听力下降而发出这种声音。要是谁能快点安静地吃光这些食物,我就更开心了。我好想快点上楼,扑上床,钻进厚实的羽绒被里。

但现实却跟想象不太一样。巴林·古尔德叠起他的餐巾,僵硬地站起来,从椅子边上拿起拐杖。

"我们去客厅喝杯咖啡吧,那边的炉火好像比这里烧得好一点。可能因为这个壁炉的烟囱里有个鸟窝。"

我们慢慢地在后面跟着他走,这正好让我有机会研究一下他的背。我发现他身材比我想象的要矮一些,我五英尺十一英寸高,他即便在年轻的时候,也就最多比我高一英尺。现在,他佝偻地拄着拐杖,看上去比福尔摩斯矮不少。尽管他看起来很虚弱,但还是给人强壮的印象,而且就算是吃刚才那些难吃的食物,他吃起来竟然像个壮年。

穿过门,来到隔壁的房间,这里的确比刚才那间暖和,也没那么多烟。窗帘把黑夜挡在外面,窗外的雨有节奏地拍打着窗格,使整间房更加舒适。但是,如果房间里的这两位朋友唤醒了我的女性主义,惹怒了我,那我明天随时可以坐上回家的火车。

"壁炉坏了,我必须向你道歉。"巴林·古尔德转过头来对我说,"它们通常还是能用的。我妻子风湿病加重的时候我安上了这些壁炉,但昨天一觉醒来发现它们没有了温度。很遗憾,唯一能修好它们的是我那个临时请假的管家。这座房子就像它的主人一样,也累了。"我安慰他说房间其实很舒适。他没有说什么,但是我知道他并不相信我的话。

到客厅之后，巴林·古尔德走向一把老旧的扶手椅，对福尔摩斯说："我今天收到一份礼物，你可能会感兴趣，就在餐柜上的小壶里，是蜂蜜酒，你喝过吗？"他说着，把拐杖抵在扶手椅的一边，坐了下来，然后伸手摸到壁炉上的烟斗，把烟丝装进去。那烟斗是海泡石制的，烟杆大约一码长。

"有段时间没喝了。"福尔摩斯说。他的回答听起来带着敷衍和调侃。我立刻看了他一眼，从他表情上却什么也看不出来。

"这东西劲儿很大，如果没喝惯的话，我建议你先来一点尝尝。它是从荆豆花蜜中提取出来的，这一罐有七年了。跟你说，不到三年的你可别喝。嗯，我先来点儿，御御寒。"看到福尔摩斯的表现，他又说道。

我看到丈夫无意间流露出的暗示和不以为然，就跟主人推辞了几句，说咖啡完全可以让我暖和起来。他们继续讨论蜂蜜酒的时候，我仔细环顾了一下四周。

这间屋子四面墙都嵌着橡木板，石膏天花板上有装饰图案，和楼上走廊的天花板类似。头顶高度以下的嵌板，都是简单无雕饰的橡木。但头顶以上，在昏暗的灯光下隐约可见一幅幅画像，木质画框雕刻精美。这样的画像布满了整个屋子，而且据我观察，画中的每一位女士都衣带飘飘。我从桌上取了一盏灯，靠近细看。其中一幅画上，一个女人牵着几条狗，狗却向别的地方使劲。她头顶上写着"Persuasio"（拉丁语，意为劝导）。炉火上方是格洛里亚的画像，旁边是利蒂希亚的画像。画像中间写着"黄金永闪耀"，旁边是非常粗略的法语翻译，"Toujours sans tache"（法语，意为永无污点）。

"你也许会对那边的一幅画感兴趣。"古尔德说着侧了侧头，向我们示意另一间屋子。

"高迪姆·瓦蒂？"我疑惑地问。然后仰头看着画像，她穿着金色的外衣，十分宽松，腰带被吹得在她身后飞舞。她伸着一条手臂，纤细的手指随意地拿着一只巨大的高脚杯。

"我想他说的应该是旁边那幅。"福尔摩斯说。

左边画像上的女人穿着橙色带黑斑点的衣服，活像一只大蚂蚁，有些吓人。她的翅膀看起来像是从太阳穴伸出来一样，右手指着空中的一只白鸟，画的应该是只鸽子，但实际上更像一只大白鹅。她脚下是一只白色的小狗，脸长得像哈巴狗，尾巴竖着，鼻子贴着地面，忙着嗅什么气味。翅膀的上方写着"Investigatio"（拉丁语，意为调查）。我转身看着古尔德，以为他会笑着解释一下，结果他早就专注于那一码[1]长的烟斗，不管别的了。我又提着灯迅速看了其他几幅画：Valor（拉丁语，意为勇气）是一个身穿短上衣的男人，扶着大提琴的Harmonia（拉丁语，意为和谐），还有Vigilantia（拉丁语，意为机警），Arts（拉丁语，意为艺术），Scientia（拉丁语，意为科学）——真是一屋子品德高尚的人啊。

"那些是我女儿戴西·马格丽特画的。"他解释道。

"真的吗？这儿以前挂的是什么？"以前这儿肯定有什么东西，因为墙的上半部分显然是为了挂装饰品而设计的。我怀疑在它重新装饰的过程中，是不是丢失了什么伊丽莎白时代的珍宝。

"以前没有什么东西。这些画都是新挂上的，当然也不算新了，但墙是早先我搬来这里的时候，按照我的设计砌的。"

我更加仔细地看了一下这面墙，看起来比17世纪的要新得多。

"我请了当地的工匠，但设计来自我女儿的画作，她画的是附近的一座房子。原来这地方又小又破，但我将其重新建成一座伊丽莎白风格的房子。"

1　1码（yd）=0.9144米（m）。——译注

"天花板也是?"

"几乎所有的都是。我最得意的是客厅里的壁炉。毫无疑问,它是伊丽莎白时代的风格。"

大幅度的翻修,加上原有风格的改变,怪不得楼上走廊的天花板看起来有一丝古怪——对一座乡下的房子而言太华丽,而且又那么新、那么牢固,与其设计的年代不符。

"天花板很漂亮。"我说,"你的女儿还住在这儿吗?"

"不住这儿了。我大部分孩子都分散各地,各自生活。远的在沙捞越[1],我有个儿子在那儿为拉惹[2]工作。但我还有个女儿就住在盾斯兰德[3]。我的大儿子和他的美国妻子前几年还跟我一块儿住。我想他们觉得我老了,不能一个人住。"看他说话时的眼神,我不敢多发表什么评论。"他们现在去美国了,因为玛瑞恩的母亲病了。我承认,能短暂逃离他们美国人的生活方式,我现在很享受。"

"你有几个孩子?"

"十五个。活着的有十三个,十二个。"他改了口,没多说什么。

他的反应让我愣住了,这么多孩子也很常见,所以不是因为数字,而是因为一下子让我感受到了强烈的对比。现在这座房子孤零零的,屋子里一片寂静,而以前这里一定很热闹。一个生机勃勃的大家庭,每个人都忙碌着,脚步声、说话声……各种声音交杂在一起,非常热闹。我把灯放回餐柜上,福尔摩斯帮我拉了把椅子到炉火边上,我坐下来,没有要白兰地,只拿了杯咖啡,不耐烦地看着古尔德抽着烟斗,等他继续讲。终于,巴林·古尔德清了清嗓子,一边回忆着,

---

1 Sarawak,马来西亚最大的州。——译注
2 rajah,沙捞越州最高统治者。——译注
3 Dunsland,德文郡一座历史悠久的庄园。——译注

一边开始了故事的讲述。

"我们家族从1626年就住在这儿。我的名字源于两个家族：其中一部分来自十字军战士约翰·古尔德，1220年，由于在围攻达米埃塔时的出色表现，他被授予萨默塞特郡的一处房产。另一部分来自巴林家族。你也许对这一家族在银行业的发展有所耳闻。18世纪末，我的祖父把这两个名字结合在了一起，当时他作为巴林家族的一员继承了卢宅。我出生以后，我们住在几英里以北的地方，在布拉顿克洛韦利[1]。我的父亲是一位驻印度军官，因伤病而遣返回家。他并不喜欢长期居住在一个地方，所以在我三岁时，我的父亲收拾家当，带着我们登上火车，去了欧洲。整个童年，我们都在不断搬家，停留的时间只够收到寄来的包裹。我父亲非常喜欢狄更斯的小说，"他解释说，"小说出版的时候，我时常祈祷这个过程长一点，让父亲等包裹等得久一点，这样我们也好稍稍安顿一下。不得不说，《尼古拉斯·尼克贝》让我喜忧参半，因为邮到的时候已经是冬天了，而我们还在科隆[2]住帐篷。

"但我的童年确实很有趣，在那段时间里，我零散地积攒了些知识，足够让我在剑桥的克莱尔学院读下来。1864年我担任神职，此后一直在约克郡和东摩西岛教区工作。

"我父亲是兄弟里最年长的一个，按照家族传统，他的弟弟担任神职，在卢特伦查德做教区长。直到我叔叔1881年去世，我才接替他上任，成为这里的乡绅和牧师，此前我也一直为此做着准备。

"你看，我十五岁来到这里，就像种子找到了合适的土壤，落地生根。当然我以前就知道这片沼泽，但当我真正来到这儿，从一个年轻人的视角来看这座房子和教堂，我才知

---

1 Bratton Clovelly，达特穆尔西北部的一个村庄。——译注
2 Cologne，德国西部莱茵河畔城市，冬天比较寒冷。——译注

道未来的生活会是什么样：我会把教堂修葺一新，重新装修这座房子，恢复教区精神生活。

"这花了我四十年，但我确实干成了两件事，可能还为第三件事铺了路。

"但是，我小时候并没有想到，达特穆尔竟这样深深地影响了我，影响我的情感、理智和身体。这里是独一无二的，它的美丽充满野性，而空气却纯净而沁人心脾。它吸收着天地之精华，让疾病无容身之所，因此生病的年轻人能够在这里恢复健康。奇怪的是，这里没有一块地方归我所有，完全不在我的管辖范围之内，我却感觉自己肩负的责任远超法律要求的范畴。"他停下，向前靠了靠，先看了看福尔摩斯，然后又看了我很久，他想知道我们是否能够理解他对达特穆尔的感情。确实，这个男人对沼泽的热情是毋庸置疑的。他靠回椅背，显然对我们眼中的答案不满意，但也有几分相信我们的善意。他闭上眼待了一会儿，长长的一段话之后需要集聚点力气，然后睁开眼睛，瞥了一眼福尔摩斯，那眼神十分锐利，又带着责难。

"沼泽里有些不对劲，"他直截了当地说，"我希望你找出原因，并阻止它的发生。"

我看向一旁的福尔摩斯，正好看到他难以抑制的烦躁悄悄变为愉悦。

"细节，古尔德。"他低声说。老人沉下脸对着福尔摩斯，然后，出乎我意料的是，他敏锐的眼神似乎闪动了一下，接着又紧紧盯着炉火，整理思绪。

"你还记得斯台普顿和猎犬的那件案子吗？可能我还是要解释一下。"他停了一下，终于想起我的存在，然后开始讲故事。这个故事可能大部分说英语的国家的人都听过，甚至在大部分不说英语的国家也是如此。

"大约三十年前,一个年轻的加拿大人继承了家族爵位以及在沼泽边的一座庄园。那座庄园之前的主人老查尔斯爵士死于心脏病,表面上是自然死亡,但是当时某些诡异的情形激起了许多谣言,这些谣言和一个古老的家族诅咒有关,其中涉及一条巨大的黑色猎犬。"

"巴斯克维尔的猎犬。"

"正是,尽管他家族的姓氏其实并不是巴斯克维尔。我记得你的朋友道尔来这里的时候,送他来的司机才姓巴斯克维尔,不是吗?"他问福尔摩斯。

"我想是的。"福尔摩斯冷冷地说。我不会选择用"朋友"二字来形容福尔摩斯和柯南·道尔之间的关系,他只是华生的出版经纪人兼合作伙伴而已。

巴林·古尔德又继续说道:"沼泽这个地方不适合开垦,却流传着许多歌曲、故事和鬼怪传言,头上闪着幽光的妖怪、布满条纹的长腿怪、祭祀牲畜的鬼魂和犬形妖魔游荡其中,寻觅着形单影只的旅人,惹事的小精灵引人走入歧途……还有那些恶犬,它们或是独居已久的黑色猛兽,眼睛发着光,或是一群通体乌黑的猎犬,嘴里喷着火,身后跟着身着一袭黑衣的猎人和沉默的马。当然,任何一个学习民俗学的学生都能告诉你百十个有关恶犬传说的版本,它们有的眼睛发着光,有的没有。但是,对我来说,就骇人的猎犬这一点我能写一本书的内容,比如那个身着黑衣的猎人、巨型爪印和威斯特猎犬。实际上,我小时候就听到过一个非常有趣的版本,来源于冰岛。"

"下次再说吧,古尔德。"福尔摩斯的语气不容置疑。

"啊?好吧。那就说说巴斯克维尔的诅咒。那时候,老查尔斯爵士死了,年轻的亨利爵士刚到这里,神秘的事件接踵而至。福尔摩斯到这里来了解事情的来龙去脉,他很快就发现,巴斯克维尔庄园在沼泽的邻居中,有一位是其家族的不合法继承人,而且盯上了遗产,他利用鬼故事把老爵士吓死,并试图袭击亨利爵士,置他于死地。他叫斯台普顿[1],简直是第二个巴斯克维尔。17世纪的时候邪恶的巴斯克维尔因为虐待女孩受到了诅咒,这是诅咒的来源。而斯台普顿的行为和巴斯克维尔如出一辙,甚至长得都和画像中的老巴斯克维尔有几分相似,是不是,福尔摩斯?实际上,我一直想寄给你《乡村旧日》的其中一章,在那一章里我讨论了遗传特点和返祖现象。"

"你已经寄过了。"

"我寄过了?那太好了。"

"那么,斯台普顿的案子和现在的达特穆尔有什么关系?"福尔摩斯一针见血。

"我也不知道,只是……"他降低了声音,好像什么人或者东西在窗户边偷听似的,"他们说猎犬又出现了,在沼泽中四处游荡。"

不得不说,老人的话让我脊背发凉。疯狗追赶羊是个问题,但传说中的犬魔就是另一码事了。今晚我已经十分疲惫,而且眼前这个敏感且聪明的老人自己都被吓得够呛,我不禁颤抖起来,打了个冷战。

幸运的是,福尔摩斯没有注意到我的反应,因为说完这些话古尔德自己也吓得够呛。他瘫倒在椅子上,面色苍白,闭着眼睛,嘴唇发紫。我惊恐地站起来,害怕他突然发病,但福尔摩斯快步走出门,迅速带回一位性格开朗而面相愚笨的妇女,她之前给我们上过菜。她把她的一只大手放在古尔

---

[1] Stapleton,柯南·道尔所著小说《巴斯克维尔的猎犬》中的罪犯,利用巴斯克维尔家族传说中的猎犬试图谋杀该家族的继承人,以获取财产。——译注

德的胳膊上用了用力,随后他就睁开了眼睛,虚弱地笑了笑。

"我一会儿就没事了,穆尔夫人。我刚才太激动了。"

"主要是因为屋里太冷,您又天天担心。要是我让您生了病,艾略特夫人是不会原谅我的。牧师,您现在上床休息吧。我已经给您屋里生好了火,等明天艾略特夫人回来就能把壁炉弄好了。"他虽然有点抗拒,但穆尔夫人已经扶他站起来向门口走去。

"明天还有足够的时间,古尔德。"福尔摩斯说道。穆尔夫人架着她虚弱的主人,将他扶到楼上的卧室,远处传来了关门声。福尔摩斯坐回椅子上,拿起烟斗。

"二十年前,他比我体力好。"他说。

我从筐里拿了些散木头扔到火炉里,然后坐下来,说:"所以我大老远跑来就是为了帮你找一条狗。"我直截了当。

"别闹,罗素,"他轻声呵斥,"我还以为你能在那副年老多病的躯体中看到别人看不到的东西。"

"看到什么?一个迷信的老牧师?还是一个大忙人,把全世界都当作他的教区和领地?"

福尔摩斯突然从嘴里拿出烟斗,然后用地道的伦敦东区土话说:"俺没惹你吧,小姐?"

一分钟过后,我不情愿地对他笑了笑:"好吧,我承认一开始我有点生气,而且古尔德看起来并不怎么友好。"

"他这人性子直,而且你出现时也的确满身污泥,有些狼狈。"

"我保证下次在他面前会注意自己的形象,但你得先告诉我,为什么让我过来。"

"因为我需要你。"

我设想了一千种油腔滑调的解释,没想到答案竟然如此简洁。他太诚实了,诚实得让我不由得心生怀疑。但想到他确实有可能说的是实话,我就生不出气了。疑心和信任在我心里像两个小人争论不休,直到最终我突然笑了出来。

"好吧,福尔摩斯,你赢。我来了,你想让我做什么。"

他起身去餐柜倒酒(我发现他并没有从盛蜂蜜酒的陶罐里倒),双手各端了一杯回来,将其中一杯放在我旁边的桌子上,然后走到炉火旁。他喝了一大口手中的酒,然后把杯子放在脚边(因为旁边没有壁炉台),拿起了烟斗。我陷在椅子里,越来越不安:他拖了这么久,很可能是在考虑怎么说才能让我听进去,虽然我自以为已经放下了防备,或者是因为他自己也不知道接下来应该怎样做。无论是哪种可能,都不是什么好兆头。

福尔摩斯终于抽完烟斗里的烟,拿起杯子,坐在椅子上,腿伸到火炉边。他缓缓地喝了一大口,几乎喝了半杯。然后他低下头,手拿烟斗,看着火焰,终于开了口。

"正如古尔德所说,达特穆尔是个特别的地方,"他说,"从地理上看,这地方像是一只花岗岩制成的大碗,其中三百五十平方英里的土地上覆盖着一层薄薄的泥炭,随处可见地面上裸露的岩层。它的作用如同一块巨大的海绵,在整个冬季储藏雨水,补给着泰恩河、达特河、塔维河以及其他发源于此的河流。沼泽位于高原,海拔比周边德文郡的村庄高一千英尺,矗立其中非常突兀。沼泽是分离出来的一部分,似乎与世界脱离,由此看来,在这里设立重犯监狱合情合理。正因如此,对于很多人来说,达特穆尔就是这座监狱的代名词,虽然它看起来只是这片广袤沼泽上的一个小土包而已。"

"我去过约克郡荒原。"我说。

"那么你对这种地形已经有了非常粗略的理解,但还不足以了解达特穆尔的特殊之处。达特穆尔更像是一个封闭的花园,尽管这个花园四面都是花岗岩,并不温馨,也不肥沃,但这片贫瘠的土地上却长满了金雀花和欧洲蕨。正如古尔德所说,达特穆尔是一片充满力量的土地,它绝不会慷慨地将其财富拱手送人。一代代人出于自己的目的试图改造沼泽,但到最后落得人财两空,还是沼泽赢了。那些在这里建造监狱的人倒是赚了钱,但那些被关押的灵魂却因此而破灭。这片沼泽,除了最简单的作物,什么都不能耕种。开采锡矿的矿工,是这里唯一赚得财富的一群人,但他们的财富也得来不易。不过数千年来,达特穆尔确实养育了这里的人们:曾有人在这里新石器时代的废墟和维多利亚早期的厂房遗址中,找到了中世纪的石制十字架。

"沼泽大部分地方都是狩猎场或者森林,当然这里的森林并不等同于树林,实际上也确实没什么树。可以说这片森林为皇室提供了野生狩猎区,但我想威尔士王子大概会觉得在沼泽狩猎有些局限吧,除非他对兔子感兴趣。沼泽的大部分地方是公地,周围教区的人都可以在这里放牧,只在每年售卖牲畜的时候缴纳一些费用。其他的土地则归个人所有,针对这些土地所有者的子孙,法律还赋予了他们一项有意思的权利,即在土地拥有者死亡后,其继承人不仅可以继承土地,还可以从公地额外获得八英亩土地。但是现在已经没什么人使用这项权利了,因为老一辈的沼泽人越来越少,他们的后代也都搬去了城市。你知道吗,三十年前我在这里的时候,可能会碰到一些连国币都没见过的孩子,而现在……"他咳嗽了一下笑了出来,"那天在'撒拉逊人头酒吧',也就是沼泽最深处的地方,有一个当地人竟然唱起了艾尔·乔森[1]的歌。"

---

[1] Al Jolson,20世纪初期百老汇舞台和银幕上最有名的歌星和演员。——译注

"你最近已经去过沼泽了？"我问。

"是的，我从埃克塞特出发，横穿了沼泽。"

我想正是因为他走了这么一大圈，所以回来喝的白兰地比平时多，又坐得离火炉那么近。我还没来得及问他的风湿病怎么样了，他就接着说：

"人们可能认为生活在沼泽的人坚强如花岗岩，随遇而安，没什么文化，却能将记忆代代相传，并且时而闪耀着诗歌和想象的光辉。他们生活的地方四面环山，这种环境也造就了他们山石一般的性格。这些饱经风霜的花岗岩装点着座座山峰，年代久远，石质坚硬，又透着古怪。"

"这种描述也适用于招待我们的那位主人。"我喃喃地说，然后喝了一口白兰地，口感出乎意料，很不错，毫无疑问这酒有些年头了。

"确实是。古尔德虽然并非生于沼泽，但他却时刻心系沼泽——这不是说他的家长作风，或者说不仅是家长作风。沼泽里的任何风吹草动他都非常关注。要是说他在家里就能感觉到沼泽的细微变化，我也相信。"

"所以你也认为那个地方不对劲？"我听到自己说到"那个地方"的时候带着明显的强调语气。他们总把那个荒凉的地方当作外星球，而我似乎也被他们传染了，这不禁让我恼火。

"虽然事实上我无法确切判断，但确实有什么东西在暗中涌动。我似乎感觉到沼泽正酝酿着一场动荡，虽然我也不确定到底是一场动乱还是一次繁盛。"

福尔摩斯突然停住，斜眼看着椅子扶手上的空杯子。不得不说，他说话如此富有诗意的时候并不多。他端起酒杯，然后把它稳稳地放在旁边的桌子上，拿起烟斗，靠着椅背，并没有看我。

"由于沼泽位置偏远，与外界隔离，所以总是充斥着各种超自然的故事。这里的人常说尸体发光或者说是'鬼火',而事实是沼气所致。而且孤寂的长夜又引人胡思乱想,让人失去理性。人们坚信有恶狗、有亡灵,相信乌鸦预示着噩运,相信黑暗月色中有会行走的石头。而小精灵,或者说是小鬼,正等着把毫不设防的旅人带入歧途。一位作家几年前出版了一本受人追捧的指南,书中建议迷途的旅人把外套翻过来穿,以防被小鬼带路,当然他是半开玩笑说的。"

"那巴林·古尔德怎么解释这些不寻常的东西?他毕竟是个受过教育的人。"

"古尔德?"福尔摩斯笑着说,"他可是最好骗的那一个,经常说些胡话。他会告诉你,某个邻居的马在一天夜里突然受惊,结果几小时后就有人在马受惊的地方遇害了。他会告诉你,一个男人自以为和他的妻子聊着天,而事实上他的妻子却在十英里开外的地方,而且已经奄奄一息。他还会告诉你……他走访沼泽,揭露真相,探索幽灵的秘密,什么都干。古尔德可比柯南·道尔还要夸张,他整日沉浸在自己的精灵世界和幽灵故事里。"

既然古尔德是这样的人,那他和福尔摩斯之间所谓的友谊就更令人怀疑和费解了。就算被人胁迫,福尔摩斯也不会和愚蠢的人为伍,更何况他完全是自愿过来的,没有任何不悦。毫无疑问,还有一些情况我到现在都没有掌握。

"处理斯台普顿案子的时候我在这里待了几周,"他继续说,"之后我又来过一两次,虽说待的时间不长,但我对沼泽的居民和古尔德本人的想法都有所了解。古尔德经常给我讲故事,这些故事有的幽默,有的惊悚,还有的有点暴力,或者……不得不说,有时候比较粗俗,但是并不野蛮。所以他的故事和城里的恐怖故事完全不同,城里的故事讲的都是些两条腿的怪物或者外来的瘟疫。

"但这次事情有些不一样。我在沼泽的三个小酒馆里喝了两天酒,坐在角落里,能听到各种各样的故事,就像我在白教堂区[1]和莱姆豪斯区[2]打听消息一样简单。当然有些听来的故事中规中矩,就是生活在沼泽的人们经常会碰到的事。尽管最近猖狂的灵异马车和幽灵猎犬确实让古尔德担心,我也认为这些事有些蹊跷,值得调查,但他们远没有我听说的另一些故事可怕。比如,有个黑影拿着剃刀在一块突岩[3]上杀了一只公羊祭祀,并喝了它的血;一个年轻的女孩遭强奸后又被肢解;还有一位老妇人溺死在小溪里。"

"这些事真的发生过吗?"我提高了声调。

"没发生过。"

"一件事也没发生过吗?"

"据我所知,这些事不是夸张,完全是无中生有。"

我完全不知道该说点什么,又喝了一口水,不安的感觉第一次向我袭来。

"好吧,"我说,"我知道了。"

"但是,"他说,"有一件事除外。"

"啊?"

"这件事确实是真的。乔赛亚·戈顿的死不可否认,而且非常神秘。这件事发生在三周前,那时候我正好刚出发去柏林。古尔德给我写了封信,一周才寄到,所以我来到事发现场的时候,线索已经非常模糊了。"

"不过对你来说,这种情况倒是很常见。"我说。

"没错,但确实很遗憾。乔赛亚·戈顿是个锡矿矿工,当

---

[1] Whitechapel,伦敦的白教堂区曾出现20世纪最神秘的连环杀人犯——"开膛手杰克"。——译注
[2] Limehouse,英格兰伦敦东部区名,以贫穷肮脏著称。——译注
[3] tor,指露出及散布地面的个体岩石,常见于达特穆尔。——译注

然这样说你可能还不太了解。更确切地说，锡矿矿工是这样一群人，他们踏遍整片沼泽，探索每一条山川溪流，洞察每一块岩石，只为寻找从前的矿工遗漏的一点点锡矿。他们白天游走在谷底深处，在河床翻找矿石；夜晚睡在洞穴里、简陋的遮蔽物下，或者借住在农户的牲口棚里。

"我以前见过戈顿一次，那是很多年前的事了，当时就觉得他性格十分温和，待人友善。他脖子上围着一条红色方巾，穿得像个吉卜赛人。但当时我觉得他更像个海盗，因为他手里总是拿着油乎乎黑漆漆的挖掘工具，身上穿着大好几号的双排扣礼服。他是个有趣的人，崇尚自由，可以说是行走着的民歌曲库，如果请他吃顿饭喝顿酒，他就会高高兴兴地唱上几首。他是这片古老的沼泽中遗留下来的最后一位'歌手'，虽然他的嗓音不再嘹亮，而且三品脱[1]酒下肚就开始记不住长一些的歌词。尽管如此，酒馆老板和农民还是把他当作沼泽的一处风景，大家都很喜欢他。最喜欢他的还是古尔德，对于他来说，戈顿有着特殊的意义。

"古尔德这一辈子，在众多领域的所有成就中，最看重的就是收集西部乡村歌谣和曲子。三十多年前他就开始这项工作了，后来因为上了年纪，不能在沼泽待太长时间，所以不得不放弃。在他收集歌谣的工作中，乔赛亚·戈顿是他仅有的几个吟唱者中最重要的一个。我想，从心理学的角度来看，对古尔德而言，戈顿的命运就代表着沼泽的命运：被时代洪流所吞没，被人遗忘在浅薄而耀眼的现代诱惑中。"福尔摩斯的表达十分考究，这表明他竟然认可了其他学科（心理学）给出的解释。他继续说道："不管什么解释，毫无疑问古尔德深受困扰，不仅因为戈顿的死，更因为他死亡的原因。"

"9月15日，周六晚上，有人看到戈顿经过沃特恩突岩朝

---

1 Pint，英制容积单位。1品脱=568.26125毫升。——译注

北走去。我想，你研究过你带过来的这些地图了吧？"

"没研究过，就扫了几眼。"

"没有？"他语气里透着吃惊和不满，"你在火车上那么长时间都干什么了？"

"看书。"我语气淡定。事实上我是故意看书的，当时手边正好有一本神学史，于是读起了里面最晦涩难懂的章节，以此对福尔摩斯把我叫到德文郡表示抗议和不满。回想起来这似乎有点幼稚，但福尔摩斯那副表情真的让我很生气。

"看书。"他语气平淡地重复着，"罗素，你这是在浪费时间，有工作等着你去做，而你却在看什么神学思想和空想哲学。"

"福尔摩斯，这是你的工作，不是我的。我只是同意过来给你送地图。而且犹太哲学家的思辨和你的案件推理一样都是以观察和实验为依据的。"

他唯一的反应只是轻蔑地看了看烟斗。

"福尔摩斯，你必须承认，"我强调道，"你如此诋毁犹太哲学家的研究，唯一的原因就是强烈嫉妒别人在你出生之前几世纪就把逻辑推理做到完美了。"

他并没有"屈尊"回应我的话，但这证明了我的观点确实不容辩驳，所以我乘胜追击："另外，福尔摩斯，我读的东西其实跟这个案子有些关系，至少跟案子的背景有关。你想想，17世纪的时候，摩尔人入侵，一直打到德文郡和康沃尔的海岸线，他们带走了不少奴隶。所以，现在巴林·古尔德可能在西班牙还有亲戚。"

他并没有认输，只是划了一根火柴点燃了烟斗，重新说起之前的话题："你必须尽早研究一下地图。因为你可能不太了解，沃特恩突岩是沼泽北部一个比较偏远的地方，一个周六晚上，有人在那儿看到戈顿正在往西走。但是接下来的那个周一,也就是三十六小时之后,人们在相反的方向发现了戈顿,在几英里之外。当时他醉酒跌落到因雨水暴涨的水渠里,失去了意识,那是水渠的南段。戈顿的后脑有肿块,头发上有泥潭的杂草,但是戈顿被发现的地方并没有泥潭。数小时之后,他死于外伤和发热。在此期间,戈顿一直嘟囔着他在霍华德夫人马车中那段漫长而诡异的旅程。他还说,"福尔摩斯语气冷漠,"霍华德夫人有一只巨大的黑色猎犬。"

"啊!"我低呼了一声,"那只狗的眼睛会发光吗?"

"戈顿没有说这些,他那时候已经不能回答问题了。但是,还有一件非比寻常的证物。"

我警惕地盯着他,以免被他突然表现出来的愉悦所欺骗:"哦?是吗?"

"是的。当时是个农民发现了戈顿,然后叫他那高大结实的儿子帮忙把戈顿抬进屋子,又去找了大夫。父子俩都发誓说,戈顿身边柔软的泥土上有非常清晰的印记。"我不禁打了个冷战,"那两个人就像中邪了一样,一遍又一遍地说他们在戈顿身边发现了……"

"噢,不!福尔摩斯,请你别再说了。"我抬起手,想让他停下来,实在不想听他继续说下去,因为这使我突然想起,福尔摩斯的朋友柯南·道尔也曾说过如此吓人的话。"求求你了,福尔摩斯,千万别告诉我'戈顿身边的是巨型猎犬的爪印'。"

他从嘴里拿出烟斗,盯着我:"你在胡说些什么啊,罗素?我承认有的时候我确实有点夸张,但你不会认为我有这么过分吧?"

我松了一口气,又坐回椅子上:"没有,我想你不会的。请原谅我,接着讲吧。"

"不,"他继续说,把烟斗放到架子上,"其实猎犬的爪印和普通狗相仿，而据我判断，这对父子所掌握的知识并不足以让他们通过狗奔跑时爪印之间的距离，来区分是普通狗还是猎犬，这样说来，对他们而言只是一些毫无意义的印迹而已，根本不值得大惊小怪。"

"你是说……"我缓缓开口。

"是的，罗素，在乔赛亚·戈顿身边的地面上发现了……"他停了一下，从嘴里拿出烟斗，双目紧紧盯着斗钵，而在我看来斗钵里的烟丝烧得还好，然后开口，"超大型犬类动物的爪印。"

我用双手捂着脸，久久不能平静，而我的丈夫此时却在享受烟斗带来的愉悦。

"福尔摩斯。"我说。

"怎么了，罗素。"

"我要去睡觉了。"

"好啊。"他说。

我们一起回房了。

三

啊！那些罪孽深重的建筑师！我是多么憎恨他们，真该斩断他们作恶的双手。

——《早年忆事》

那天的雨淅淅沥沥地下了一整夜，雨声恬静，安抚我入睡。只是天快亮的时候，冰冷的暖气管里咕嘟咕嘟地流进了热水，我被这声音吵醒，但很快又睡去，醒来的时候已经快八点了。我很高兴地发现，早上的噪声确实不是我的幻觉。我洗了个澡，换上裤装，并没有顾忌屋主的审美，扎上头发就下了楼。

走到楼梯口，我驻足倾听。这座老房子恢复了温度，但还是寂静冷清，似乎连雨声都听不到。借这个机会，我探索了一下昨晚经过的各个房间。与其他房间不同，我发现了一个宽敞明亮的舞厅，厅内装潢以浅蓝色和白色为主，十分华丽，正适合放一个婚宴蛋糕。只不过没有贴心的晚宴服务，也没有赫薇香小姐[1]在这里完成自己美好的婚礼，重拾多年来被耽误的生活。我站在门口，并没有兴趣近距离观赏精雕细琢的石膏天花板，不禁好奇巴林·古尔德有没有来过这间屋

---

[1] Miss Havisham，狄更斯小说《远大前程》中富有的老处女，和侄女艾丝黛拉生活在神秘的庄园里。她以伴老服务的名义，寻找男人来参与她恶毒的爱情游戏。曾在自己的婚礼当天被未婚夫抛弃。——译注

子。我退出去，静静地带上门。

回到客厅，我停下来观察壁炉上的雕刻，古尔德昨晚曾经跟我提到过。这是一幅狩猎图，一群猎犬威风凛凛地竖着尾巴，追赶着一只狐狸，这只狐狸丢下刚偷的鹅，又盯上一个类似菠萝的东西。菠萝的出现让我困惑，我思考了一会儿就走回楼梯旁边的餐厅，餐厅里小火上温着咖啡，咕嘟咕嘟冒着泡，越烧越浓。还有一些煮了很久的鸡蛋，一些凉吐司和三片剩下的培根。我倒了一小杯咖啡，加了很多黄牛奶，然后端着咖啡走到窗边。

窗外有个石板铺成的小院子，院子里没有植物，连一片落叶都没有。对面是一条拱廊，看起来既像修道院又像救济院。我穿过一道门，发现另一处楼梯，旁边有扇敞开的门，里面是厨房。此时此刻一片寂静，只听到远处有个女人高声说话。我沿着原路往回走，又经过那处楼梯，到了另一道门前，房屋主人和我的丈夫就在这间屋子里。屋子大而杂乱，里面立着几排书架，光线透过几扇高高的窗户照进去，即便是在这样的阴天，房间里也很明亮。他们俩站在一起，胳膊肘搭在写字台上。写字台小而高，台面是倾斜的，上面铺着一张地形测绘详图。

这是我第一次得以在白天观察巴林·古尔德，他给我的印象是，孩子和那些有罪之人一定觉得他很可怕。他现在年近九十，稀疏的白发遮不住头皮上的斑点，后背佝偻，脸上布满深深的皱纹，虽然如此，他还是看上去固执倔强、眼不容沙。他一生不辞辛劳，对罪行嗅觉灵敏，任何谎言都瞒不过他。如今年近九十岁的他，已经看过很多事情，能得到他认可的却很少。

奇怪的是，他戴了两副眼镜，一副戴在头上，一副架在鼻梁上。看我站在门口，他把鼻梁上的眼镜也推上去，挺直了后背。他看着我的裤子,脸色越来越难看。

"早上好,罗素小姐。我的朋友福尔摩斯告诉我,你更喜欢别人叫你'小姐',而不是'夫人'。"

"哦,是的,谢谢。早上好,巴林·古尔德先生。早上好,福尔摩斯。"

"看来你已经看到艾略特太太准备的早餐了。"古尔德看到我手中端着杯咖啡。

"是的,我看到了。"

他弯弯的眉毛下那双苍老的眼睛突然一亮。"难以下咽?"他问。

"挺好的,"我急忙说,"我一般早上只喝咖啡。"

"如果你想吃什么就跟艾略特夫人说,我已经吩咐过她了。"他侧过头对福尔摩斯说,"艾略特夫人平时不会用那些旧餐具,除非要温二十个鸡蛋和一加仑[1]咖啡。咖啡煮干了吗?"古尔德提高嗓门对我说道。

"差点煮干了,我走过去的时候关了火。"

"没事,她下次不会煮这么久了。家里有客人的时候,她一天十八个小时都在做饭,一心想让你们第一次来我家留下好印象。一旦涉及招待客人这种事,女人们就特别疯狂。"

我尽力忍住没说话,不过说实话,我也不知道从何说起。福尔摩斯嗓子里哼了一声,那声音不像是咳嗽,然后又赶紧把目光转向地图。我喝了一大口咖啡味的牛奶,转过身背对着两位男士,以便浏览放在墙上的书,偶尔拿下一本仔细看看。

"所以,这样看来,"福尔摩斯继续刚才被我进来打断的话题,"戈顿很有可能是被人从沃特恩突岩带到了那对父子发现他的地方,整个过程神不知鬼不觉。"

"确实如此,了解沼泽的人很容易做到这一点。"

---

[1] gallon,1加仑(英)=4.546092升。——译注

"要了解到什么程度呢?"

"我觉得深入探索沼泽一两个星期之后就没问题,再加上一份地图。"

"真遗憾,古尔德,我没有及时赶到,不然能从戈顿的尸体上找到很多线索。"

古尔德没说什么宽慰他的话,但他自己也说:"我也是戈顿要下葬的时候才收到的消息。如果你想和安葬他的人谈谈,我可以给你他们的名字。"

"我可能一会儿过去看看。现在先告诉我,黑色猎犬和幽灵马车是在哪里看到的?这和当地的另一个传说有关,罗素。"他跟我解释道。我当时正在查菠萝的百科,听他说话便抬起了头。"她是当地极难相处的一位贵族妇人……"

"结婚后才有了贵族身份。"古尔德插了一句。

"是一个嫁给了当地勋爵的女人,"福尔摩斯更正了一下,"然后她丈夫去世了,她后来的三任丈夫也相继去世。当地人都觉得死因蹊跷,这也不是毫无道理。她从未被法庭指控或者审讯过,但据说她为自己犯下的罪孽受到了惩罚。每天夜里,她都坐着一架用丈夫们的尸骨做成的马车出行,赶车的是个无头车夫,前面带路的是只独眼黑色猎犬,眼睛长在额头的正中间。每天午夜,马车拉着这位霍华德夫人,从塔维斯托克附近的一处古宅,到奥克汉普顿城堡,她摘下一片草叶……"

"是猎犬摘草叶。"古尔德严厉地更正了他。

"可是猎犬怎么摘草叶?"福尔摩斯并不认同。

"我只是把这个故事原原本本地讲给你。"

"但是猎犬……"

"福尔摩斯。"我打断了他。

"好吧,是猎犬摘下了草叶。直到每片都被摘下来——

或者咬下来,霍华德夫人才能停下来。这个故事家喻户晓,民谣里也曾提及。估计斯台普顿就是从这里得来的灵感,编造了巴斯克维尔的猎犬的故事。而传说中的猎犬,并没有像他编的那样眼睛放光。我应该说一下,据说千万不要搭乘霍华德夫人的马车,否则死亡就会找上门。"

"这一点我也想到了。"我小声嘀咕着。

"问题是……罗素,有人在沼泽看到了霍华德夫人和她的猎犬。"

刚才福尔摩斯讲故事的时候,古尔德总是时不时地纠正,现在他走到屋子一角的壁橱前,拿来一张十分破旧的地图,铺在另一幅地图上面。这幅地图的比例尺更大,是一英寸比一英里的地形测绘详图。但我仔细一看,发现它是由四五张地图拼成的,相连处剪裁粘连得十分细致,几张图接在一起,才拼成了整片沼泽和周围的城镇。好几处地方有改动,有的路被画掉,有的路是后画上的。还有几处突岩和村庄的名字变了,洛夫特突岩改成了洛克突岩,海特突岩改成了海突岩,克力兹维尔湖改成了克拉克维尔。改动的字迹歪歪斜斜地挤在一起,毫无疑问是古尔德写的。

巴林·古尔德还没开始看地图,房间尽头的门就开了,一位铁灰色头发的妇人探进头来,表情很难看:

"打扰了,牧师先生,哈珀一家到了。"

"哈珀一家?我知道了。艾略特夫人,请您先招待他们,安排他们住下。我一会儿就过去。"

管家点了点头,转头要走,突然停下对福尔摩斯说:"我相信您不会让他过于劳累的。"她的话略带警告的意味。

"我尽量。"福尔摩斯答道。

艾略特夫人又观察了一下她的主人,然后出去了。"沼泽中的暗流涌动还有另一个信号,"古尔德叹了口气,"世代扎根生活在沼泽的居民，正在以各种方式离开这片土地。其中包括乔赛亚·戈顿，我收集歌谣的歌者之一，也就是萨莉·哈珀的父亲。我从他那里收集了两首民谣和三首小调。哦！那大约是三十年前的事了。我记得他给我唱了《绿色金盏花》的另一个版本，调子非常轻快，但歌词内容比较粗俗，所以我不得不重写歌词以便出版。那时候，萨莉还是个妙龄少女，而现在她和她的丈夫已经卖掉了他们在布莱克突岩附近的农场。布莱克突岩是个非常古老的地方，不断迁来新人融入当地人的生活。他们俩没有孩子，尽管卖了农场之后手里有一笔钱，但是他们在弥尔顿·阿伯特[1]看上的那处房子还没有修缮好。我觉得我应该帮他们一把，让他们在这儿住几天。一眨眼已经过去这么多年了，物是人非啊。我们说到哪儿了？对了，乔赛亚·戈顿。"

他弯下腰仔细地看着地图上那些密密麻麻的线，眯眼看了一会儿，就斜着身子用自己长而粗糙的手指画出一条曲折的线，从地图左上方的四分之一处画到右下方的位置。

"这是戈顿最有可能走的一条路线。"他说。我自己吓了一跳，福尔摩斯却很淡定，事实上他已经走过了那条路。古尔德又把手稍向下移了一点，"这就是戈顿失踪当晚，霍华德夫人的马车出现的地方。"这里道路和房屋稀少，应该是整片沼泽中最荒凉的地方了。制作地图的人在此用哥特字体标注以显示其古老破落：棚屋圈、石阵、石路、古冢和古道。除此以外，还分散着很多草形符号，说明周围有多处沼泽，看上去不太吉利。从地图上看，方圆几英里没有一条公路，就连条小路也没有，只有密密麻麻的等高线，错综复杂的溪流和荒芜贫瘠的牧场。真是一片荒野啊。

---

[1] Milton Abbot，西德文区的一个行政区，位于塔维斯托克教区内。——译注

"石墓"是什么？我在地图上看到了这个词，不太明白，刚想问，福尔摩斯先开了口。

"究竟谁会来这种荒野之地？就为看看幽灵马车？"他说。

"福尔摩斯，这里不是荒野之地，只是人烟稀少。"古尔德严厉地纠正了他，"一个农民看到的，他天黑的时候才参加完婚礼回来。"

"'操炮区'是什么意思？"我没多想，直接打断了他们。

我感觉到两束不满的目光投向我。我盯着地图，没抬头。

"由于……"古尔德说，对我说话的语气好像在教一个反应迟缓的孩子，"军队在这里训练射击。他们在夏季占用了一大片沼泽，所以无论是想研究古迹还是随便走走，都不能过去。他们在多处张贴了训练安排，而且不厌其烦地悬挂了许多警示旗，倒是十分谨慎。"

对于他们无法随意进出沼泽我表示同情，但我也知道为什么军队会选择达特穆尔，因为与哈德良长城[1]以南的其他地方相比，只有地图上这个巴掌大的地方鲜有人至。似乎连绘制地图的人在深入沼泽之前就已经疲惫不堪了，因为沼泽大部分需要标志的地方都在外围。我又想到，也许连原始人都觉得沼泽深处十分恐怖。想到这儿，我不禁倒吸了一口凉气。

"一个刚参加完婚礼回家的农民恐怕不是证人的最佳人选。"福尔摩斯又回到正题上，"他喝了多少酒？"

"不少。"巴林·古尔德不得不承认。

福尔摩斯动了动眉毛没有说话，但足以让人明白他的想法。他俯身研究了一会儿地图，然后从包里翻出一张地图，手一挥把它铺在巴林·古尔德那张做满标记的旧地图上，然后从胸前的口袋里拿出一支钢笔。

---

[1] Hardrian's Wall，位于英国的不列颠岛，在罗马帝国占领期间修筑。从建成后到弃守，它一直是罗马帝国的西北边界。——译注

"戈顿最后一次出现的时候,是在这里看到的马车吗?"

巴林·古尔德逐个摸了摸自己的口袋,这才记起自己把眼镜放哪儿了,然后从头上摘下一副,架在鼻子上。他看了一会儿这张崭新的地图,然后指着沼泽左边的一个地方。福尔摩斯在他所指的地方画了个圈,然后悬着钢笔在上方移动,最后停在一个用哥特式字体标记为"棚屋圈"的地方。

"戈顿最后出现的地方是这儿吗?"

巴林·古尔德不耐烦地从福尔摩斯手中拿过笔,径直伸向地图,好像要伸到一口深井中。他犹豫地甩了甩笔,接着在离福尔摩斯落笔不到一英寸的地方坚定地画了个×。然后抬手移动了差不多一个沼泽的距离,在巴克法斯特利镇[1]的一个小村庄附近画了另一个×。

"戈顿是在这里发现的,"他说,"另外这些地方都是看见马车的地方。据我所知,第一次是7月中旬在这附近看见了马车,但这是小道消息。但8月24日确实有两个人看见了,我还跟他们谈过话。第三次是在9月15日,就是刚说的那个农民。"

"那狗呢?"

"什么狗?"

这次轮到福尔摩斯不耐烦了:"什么时候看见狗了?只看见了马车吗?还是狗也出现了?"

古尔德扔下了笔,地图上从巴维特雷西[2]到多迪斯康布雷[3]之间一半的地方都被染上了墨水。"真烦人,"古尔德生气地说,"一方面好像上百人都看到了黑狗和马车,但另一方面据我考证这些都是传言。正因如此,我需要你,福尔摩斯。我

---

[1] Buckfastleigh,英国德文郡达特穆尔附近的一个小市镇。——译注
[2] Bovey Tracey,英国德文郡廷布里奇区的小镇,被称作达特穆尔的大门。——译注
[3] Doddiscombesleigh,英国德文郡的村庄,埃克塞特以南六英里。——译注

没法亲自查出真相，但我可以告诉你，8月看见马车的那对男女，特别提到他们看见了黑狗。黑狗单独出现，还是和马车一同出现，这点重要吗？"

"在得到足够信息之前，我并不知道什么重要。"福尔摩斯回道，"但可以肯定的是，保证现有信息的准确性和完整性至关重要。"

"嗯，可是我根本不知道具体情况。"

福尔摩斯拿出手帕，轻轻地擦拭着地图，脸色阴沉。

"那我们就只能依靠调查了。"他语气沉重，"发现戈顿的那对父子住这儿吗？"

"在稍靠下的位置。"古尔德手指着地图上×以南半英寸的地方。这时他突然变得紧张，猛吸了一口气。我看着他，本以为他突然发现了什么，但显然是身体出了问题，看起来十分痛苦。

福尔摩斯立刻伸手去扶，看到古尔德直起了身子，摇着头叹了口气，他又缓缓地收回了手。古尔德从桌子前站起来，挂着拐杖蹒跚地走到炉火旁边一把老旧的扶手椅前，慢慢坐下。他静静地坐了一会儿，长长地舒了一口气，然后继续。他的声音小了一些，但除此以外，完全看不出刚才发生了什么。

"8月份的目击者是一对情侣。事发一周后，我请他们来了解情况，女目击者仍然惊魂未定、语无伦次，要不是男伴在身边，她可能会更紧张。或许因为来自乡下，在谈话时，她反应十分木讷还很紧张。男的看起来倒是很淡定，也不像是会胡编乱造的人，这让我更愿意相信他说的话。"

"他说了什么？"

"那晚他们坐在石墙上（应该是躺在墙的背面），听见一个微弱的声音向他们靠近，声音很急也很刺耳，像是模糊的马蹄声。他们探头看到一辆马车经过，车里透出微弱的光，看不清是一匹马还是两匹。透过月光和马具反射的光可以清楚地看到车里坐着一个女人。他们听见鞭子抽打的噼啪声，还看到马车后面跟着一个黑影。这个黑影死死地盯着他们，发出阵阵低沉的嗥叫。这对情侣肯定他们听到了嗥叫声。之后女目击者发出尖叫，因为这个黑影怪物转头看向他们。他们清楚地看到这个怪物只有一只眼，就长在脑袋中间，这只硕大的眼睛闪着骇人的光。车夫一吹口哨，猎犬（不管这个怪物是什么东西）一溜烟儿就跑掉了。只剩下这对小情侣慌乱地收起刚刚的情话，迅速整理衣服往家跑，像是俗话说的地狱之犬在追赶他们一样。"

巴林·古尔德闭着眼睛，嘴唇动了动，漫长的叙述让他备感疲惫。但福尔摩斯继续研究地图。看样子古尔德没什么大碍，不然他的老朋友福尔摩斯一定会叫大夫过来。虽然我不知道他们要干什么，但我能看出这位老人已经辛辛苦苦地为我们做了不少事情。

"我觉得那条狗是在马车前带路，而不是跟在后面。"我小声说。

"罗素，我觉得这对情侣不会记错这只不明动物的位置。"福尔摩斯回答道。

我惊讶地发现，古尔德青紫的唇角抽动着笑了一下，然后嘴唇一动，竟然唱了起来。他声音低沉，有点颤抖，但确实是在唱歌。这首歌曲调简单，却有些诡异。

> 霍妇有架黑马车，六匹悍马来开路，
> 霍妇有只黑猎犬，狂奔在前似怪物。
> 霍妇马车吊羽毛，甩鞭车夫没脑袋，
> 霍妇面色像死人，坟墓早已被草埋。

古尔德头靠着椅背，脸上浮现一丝微笑："小时候我的保姆玛丽·比克内尔常给我唱起这首歌。"

我个人倒是觉得，如果一个保姆总给小孩子唱这种歌，早就应该让她走了，但我没说出来。可是古尔德好像读懂了我的想法，或者他也这样想，因为他睁开了眼，看着我说："不过她又很快安慰我说，霍华德夫人只有午夜才出来，让我别害怕。"

"所以从那以后你再也不敢半夜探出窗户了吧？"我说。他又闭上了眼，疲惫的脸上挤出一丝笑意。

"走吧，罗素。"福尔摩斯说，"我们晚上见，古尔德。"古尔德只是拇指从椅子扶手上抬了一下，算是跟我们"再见"。

虽然外面仍旧很潮湿，好像这雨还要淅淅沥沥下几天，但福尔摩斯还是提议出去走走。对此我已经习惯了，一点也不惊讶。

"福尔摩斯，我没带这种天气能穿的衣服。"

"艾略特夫人肯定能给你找到合适的衣服。"他说，"古尔德无论搬到哪儿，他家里的衣服都足够一支小型军队的需求。"

事实证明确实如此，虽然我想要雨靴，而他这里只有硬质油皮革做的绑腿，上面还有匆忙刷洗时留下的一道道霉印。其实所有东西都有一股霉腐味，就像从山洞深处拿出来的一样。我们穿过车道，走过圆形喷泉的时候基本没怎么挨淋。白天我可以清楚地看见，喷泉上的铜雕是一个雁群。我回过头看这座房子，灰白相接的墙体，花饰铅条的窗户和石板瓦屋顶，看起来怪异却住得舒适。门廊上的石雕一下吸引了我，因为上面有一枚难以察觉的纹章[1]，而且刻的日期是1620。

---

1 指一种按照特定规则制成的标志，是某个人、家族或团体的标志。——译注

"不管怎么说，这座房子还剩下点古老原始的东西。"我说道。

福尔摩斯顺着我的目光看过去，"是原始的，但不是来自卢特伦查德教区。我觉得门廊来自斯泰弗顿镇[1]的某处住宅，这块比较特别的石头本来是普莱德哈姆斯雷[2]的一块日晷，其他部分来自奥查德，奥查德是距离这儿大约五英里处的一座房子。"

我大笑："巴林·古尔德伊丽莎白风格的房子竟然是些旧部件拼起来的，楼上的新天花板就是这样的。"

"楼上确实比较老旧，"福尔摩斯说，"是古尔德从埃克塞特的一所建筑里弄来的。但楼下的布置都是新的。"

"你仔细看过客厅壁炉上的雕刻吗？雕刻很漂亮，上面的狐狸正盯着一个类似菠萝的东西，但是我查了《大英百科全书》，菠萝在查尔斯二世的时候才传到英国，而且18世纪早期才开始在我国种植。"

"确实如此，但壁炉建造的时间肯定比壁炉上的雕刻要早得多。"

我不再争论。

我们穿过一片地势低洼、杂草丛生的玫瑰花园，穿过一道大门来到一片草地，草地一直延伸到河边，就是昨晚让我受尽苦头的那条小河边。草地湿漉漉的，草深刚没过脚踝。我们小心地看着脚下，生怕踩到牛粪。

"你去了沼泽的什么地方？"过了一会儿我问，"没去霍华德夫人被人看到的地方吗？"

"实际上，差不多是同一片区域，但是我的目的地不同。我去的是操炮区。"

---

1 Staverton，英格兰北安普敦郡西南部的一个小镇。——译注
2 Pridhamsleigh，德文郡阿什伯顿小镇的一处洞穴。——译注

又走了一段路我才开口问:"你能告诉我为什么要去操炮区吗?"

"你感兴趣吗?"

"福尔摩斯,昨晚我就跟你说过。我已经来了,也没偷偷打包行李溜回牛津。"我高声回道。

"你这是在回答我的问题吗?"

"该死,当然了!"

"迈克罗夫特。"

他只说了个名字,好像这就足够回答我的问题一样。不过,从一定意义上来说确实是这样。迈克罗夫特·福尔摩斯(我得时刻提醒自己他是我的大伯哥)一直鼓动福尔摩斯参与一些官方案件的调查。他就职于政府机关,在所谓的财务办公室工作,记录的财务问题里很少和英镑、先令和便士等金钱有关。

"这次和军队有关吗?"

"他们在测试一项武器——秘密测试,但是现在并没有什么进展。"

我停下:"我的天啊,难道这世上的武器还不够多吗?这四年的战争里,死了数百万人,整个国家几近毁灭,这些难道对他们毫无意义吗?"

"他们只知道有了科技就能赢得下一场战争。"

"下一场战争。"这种想法本身就令我作呕。

"会有下一场战争的,罗素。总会有战争。"

"我可不想掺和到任何间谍行动中,我绝对不想。我宁愿去和农夫讨论幽灵马车。"

"这并不是我们的主要任务,罗素。"他安慰说,"我不该让迈克罗夫特知道我去哪儿,他让我在这边顺便打听一下这件事。我们来德文郡是为了古尔德的案子,任何有关迈克罗夫特的工作都是次要的。当然我也觉得没必要去见那些乡下醉汉,尤其是那些花了三个星期编故事的人。"

我从满是泥巴的草坪里抬起靴子继续溜达。我们正在爬坡,眼前的路越走越荒凉,仅有几株小树艰难地生长着。前面看上去好像有个椭圆形的洼地,但是这个意识并没有让我的脚也准备好,我崴了一下,赶紧后退了一步。

那是一个坑,甚至可以说是个巨大的湖,周围的峭壁直上直下,直逼古尔德家的草坪,从他家前门扔块石头都能扔到湖里。远处岸上,水喷薄而出,倾泻到湖里,看起来像条狂躁的下水道,而不是一条平缓的小溪。

"这到底是什么?"

"恐怖吧?"福尔摩斯一脸忧郁地看着湖水,水面距离脚下足有四十英尺。几乎无法判断铅色的水面下究竟有多深,但完全可以感觉出是极其深邃的。"古尔德的父亲想在这儿建一个采石场来获取一些收入。你看见那两条斜道了吗?那是运石料的通道,现在几乎已经生满杂草了。古尔德80年代接手的时候,把溪流引过来灌上了水,说热天在水上划船应该会很凉爽。"

我厌恶地看着那个地下湖:"这太讨厌了。他父亲会怎么想?你觉得古尔德能让他孩子下水吗?"

"哦,确实让他们下水了。"他说着嘴角一翘,这表情我见过,"他家的孩子们都很野,全是让他们父亲惯的,女孩们也一样。其中一个女孩在玩'漏水的坐浴'游戏的时候差点溺死,我记得应该是叫玛丽。"

可以想见这片邪恶之湖曾经淹死多少人。"看这地方这么瘆人,她没被儒勒·凡尔纳笔下的海怪吃掉就不错了。我们走吧。"

我们小心翼翼地绕着湖走,发现对岸有一座小房子和一条小道，后来又看到一条较宽的路。我认出了那扇带着檐儿的门，那就是昨天晚上福尔摩斯拉小提琴的地方。我们走过那里，又走过教堂庭院，穿过村庄，又穿过卢特伦查德教区潮湿的秋叶林，再次踏进周边的村庄。一路上我们话不多，却重新找回了昔日的亲切。我的脚走得好像失去了知觉，但我的肺却在贪婪地吸入清爽的空气，而我的双眼也在这片郁郁葱葱的土地上陶醉不已。

我们停下脚步，在一家小酒馆吃了午饭。我们喝了香浓的葱花汤，吃了一块野味派，品尝了一杯劲爽的黑啤，吃得酣畅淋漓。让我非常意外的是，饭后福尔摩斯竟然问起了我在牛津的学习情况。我跟他说了近况，他叼起烟斗，给我讲了一个月前接手的一起案子有什么最新进展。那是一起诉讼案，为了追捕被告，我们也是绞尽了脑汁。

这一天没什么大事发生，只是当我们再次披上雨衣的时候，旧日老搭档的感觉好像又回来了。

我们心满意足地回到卢特伦查德教区。不知不觉间，雨越下越大，乌云也越来越密。当我们到达一个小坡时，福尔摩斯停下来指着远方。顺着他的手看去，越过路边的石墙，穿过灌木篱笆围起来的田地，再跨过散落的、炊烟袅袅的农舍，沿着地面一直向高处延伸，延伸，终于看到了他所指的地方。

从这儿看过去，它就像一堵巨大的墙矗立在那儿，守护着德文郡的乡村。这片高地的四周暗石丛生、山脊环绕，虽然离我们有四英里远，却让人有一种压抑的感觉。

"达特穆尔。"福尔摩斯说。

"天啊！"我很吃惊，"它有多高啊？"

"大概一千二百英尺吧，比我们这儿的地势高。它看上去不止一千多英尺，是吧？"

"看起来像是一座堡垒。"

"几个世纪以来,达特穆尔正是起到堡垒的作用,总能把不速之客挡在门外。"

"这我相信。"我坚定地说。这片荒野赫然耸立,冷漠而残忍的样子,让人心生畏惧而不敢靠近。因其地域上的特点,达特穆尔似乎能感知到我们的存在,同时又鄙视我们的怯懦软弱。透过一片形状规则的云,从远处看,其中一座山丘依稀可见。山丘不大,一副高傲的模样,似乎确信自己依靠的这片高地不会丢开它不管。

"那座建筑物是什么?"我问。

他看过去:"布伦特教堂。应该是14世纪为纪念圣麦克[1]而建造的。"

我点头微笑,心想:那确实是座教堂,而且是为圣麦克建的教堂。世界各地的传教士试图通过布道感化人心,在当地神圣之地选址造教堂,并把教堂托付给圣麦克及他手下的天使来掌管。不管怎样,在达特穆尔旁,这座勇敢坚强的小建筑物并没有屈服。

我回头看了看起伏的沼泽,和布伦特教堂无关。我自己并不想打破那些"高墙"的界限走到宽阔的沼泽地里去,同样的原因,我更不想在卢宅边上的那座破湖里游泳。

我突然注意到福尔摩斯在研究我的表情。我冲他笑了一下,然后紧了紧身上的大衣。"感觉很冷。"我说,他没有接我的话。

"这是一个容易让人产生幻想的地方。"他漫不经心地说,却在我们继续往回走之前又看了一眼这个地方。

回到古尔德家,我们喝了下午茶,古尔德并没有和我们

---

[1] Saint Michael,犹太教、基督教和伊斯兰教中的大天使、天使长。——译注

一起，因为他还在休息。这顿下午茶对于我们一天的奔波可算是莫大的奖赏。我觉得一定是哈珀一家的到来让艾略特夫人创造出了真正的德文郡下午茶，有满满一盘温热酥脆的司康饼，一碗深红色的草莓果酱，再加上哈珀夫人做的一大碗又黄又稠的浓缩奶油。喝完茶我去厨房找艾略特夫人，在那里，有两位上了年纪的沼泽居民正不紧不慢地吃面前盘子里的东西，边吃边感谢她。艾略特夫人只是简单地点点头，脖子上有一圈淡淡的粉红色。

晚饭的时候，古尔德和我们一起用餐，他又给我们讲了好多关于沼泽的故事和歌曲。晚上我们早早睡去，一夜无梦，第二天清晨踏上了沼泽之旅。

四

　　达特穆尔的内部是起伏的高地。有人说它像暴风雨兴起的大海,突然定格变成了岩石。还有一个更为形象但不太艺术的比喻,说它像厨房椅子上蒙的一块遮尘布。

——《达特穆尔之书》

　　在潮湿的树林中徒步一小时后,我们走进了利德福德村。这个村子依河而建,紧挨着沼泽陡直而上的斜坡。在这儿我们没忍住,再次停下了脚步,在一家小酒馆旺盛的炉火前喝喝咖啡,烤烤靴子,度过了美好的半小时。当我们再次背起背包踏上那片荒凉之地时,一种强烈的感觉告诉我,一切人类文明已经开始离我们而去了。

　　这种感觉是对的。利德福德确实是最后一个温暖明亮的地方,而前面就是凶险的沼泽。地面不断向上倾斜,树木和灌木丛随之消失,后来地面倾斜的角度越来越大,我们进入了一个以灰色调为主的世界,阴冷潮湿、与世隔绝又完全静止。最开始我们走了两英里,在海拔上几乎升起了一千英尺,但后来路开始平了。

　　正如福尔摩斯所说,这地方像一只大碗,或者在我看来,像一只表面粗糙的浅碗,蜿蜒不断的岩石是它上面的雕刻,枯萎将死的植物和毫无生机的石块是它的尘埃,峰顶还散布着很多奇形怪状的风化岩石——这就是人们所说的突岩,而且人们还按照各个石块的形状起了特别的名字,比如野兔突岩、狐狸突岩、小猎犬突岩，或者根据某些年久失传的典故（至少在我看来已经失传）起名，比如洛克突岩、热尔突岩或者布拉特突岩。这里有将近两百处突岩，以独特的形态耸立在碎石之上，突岩下是一层绿色的泥炭，像海绵一样吸收了大量水分。

在这样一个毫无人类改造痕迹、走一个小时看不到任何人和房屋的地方，给石块取名字似乎就变成了情理之中的事。

放眼望去，方圆一英里看不见晴朗的蓝天，只有乌云和松软的灰绿色泥炭。在这里，脚下的灰绿色泥炭、头顶浅灰色的云、地上深灰色的石块和秋天棕灰色的欧洲蕨悄无声息地融为一体。光线不足，让眼前的一切变得虚幻，眼睛无法适应长期昏暗的环境，因而臆想出若隐若现的幽灵和不断扭曲的树影。福尔摩斯口中等着将毫不设防的旅人带进沼泽的小鬼不再荒唐，即使他没说过，我也很可能在这里亲自听到巴斯克维尔的猎犬那柔软的脚爪朝我背后轻轻迈进，并在脖颈上感受到它鼻腔喷出的温热气流。

不过身边有福尔摩斯这个"护身符"，连幽灵都要敬而远之，原本充满宿怨的危险之地也不过是略显孤独凄凉的荒凉之所。我觉得福尔摩斯说它"荒芜"并不恰当，应该加上"凄凉"一词还差不多。

黎明降临，天开始发白，其间发生了一些小插曲，但间隔的时间都很长。经过一片巨石的时候，我看到一块石头转身看着我们，被吓了一跳。但只是一只达特穆尔的矮马，像冬天里的绵羊一样毛茸茸的，却比绵羊略高。它的眼睛透过额头上的毛发看了看我们，然后冷漠地低下头，迎着风蹲下身子，慢慢沉下肚子和鼻子。福尔摩斯说它好像是杂交品种，是与设得兰矮马杂交培育出来的。战争期间，为了培育能在威尔士煤矿干活儿的品种，才将设得兰矮种马引进英国。不过这个品种并不太适应英国的环境。

我们经过一处石制十字架,上面布满风蚀的痕迹,满是青苔。几个世纪前,清教徒经过这里并立了这个十字架,经历了如此孤独漫长的岁月是该感到骄傲,但是现在它已经慢慢开始倾斜了。十字架竖立在一个水洼中,它横梁的一边已经丢失不见,而另一边也断裂得只剩残垣。

我们看到一只狐狸穿过一丛毛叶蕨,之后不久就看到一只在云端盘旋的秃鹰。更精彩的是一只受惊的丘鹬从我们的靴子底下钻出来,被吓得飞走了。这些令人兴奋的奇遇并没有持续多久,我们就又陷入沼泽令人郁闷的孤独之中。

我们越过一个小坡,跨过一条小溪。小溪水流湍急,清澈得可以看清河底的淤泥。上岸后,我们避开了草丛里一处突出的浴缸大小的花岗岩。不远处蜿蜒的山脊像是史前巨大的鼹鼠建造出来的,慢慢地成了古老的石墙,也快要被蔓延的杂草吞噬。

即便调色板中的颜色十分单调,我还是觉得此处风景可以成画,但是这幅印象派画作会激发人们烦躁、抑郁甚至是隐约的害怕情绪。

一个多小时过去了,福尔摩斯想抽烟斗,却怎么也点不燃。我们继续跋涉,自从离开利德福德就再没有聊过天,也再没有亲密融洽的气氛。现在的我们就像那只矮马一样冷漠,一步一步机械地踏在杂草稀疏、看似土壤实则泥炭的大地上。

午夜时分,我已经和周围昏暗的环境一样黯淡而沉静,看不见希望的跋涉令我烦躁,这晦暗的环境又让我极度渴望看到一丝色彩。早知如此,我就把我那件红色的套衫穿来了,而此时我的衣服虽然暖和,看起来却像是男人的,臃肿乏味。我们一直重复着单调的步伐,直到福尔摩斯突然停下脚步,我差点撞在他身上。但我刚一抬头,火就消了——前面有个小棚子。

这是个石块搭建的简易小棚子,以前应该是牧羊人住的,而且这个人的个子应该不高,因为我们在里面必须低着头。好在这棚子有个屋顶,而且基本所有的门洞都用破旧的皮革挡住了。除了福尔摩斯的烟斗,我们没有别的火,但至少我们的三明治还没变潮,而且我冻僵了的嘴唇刚一碰到艾略特夫人的咖啡,那原本平淡无味的液体也突然变得生动起来。幽灵退回了雾里,幽灵走了,幽默回来了。

"福尔摩斯,"我说,"我现在真的太能理解为什么有人能爱上达特穆尔了。"

"这地方夏天还挺不错的。"他语调忧郁。

"如果是跟现在对比,一定还不错。我们还要走多远?"

在这座连条路都没有的荒原上,我们确实还有个目的地。我们来这儿是为了充当古尔德的眼睛和腿,虽说福尔摩斯三十年前就基本上走遍了这个地方,但没有古尔德那么了解,还不能就此做出任何判断。在卢特伦查德的那个老头,也许只要看一眼事发地点就能立即揭穿任何谎言,但我们得先在周边走一走,所以我们就开始了这种长途跋涉。我们不会等待天气转晴,因为我们知道,在达特穆尔这就算是好天气了。

我们的旅途注定很漫长,中途只能在路边的小棚子里过夜。我们要找那个锡矿工人生前最后出现的地点;然后继续去7月份一个醉酒的农民被幽灵马车和独眼狗吓到的地方;最后要去的地方离这儿两英里,是一个月前被马车打断约会的小情侣约会的地方。

我吃完苹果,福尔摩斯敲了敲烟斗,然后装满烟草,我们戴好帽子就钻出了皮制的小门。

"福尔摩斯,"我叫道。我立起衣领,弯腰驼背地继续前进,以防雨水溅到眼睛上。"要是霍华德夫人能用幽灵马车载我们一程，我一定毫不犹豫地欣然接受。"

乔赛亚·戈顿生前最后出现的地方并没有什么线索。它只是三百五十平方英里的偏远乡村区域内的一个地方而已，除此之外并没什么特别。根据古尔德的说法，当时驻足和戈顿闲聊的农场工人住在斜坡的另一面，而且经常周六晚上去小酒馆时路过这个地方，就是戈顿下午打发时间的那个酒馆。

"下午在酒馆里舒舒服服的，戈顿为什么离开呢？而且他还是个习惯蹭吃蹭喝的人。"

"那天我去酒馆，酒馆老板说戈顿当时说有事要忙，但好像并非如此。锡矿里并没有什么事要忙。"他一边说一边转身朝向斜坡另一边遥远的农场，而不是往锡矿方向。我叹了口气。

那是个小农庄，长满青苔，十分破败，躲在山坳里，与外界隔绝。

"这么小的地方顶多有一个雇佣农工。"福尔摩斯观察了一下，朝牲口棚走去。我们在牲口棚发现一个年轻小伙子，他的头像个长毛的萝卜，帽子下的脸宽而平，正噘着嘴，低头盯着那只趴着的牛。他毫不关心地瞥了我们一眼，就像我们是当地居民而不是外地人或者不速之客，然后立马将视线转回脚下那只喘着气的大牛身上。

他开口说的第一句话是："俺猜你们应该不知道怎么接生小牛崽吧？"

"呃，不知道。"福尔摩斯回答，"除非？"福尔摩斯转向我，那年轻人也满怀希望地看着我。

"不知道，"我回答很肯定，"对不起。"

他又低下头，表情很忧郁："俺也不会。俺试过好多次，眼瞅着母牛难产死了。可怜的老母牛。它只要能挺到兽医过来就行了，但还是没挺住。"他的眼睛满含悲伤。"医生会收取相当于牛崽价值一半的费用。"他又补充道。他沉默了很久之后，抬头看着我们，才意识到面前站着的不是自己的家人或是沼泽飘荡的两个鬼魂。他问："你们迷路了？"

福尔摩斯回答："如果你是哈里·克里夫的话，我们就没迷路。"

"我是。"他伸出一只油乎乎的手，一看就是掏过母牛产道后只粗略地洗了洗。福尔摩斯犹豫了一下，握了握他的手。我把两只戴着手套的手藏在口袋里，坚决不伸出来，只是在相互介绍时微笑点头示意，活像个傻瓜。

"嗯，"克里夫应了一声。"医生来之前，我也无能为力，在这儿唠唠叨叨也没什么意义。在我意识到它要生了的时候，就让女佣去找医生了。"他解释着，"我们去屋里喝杯茶吧。"

他说要请我们喝点"天堂豕草"，我们就跟紧他穿过了泥泞的院子，走进一间低矮的农舍。

屋子里很暖和，一个大壁炉里的炭正燃着火，火苗低矮却很旺盛。我摘下眼镜，一切变得模糊，瑟瑟发抖的身体渐渐缓了过来。我的嗅觉告诉我，火上正炖着汤，脚下还煮着香草茶。我摸索着到炉火边的长椅上坐下，希望可以在这儿舒舒服服地多待一会儿。

克里夫的茶清新浓郁，而且还添了配料，让口感更香甜。但最重要的是，他是先用香皂洗干净手才煮的茶。我脱了外套，戴上恢复了温度的眼镜，仔细打量着这间屋子和身旁的这位年轻人，我想这大概就是沼泽里寻常人家的样子吧。

克里夫性格安静内向，身材不高，但非常结实。他眼里透着机灵，看着就是个幽默有趣的人。他很自如地招待我们，显然是屋子的主人而非佣人。这里装饰简单、明亮整洁，正适合他。

"这么说，"他开了口，端着茶杯坐在木桌旁，桌面的划痕说明主人经常用力清洗，"二位是特意从沼泽那边过来找我，有什么事情请讲吧。"

我以为福尔摩斯会按照套路开始问话，在这样爱传闲话的乡村尤其管用。所谓的套路就是编一些耸人听闻的瞎话，掩盖真实意图。我甚至已经靠在了椅背上，等着看这位探案专家的表现，可令我完全吃惊的是，他竟然直接说了实话。

"我是牧师巴林·古尔德的朋友，他委托我过来调查乔赛亚·戈顿的死。"

听到第一个名字的时候，克里夫满脸都是惊喜和发自内心的爱戴，而听到第二个名字的时候，他表情收了一些，但不是很明显。

"古尔德牧师，他还好吗？"

"他现在年老体弱，不太好。"

他叹息着："这个可怜老人，俺还小的时候，他就已经老了，那时候经常碰见他到处收集民谣或者曲调。我有一次想，他走路时的样子高傲而愉悦，就像是上帝走在天堂一样。他想知道老乔赛亚发生了什么，是吗？"

"是啊，他想知道。"福尔摩斯说。

"他身体不好来不了了，是吗？真是遗憾。他上次来，已经是好多年前的事了。当然，他心里还是挂念沼泽的。我也希望能帮到你们，但我只知道乔赛亚周六那晚要出去，我们只说了一两句话就各自赶路了。我没看到他们说的幽灵马车，什么也没看到。"

"戈顿和你说了什么？"

"也没什么，就是问了句晚上好。当时在打雷，天好像要下雨，我问他要不要去我的仓库里避雨，他说不用。然后就道别了。就这样。"

"他有没有说他要去哪儿？那个地方应该没有几个农场

可去。"

"天那么黑,他只能去德雷克农场,但德雷克说他并没去。"

"除了天黑呢?"

"当时天黑没有月光,他也没提灯,我觉得他是去其中一个旧锡矿。要是不讲究的话,有些矿区还有可以避雨的建筑。我是这么想的,因为他当时没来我的仓库,还说要赚下个星期的啤酒钱。"

"他是这么说的?"

"差不多。说是下次请我喝酒啥的。不管咋说,乔赛亚喜欢自个儿研究点啥事,所以我也没再坚持。"

"他经常请你喝酒吗?"

"从来没有。"

"有意思。"

"戈顿人很好,平日喜欢唱唱民谣,喝喝啤酒。他不擅和人交往,有股子傲气,看着像是吉卜赛人。他为人正直诚实,但有的事他总憋在心里,不爱跟人说。他这人还挺热心,只要请他喝一品托啤酒,他准帮忙。有一年,我的女佣生病了,当时正是产羊羔最忙的时候,老戈顿就帮忙照顾了她两天,直到她好起来。他是个好人,我会想念他的。"

这篇颂词说得实在不错。

我们又喝了不少茶,福尔摩斯接着问他是在哪里见到的戈顿,当时两人分别往哪里走。这时候院子里一阵喧闹,一个十二岁左右的女孩跑进屋子报信。福尔摩斯让克里夫去院子里给兽医帮忙,我俩怕也被拉去助产,就先告辞了。

我们走了四小时,才走到克里夫遇见戈顿的地方,又走了四十分钟才到德雷克农场。农场位于山谷谷底,我们站在上面俯视。这个地方更荒凉,几座房屋更加破败,简直让人难以想象。即使是那歪斜的烟囱里冒出的烟,也显得比往常更脏。

然后福尔摩斯竟然转过身背对着农场,开始研究通往脚下这座小山的所有路径。

"我们不下去看看吗?"我问他。

"古尔德认为没有必要。除非是他谋杀了戈顿,否则德雷克也没必要谎称没见过他。而且古尔德说他墙都不会砌,更别提谋杀这种费脑筋的事了。况且你看,他烟囱脏了都不清理,屋子里想必也懒得打扫,这样一个人怎么可能费力把戈顿从沼泽一头扛到另一头呢?他这样的人估计会就近找个洞给扔进去。来吧。"

他走下山离开德雷克农场,我紧紧地盯着他的后背。福尔摩斯刚张嘴说"古尔德认为",我就抗议道:"福尔摩斯,你什么时候开始接受一个门外汉的推理了,你不是只看重自己的想法吗?"

他转过身,露出一副难以理解的表情:"当我发现这个门外汉对自己地盘的了解,更甚于我对伦敦的了解时。我跟你说,罗素,他可是我在本地的向导啊!"

他这句话让我觉得,古尔德先生对于他来说可不仅仅是向导这么简单,但是我已经不想再猜下去了。

我们在这片土地反复侦查,就像一对探索者。我们顺坡而下,检查每一块低地和河床。脚趾累得打弯,膝盖也直不起来,有时让石头磕断了指甲,有时又让金雀花灌木钩住了衣服。尽管缩着脖子不让雨水打进衣领只是徒劳,可我们的脖子却因此而抽筋。风越来越大,吹散了低矮的云,吹得我浑身发抖。在大风中,雨滴呈水平方向打到我们脸上,几乎让我们无法躲避。我在石头上清理靴子上的污泥,抬头看了一眼,黄昏已经近了,但福尔摩斯消失了。他前一秒还在这里，所以我知道他并没走远，可让我在这个荒芜之地独自待一秒我都无法忍受。我想大声叫他的名字，但大风直接堵住了我的嘴，拍在我脸上的雨也让我几乎什么也看不见。我停下，想了想。

一分钟以后，我擦掉眼镜上的雨水，研究了一下周围的环境，然后回到我最后见到福尔摩斯的地方。那儿有座深邃陡峭的峡谷，底部有碳棕色的水。我看到他的背影消失在一个拐弯处。我想叫住福尔摩斯，但是他并没有听到。我只好在上面跟着。然后，当福尔摩斯要走进峡谷的一个分支时，我不得不连滚带爬地下到谷里。

几分钟后我追上他，努力平复呼吸之后，开口道："我们不可能在夜幕降临之前赶到小旅店了。"我四处观望着。在这儿说话比之前在大风里轻松多了，这里是背风之地。

"当然不可能了。"

"我们也不会睡在德雷克的谷仓里。"

"我可是坚决反对睡在那儿。"

"难道你在寻找戈顿的棚屋？"我试探地问道。

"当然啦。"

我突然发现身边有块石头，一半布满草皮，另一半则被磨光了，像是几个月前一个糙汉留下的，当然也有另外一百种可能。但是这件事都来不及跟福尔摩斯提，因为他像一只循味而去的猎犬，我只能跟着，看看我们到底会去哪儿。

我们在一个碎石堆前停下，这个石堆位于一条小溪和我们身处的这条沟壑的山壁之间，沟壑稍浅，像是这条小溪奔流千年形成的。这里什么都没有，只有一堆碎石，不，还有另一堆更老一点的碎石。但是福尔摩斯走向碎石堆，又绕着它转了一圈，然后消失了。等他重新出现的时候，一脸满足，后退了几步，以便更好地研究山谷的连接处。

"在华生撰写的巴斯克维尔的故事中，我住在一处史前的石棚屋内，实际上是新石器时代建造的住所，而且早已经倒塌，被乡民们能拆的都拆了、能拿的也都拿走了，只剩下一圈圈破败的残迹。虽然经过的人可以躺在残留的墙壁下避一避，但由于屋顶早在千年以前就坍塌，所以住在那儿一点也不好受。

"华生的意思是，虽然听起来并不浪漫，但它也是锡矿工人的棚屋，从墙上残留的壁炉和门阶处的破泥砖来看，这儿更像是一座四处透风的房子。可以判断，它比新石器时代的建筑要晚一点。"他一边说明一边爬上了这座废墟，在我眼中它就是片废墟而不是什么坍塌的乱石。福尔摩斯停下来站在一片摇摇欲坠的岩石上，胳膊伸进石墙里摸索着什么，然后用力拉出一堆像破桶一样的东西，抱在怀里轻快地跳下来。他弯腰走进石堆中，我跟着进去，进入一个房间。这个房间比在外面看起来大，确实像有人住过。

"你想在这儿过夜。"我并未用疑问的语气，因为福尔摩斯已经用干泥炭生起了火。

"我们明天早上再查看有没有戈顿留下的痕迹。"他语气十分平静。

我开始担心起来，不知道接下来要度过怎样一个饥饿难耐的漫漫长夜，然后转念一想，至少现在雨停了，也暖和了许多。

事实上我低估了福尔摩斯，为了住得舒服，他做了不少工作。他从背包里拿出一堆食物，包括牛肉、芥末三明治和水煮蛋，饭后还用锡制杯子煮了咖啡。这种条件下，我们只能用这个杯子喝咖啡。吃饱喝足后，我们裹紧衣服准备睡觉。福尔摩斯很快就睡着了，他鼾声虽小，我却还是睡不着，因为凄凄惨惨的风声就像棚屋外有个迷路孩子在哭泣，流水的汩汩声就像是有人在窃窃私语。我只眯了一会儿就醒了，因为我感觉门口有双眼睛正盯着我看。我十分感激在这样的夜晚有福尔摩斯陪在身旁，虽然他睡着了，但有他在身边就像是清泉一般让人安心。渐渐地，我习惯了这诡异的噪声，也许是风弱了下来，我慢慢进入了梦乡。

早晨我们又喝了一些泥炭烟熏风味的咖啡，但除了杯底的咖啡渣，并没有其他干货。福尔摩斯喝光杯子里的咖啡，天刚亮就弯着腰出去了。我听见雨滴从石屋边滴落，然后又潺潺地汇入溪流。我并不着急出去，又不紧不慢地给自己做了杯咖啡。福尔摩斯觉得下了几周雨后还能有所发现，但我不敢苟同，也不愿意早出去一分钟。我先烧开了水，然后往杯子里倒了点咖啡粉，从衬衫前兜拿出一根铅笔搅了搅，用门牙过滤渣滓，蹲着喝了下去。我有点心烦，纳闷怎么福尔摩斯从来没带我去过法国南部的高级酒店探案冒险，也没去过加勒比沙滩那种温暖舒适的地方。

过了四十多分钟，福尔摩斯回来了，看起来精神还不错。我把仅剩的一点咖啡粉倒进热水，搅拌了一下给他。他摘下手套，双手捧着杯，小心地喝了起来。

"早知道就应该叫我去做土耳其咖啡，"我说，"我可以跟穆罕默德学习。"他咕哝了一句，又接着喝。喝完把渣倒出来，又接了一杯热水刮胡子。没有镜子，他刮破了两次。

"看你这样子是没什么发现吧？"我给他处理伤口的时候问。

"恰恰相反，这次出去大有收获，虽然好像跟案件没什么关系。"

"你发现了什么？"

他从内袋里掏出一个带瓶塞的小瓶子，就像药剂师的小瓶子一样，看起来很脏，但并不潮湿。

"在'秘密山洞'发现的,老矿工都把宝物藏在这种草皮覆盖的山洞里。从堵洞口的石块判断,这东西放在这里至少一个月了,但是肯定不到一年。"

我接过这个小玻璃瓶,用指甲轻轻抠出瓶塞,发现瓶底有些小颗粒,足有一小撮。我把杯子倒过来,将颗粒倒在手上,惊异地看着。

"难道这……是金子吗?"

五

> 半文明部落中往往有集会商讨大事的地方,这种地方常以摆放石块或竖立石柱的方式作为标志。
>
> ——《达特穆尔之书》

我们撕下地图的一个小角,卷成漏斗形,然后轻松地就把这些闪闪发光的颗粒倒回了瓶子里。福尔摩斯又仔细地检查了我的手掌,把挂在上面的碎渣捡回瓶子,接着塞紧木塞,扔进他的背包。

"一个锡矿工人有这样的东西,你不觉得很有趣吗?"他问。

"尤其还是颗粒状的金子。要是他找到的是个金戒指或者无意发现了一枚金币我还能理解,可是颗粒状的金子就不一样了。我确信这金子一定不属于达特穆尔。"

"我也没听说过达特穆尔有这种东西。也许我应该把它带回去分析分析,做个化学测试,看它的成分能不能给我们什么线索。"

"金本身就是一种元素,还能有什么其他的特点吗?"

"这要看它的纯度了。如果在金子形成的过程中混入了杂质,比如它所在地的泥土或矿石,金子的纯度就会发生变化。当然,前提是我们手里的金子是它的原始状态。"

"山洞里还有别的东西吗?"

"还有一些瓶瓶罐罐和工具,我把它们留在那儿了。"

"所以,"我作势要走,"下一步要去哪儿?"

"当地人在沼泽的西北部看到了霍华德夫人的幽灵马车,而那对情侣在东南边也发现过,所以我们从西北部开始,然后一路向南。"

我们穿上雨靴和雨衣,打包离开棚屋。然后从湿滑的一侧爬上去,到达沼泽。在这里,福尔摩斯停了一下。

"有件事,罗素。我们去的地方可是一片沼泽,险恶万分,注意脚下的每一步。"

"是大格林盆沼泽吗。福尔摩斯?"我轻声问道。之前斯台普顿蓄意谋杀他表弟亨利先生(也就是巴斯克维尔庄园的合法继承人和福尔摩斯的委托人),不料被福尔摩斯识破,反而掉入了沼泽,一命呜呼。

"那块还要往南一些,但是两个地方很相似,都是些沼泽、泥潭和水塘,有的软软的踏上去像羽毛。如果你看到这些地方周围有厚厚的草皮和灌木,那么相对来说比较安全,可以走过去。如果你看到一片绿色的苔藓,就千万远离那个地方。这些苔藓像毯子覆盖在一片湿泥上,如果掉进里面,就会像被一床湿透的羽毛被子闷在泥潭里,可不是什么舒服的死法。"

确实是这样,真是一幅恐怖的画面。"那万一掉进去应该怎么自救呢?"

"能做的不多,只能张开双臂,尽量减缓自己下沉的速度,然后等人来救。"在沼泽里挣扎是最危险的,因此达特穆尔的好多小马驹都葬身在这里。当地人称这里为"达特穆尔马厩",真是黑色幽默。

"除了沼泽,最危险的事情就是迷失方向。如果在晚上或者碰到大雾,要依靠指南针辨别方向,如果没有,就设法找到一条小溪。所有的小溪最终都会流出沼泽,流到周围有人居住的地方。"

"谢谢你,福尔摩斯。如果我发现自己在兜圈子,我会把大衣翻过来穿,不让小精灵们带我步入歧途。"

他冲我笑了笑:"那样也可以。"

巴林·古尔德在地图上标了幽灵马车出现的精确位置,一个多小时后,我和福尔摩斯到了目击地点附近。但我们没法确认具体是哪儿,因为雨水把地图上的 × 标记打湿了,只剩下一团模糊的墨水印,这不禁让福尔摩斯十分恼火。他只好沿着小路查看地面,试图在这湿漉漉的草皮下找到几个月前的车辙印。

让人绝望的是,经过几个小时的仔细搜索,他还是很难辨别钉着铁掌和铁圈的马蹄印及车辙印、没钉铁掌的达特穆尔矮种马的蹄印,还有拉橇和农用拖车留下的拖痕,毕竟已经过去两个月了。

福尔摩斯挺直腰站起来,观察周围的山丘,其中几座山顶上布满各种形状的突岩。我们所在的小路上既没铺石砖,也没铺沥青,但宽敞平坦,足够一辆拖车通过。路面上布满石子和蕨菜,和灰不溜丢的山坡形成对比,十分显眼。它从一座满是突岩的山丘延伸出来,蜿蜒半英里,在另一座山的脚下消失,好像是通往奥克汉普顿西北方向。

"福尔摩斯,这确实像是条路,或者曾经是条路。"

"沼泽中以前纵横着数不清的小路,那时候还要靠马驮运货物,整个冬天,下面那些村子的车道都是泥泞不堪的。这些路对海员们来说是捷径,他们在路上来回穿梭,从海边码头到路的另一头去找下一份工作。"

"如果人们认为穿过沼泽要更容易一些,那么下面那些车道得多恐怖啊!"

"没错。我确信这段残留的小路是'切断路'的延伸部分,它和德雷福特路（古老的主干道）在'通桥'附近交会，然后一直从沼泽中部延伸到利德福德镇的'死亡小路[1]'。"

"真是个让人高兴的名字。"我评论道。"Lych"在古英语中是尸体的意思，多数教堂外面的停柩门（lych gate）就是从教堂到墓地间暂时停放棺材的地方。我相信福尔摩斯作为一个语言学界的怪人应该会知道这些。

福尔摩斯回应我："不巧，'死亡小路'以前是尸体被运到利德福德下葬的必经之路。"

"天啊！难道你的意思是整个沼泽都没有墓地？"

"直到1260年，主教才允许沼泽居民将遗体葬在威德康比。有趣的是，除了几块烧焦的骨头，考古学家并没有发现尸体埋葬的迹象。我想也许是这里的泥炭土酸性太强，时间久了就连坚硬的尸骨都被腐蚀殆尽。或者是因为草皮夏季干枯、冬季充盈水分，长此以往在收缩与膨胀交替的过程中，尸体被带到土壤表层，在食腐动物和微生物的作用下加速分解。对这两种假设，可以设计一些有趣的实验。"他谨慎地说。

"难道他们不会……'切断路'名字里的'切断'是什么意思？"我战栗着说。

"这是从前为了便于泥炭运输，开凿山体而成的路。你想多了。这条路途经多个泥炭矿区，如今已经停用。现在改用西边的铁道线路向外运输泥炭。这条路的宽度足以跑开一两匹马拉的车，虽然可能跑不了太快。"

想到马车我不禁牙齿发痛，或者是因为天冷咬牙太紧而疼痛。尽管这里景色不错，但我觉得是时候把要紧的事情提上议程了。

"福尔摩斯，你打算去吃饭吗？最近的饭馆离这儿多远？"

"几英里吧。"他淡定地说，"但这边肯定有农妇愿意卖我

---

[1] 原文为Lych Way。——编者注

们一碗汤。不过,罗素,这天气好像不太乐观。"

乍一看,这天气好像和我们刚从利德福德出来的时候一样阴沉,眼镜也像往常一样挂着雾气,但仔细一看,这雾气似乎越聚越多,一缕缕从地面上升起,包围了我们。

福尔摩斯恶狠狠地诅咒着天气,迅速地朝远离雾气的地方下山,我加紧步伐跟着他。这办法有效,可是好景不长,二十分钟过后,沼泽那只无形的灰色大手又伸向了我们,霎时间将我们拢入黑暗。

"福尔摩斯?"我尽量稳住声音不颤抖。

"可恶!"他只说了这两个字。

"福尔摩斯,我什么也看不见了。"

"当然看不见了,罗素。"他语气暴躁,"大雾来了。"听到他声音靠近,我松了口气。于是我和他说话,想让他顺着声音走过来。

"我猜你在伦敦闭着眼走路那招在这里不好用了吧?"

"确实不太好用了。"他说,声音温和,越靠越近。我似乎从声音发出的方向看见了他模糊的身影。"你带指南针了吗?"

"带了,还带了地图。"我一边说一边取下背包,从里面掏出了地图,"贴鼻子上也许能看见。福尔摩斯,我不是不想跟你一起出来,我知道你肯定也为此废了不少心思,但是我们下次可不可以别到这种地方来了?"

我站在那里,手拿着地图,背包放在脚上。刚才那个让我安心的深色身影变淡了。"福尔摩斯?"我紧张地叫他。没有回应。

"福尔摩斯!"我提高了嗓门。

"罗素,别说话。"声音从我身后传来,"我在听声音。"

是他动了,还是我动了?他在听什么?我屏息静听,发现并没有什么声音,就连昨晚女鬼的声音都听不到了,只是隐隐约约听到流水声和越来越远的脚步声。

"你要去哪儿，福尔摩斯？"我赶紧问他。

"就在这儿，这里地势稍高，听得清楚一点。别把背包弄丢了。"

背包确实已经不在靴子上了，我四处摸索，摸到后赶紧背上。

被抛弃的我在黑暗中默默等待，只能想象与幽灵为伴。古尔德所说的祭祀牲畜的鬼魂不大可能出现在这儿，因为这里离利德福德村或者"现代"一点的地方（比如威德康比那13世纪的备用教堂墓地）都很远。但魔犬却可能随时出现在这种荒芜凋敝的地方。那长满条纹的长腿怪呢？还有其他古尔德提到过的怪物呢？比如头上闪着幽光的妖怪。这些怪物应该不会出现在这里，但如果有一丁点儿狗接近的动静，我一定会尖叫逃走，这就很容易落入小鬼的圈套了。大雾从来都是滋生罪恶和危险的帷帐，达特穆尔的大雾更是暗含杀机，泥泞的沼泽、巨大的岩石和湍急的溪流，随时有可能让人断送性命。这里大概是小鬼和妖精最常出没的地方吧。

我站在这里，寒冷、湿气和不可名状的恐惧交错来袭，才六七分钟，我内心的战栗就迅速蔓延到了全身。理论上讲，只要我们耐心等待，大雾终将散去。但我知道，这种地方不宜久留。因为古尔德和福尔摩斯都曾说过，达特穆尔是有生命的，它完全可以意识到入侵者的到来，并随时反击。

很高兴听到了福尔摩斯的脚步声，我努力保持镇静，但当他叫我的名字时，我还是无法掩饰自己颤抖的声音。

"福尔摩斯，我在这儿。"

"翻过下一个山坡我们就能到农舍了，我听到了牛叫和鸡鸣。"

"福尔摩斯，我还是看不见。"

"罗素,我也看不见。但我们会熬过去的。来,把手给我。"

我紧紧抓住他的手,跟着他穿过这片盲区。

要是我们趴在地上,靠双手和双膝前进应该会很快,但我们都是要自尊的人,而且潮湿的地面并不适于爬行。沼泽寒冷的空气扑面而来,像是某种生命体在呼吸,它故意将我们困住,然后监视我们,看我们是否会被吓倒,甚至疯狂地逃跑,直至死亡。要不是抓着福尔摩斯的手,潘神[1]一定会吹奏笛子诱惑我,引我误入歧途。

那段伸手不见五指的路虽然不到一英里,但我们跟跄着走了将近一个小时,有时还会被突然出现的若隐若现的身影吓到,近看后才发现是阴森的灰色大石头,要不就是篱笆桩,看起来和石碑差不多。后来我们发现一面墙,摸着墙走加快了速度。突然,黑暗中出现一具遭受刑罚的赤身男性裸体,身形单薄,短粗的胳膊张开,头向后仰,惊恐尖叫的表情僵在脸上。我的心脏遭受重击,后来意识到那是个十字架,才勉强恢复强烈的跳动。福尔摩斯肯定听到了我的喘息声,但他什么也没说,只是过了好一会儿才开口:"这应该就是农舍的大门了。"

他说的没错,过了一会儿,我们就到了山谷里的一栋小石屋。石屋外很潮湿,布满青苔。我们来得正是时候,屋主和长工正在吃晚饭。屋主的妻子看到我们出现在门口吓了一跳,不过马上又恢复平静,跟我们解释说,家里经常有过路的客人,她已经习惯了,但在夏季却很少有人来。她对我们有所怀疑,我觉得很有趣,尤其是她的口音含糊不清,而且还把我们安排到一个杂物间里。房里堆满各种东西,还有两只狗和一篮子刚孵出的小鸡,唧唧唧地叫着,篮子就放在壁炉边上,壁炉处好像是被当作厨房区来使用的。她会怀疑从

---

1 Pan,译作潘恩,希腊神话中的牧神。——编者注

浓雾中逃出来的、两个疯狂敲自家大门的外地人?

福尔摩斯礼貌地摘下帽子,回应着女主人。她绕过我们又去拿了两套盘子、刀叉和杯子。

"女士,我们并不是来度假的。听说有人在这附近见过霍华德夫人的马车,我们就来打听一下具体情况,"他一边说着,一边坐到长凳上拿起汤匙,故事刚要进入正题,"我们搜集一些离奇故事就像霍……"

突然窸窣的碰撞声从炉边传来,是从壁炉旁边椅子上的那堆毯子里传出来的,我之前以为那堆毯子就是放在那里烤火。我辨别不出那是什么声音,但它却让屋里的每个人都安静下来,包括福尔摩斯。两个男人和农妇齐齐看向福尔摩斯,我也惊恐地看着福尔摩斯,他的脸上有种懊悔的情绪。

"那声音是什么?"我问。

"我没听清。"

"不好意思,你是?"他冲着椅子上缩成一团的人问,"请允许我先自我介绍一下。当地人都叫我'神探夏洛克',当时我解决了巴斯克维尔的那件案子,所以他们这么叫我。当然,我们这里住得最久的居民一定记得我。"他迈开长腿起身走向那堆毯子,并伸出手。一只粗糙的小手伸了出来,接着是一段难以分辨的话,发音特别模糊。我觉得说话人应该是牙齿全都掉光了,而且还有很重的方言,所以说起来像是另一种语言。我以前认为哈利·克莱文的口音就够严重了,现在看来我错了。实际上我都不知道他们说的到底是什么词,好像他们用的跟我们不是一个字母表,估计读起来都很困难。比如,"我说,大兄弟,你们一路走出大雾那旮旯,肯定都难死了吧?"

刚开始的时候,我完全不知道他说的是什么意思,好像福尔摩斯还能跟上他的思路。我完全被眼前热气腾腾、简单可口的食物以及杯子里的苹果酒所吸引。后来寒冷感和饥饿感渐渐消退，我也慢慢适应了他们的发音方式，因而也差不多能跟上些他们的对话了。

农舍里的人当然知道幽灵马车的故事，但是他们并不喜欢。7月份有人第一次见到了幽灵马车，这个人就是年轻长工二表弟的朋友，福尔摩斯马上询问了这位朋友的住处以及他的名字——强尼·特里洛尼。但是好像特里洛尼已经离开沼泽了，大家都知道他很勇敢，之前也确实如此，因为他曾在西部前线战斗过，但是回来之后就经常跟别人发生争执。

在特里洛尼见到霍华德夫人马车后的一个月里，他因为是幽灵马车唯一的目击者而备受讥笑，但这并不是他离开沼泽的原因。后来福尔摩斯又询问了特里洛尼的工作情况，才知道他因为冒犯老板而丢了工作。一个有名的长舌妇抱着一只新出生的小狗找到他的老板，说想问问特里洛尼，这只小狗的父亲会不会是霍华德夫人的那只猎犬。听到这里，我觉得恐惧并不是他离开沼泽的主要原因。当福尔摩斯试着以此来解释特里洛尼的离去时，他考虑了一下就否定了。因为一般来说，这里的居民不会到沼泽的西北部去，尤其是在晚上。强尼·特里洛尼也不例外。

福尔摩斯成功地推测出特里洛尼看到幽灵马车的大概时间，可能是满月前的一个周二或周三。但是当他试着推测特里洛尼的去向时，大家唯一达成的共识就是，因为和自己的叔叔不和，那哥们绝不会回他在康沃尔的故乡。长工认为他去了埃克赛特。农妇觉得他逃去了朴次茅斯[1]，并借此讲了她自己的另一个故事。说一个男孩让一个姑娘怀了孕，之后就跑去了伦敦。但是女孩的父亲连夜拿出藏在柴棚罐子里的积蓄，买了张火车票，连夜横穿沼泽⋯⋯

---

1 Portsmouth，英国南部著名的海滨城市。——译注

大家讲的故事在推杯换盏中逐渐向前，每个人都开始有了一种自白的情绪。讲故事的声音时大时小，角落里牙齿掉光的那位还不时评论两句，而且每次评论之后大家都要详尽地讨论一番。福尔摩斯毫不费力地就能把故事带向超自然和不同寻常的方向，一来二去，我得到一个明确的信息——这些故事都重复着一个同样的短语"古怪的环境"，而且每说一次，讲故事的人都会无奈地摇摇头。

不得不承认，沼泽的一些地方确实可以用"古怪"来形容。但实际上，我觉得大部分的故事不太可能是真的。比如说黑色猎犬和离奇死亡的山羊，这些东西任何一个学习超自然领域的学生都应该听说过；再比如说两个头的小马驹和孵不出小鸡的一窝鸡蛋。但是一只鹰叼走一只成年母羊的故事还是让我挑了挑眉。然而当农妇说起一道闪电撼动大地，她最喜欢的盘子都被震到地上摔碎了时，我就没再听下去，因为英格兰基本就没有地震过，达特穆尔也没有。我转而关注起面前金黄诱人的奶酪，配着最后一杯苹果酒，我打算再吃点。

神探夏洛克坚持听完了所有的讲述，努力从那些自相矛盾的陈述中拼凑出时间地点，顺便发表些奇怪的评论，并且努力避开那位裹着毛毯的老人所讲的巴斯克维尔往事。我拉过福尔摩斯的手，看了下时间，感叹过得真快，这才结束了任务。我望向窗外，告诉他雾已经散了，然后起身准备离开（福尔摩斯起来的时候，头重重地撞到了屋顶）。我们付了一大笔饭钱，背上背包逃也似的离开了。屋主妻子不停感谢我们，等我们出了门，走出他家杂草丛生的院子，才听不见她的声音。

我很快意识到，在达特穆尔雾散了意味着接下来会下雨。虽然不舒服，但总比在浓雾中看不见强。

一路上我们小心避雨，防止被淋湿，因为还要去见那对看见马车和黑狗的情侣,但我们的担心是多余的。女孩一直不肯说话,只是不停大哭,哭不动了就躲到一位年轻英俊的小伙子怀里。我们发现这个人并不是那天和她一起看到幽灵马车的求婚者,在向小伙子询问当天的那个男人(巴林·古尔德形容他很淡定,也不像是会胡编乱造的人)在哪儿的过程中,我们差点打起来。

被拒绝的求婚者托马斯·韦斯塔韦住在两英里外,他总喜欢打断劳工们在石墙处的求爱活动,以此来换些钱。福尔摩斯避开了托马斯·韦斯塔韦棘手的情感问题,直接问他当时看到马车的确切时间地点。

为回答我们的第一个问题,小伙子把麻袋布往肩上一搭,带我们往外走,沿着一条车道,爬了一段阶梯(不是木制的,只是墙里伸出的石头形成的一段阶梯),穿过一片田野。远处墙边建了一个供牲畜进食的低矮棚屋,也是人们躲避视线的好地方。我觉得巴林·古尔德的分析十分准确。

墙的另一面是条平坦的小道,和我们在第一个地点见过的那条状况差不多,不是同一条路的一段,就是通往那条路的岔路。

"这就是你看见马车的地方,对吗?"福尔摩斯问道。他斜靠着墙,掏出烟斗,装上烟丝。

"就是这里。"韦斯塔韦说,"俺们听到声音立马起身,瞧见她刚离开不到四十英尺。"

"你看见里面坐着一位妇人吗?"我问。

"没看见啥人,车厢里漆黑一片。"

"可你不是说……"

福尔摩斯打断了我:"罗素,那个代词指的是马车而不是里面坐的人。德文郡方言里的代词使用有点特殊。"

"俺确实瞅见马车了,她四任丈夫尸骨搭成的,白得晃眼。"

"好的,"福尔摩斯说,"你还提到马车沿着这条路走,还绕过了山是吗?"

"啊,是的。俺们眼瞅着马车走了。"

"那狗呢?"

韦斯塔韦突然脸色变得苍白,困难地咽着唾液,"它就站在那块石头那儿,盯着俺们。它朝俺们狂叫,好像要越过墙来咬,直到车夫吹了声口哨它才走。俺们瞧见就赶紧跑了。"

"还听到其他声音了吗?包括人说话的声音。"

"只听到马具咔嗒咔嗒的声音和车夫的哨声,还有低吼声。"

"低吼声?"

"有点像嘶嘶的声音,或者说是嗒嗒的响声。"

"是狗发出的声音吗?"

"俺估计是,"他语气犹疑,"反正就是马车那边传来的声音。"

福尔摩斯思考了一下,便不再追问那嘶嘶、嗒嗒的低吼声了。

"那讲讲马吧!"

"都是黑色的。"韦斯塔韦立刻答道。

"你看见是一匹还是两匹?"

"这没瞅清楚。"

"那你怎么知道都是黑色的?"福尔摩斯又极其耐心地追问。

"因为俺看不见,所以觉得是黑色的。"我认为他说的有道理,虽然福尔摩斯似乎觉得他逻辑问题不小,"俺听见嘈杂的马具声,估计有两匹马,或者更多。"

"但你说看见了狗。狗的毛色很浅吗?"

"那晚有月亮，俺瞅得很清楚。"

"你俩是几点过来的？"

"晚上刚收拾完屋就过来了，俺们……"他意识到说错话的时候已经晚了，赶紧把目光移向别处，"好像那时候月亮还没升起来。一定是因为8月份，天黑得很晚。"

"所以你们来的时候天还亮着，走的时候月亮已经升起来了。"福尔摩斯说道，完全没有顾及这位证人的脸面。

"是的，俺们来这儿聊天。"

"我懂的。"

小伙韦斯塔韦生气地盯着福尔摩斯，仿佛只要等到他开口讽刺或是批评，就要立刻收拾起脸面逃走。但福尔摩斯面无表情。

"俺们在这儿待了三四小时，"他承认了，"俺们就是晚上收拾完屋过来，然后天黑后回去的。那会儿月亮确实已经升起来了。"

"你们看到大狗的时候，月亮在哪个方位？"

他皱着眉回忆着，站了好一会儿才朝天空指了个方向，"应该是那儿。那天是满月后的一两天，但月亮还是很明亮，天空很晴朗，万里无云，俺们一直在看星星。"

我们并不关心他尴尬不尴尬，只忙着翻墙到那头的小路上，那面墙明显石头已经松动了。地上没有狗的爪印，但我们在山坡上三十码的位置发现一块突出的巨石，巨石的一面被什么锋利的东西刮得干干净净。福尔摩斯用手指摸了摸，抬头看向那个小伙子。

他问："前几个月有人骑钉着铁掌的马经过这里吗？"

"怎么了？据俺所知没有。不过夏天谁也说不准有什么动物会跑到这儿来。"

福尔摩斯悄悄对他说："小伙子，也许我不该插嘴，但是一定要看准那个女孩值不值得信赖，否则等你们有孩子就晚了。一定要找个有脑子的伴侣，这样你才不会无聊。"他语重心长地拍拍他的后背离开了。不知道是那个小伙子更吃惊，还是我更吃惊。

现在临近傍晚，8月份白天比较长，因此天黑之前我们应该能到卢特伦查德，要是在10月份，天黑前肯定赶不到。我们出发去最近的一家小旅店，福尔摩斯说它在双桥镇的一个小村子里。

我们路过几处史前遗址，现在走在杂草丛生的棚屋圈旁。我们穿过三条溪流，然后沿着第四条溪流向下走，来到一个有点诡异的地方。这条路上散布着很多巨石，路边低矮的橡树似乎在暮色中扭曲。

"奇怪！这里竟然会有树。"我说。就像我们开始聊天一样奇怪。

"真是一个奇怪的地方。这里是'韦斯特人之林'，取自凯尔特语，意思大概是'沿河的树林和岩石'。也有可能是一个撒克逊词语的变体，意为'外族人'，指这片树林归凯尔特人所有。它又叫'威尔士人之林'，有些老一辈的人仍在使用这样的叫法。你就在前两者中任选其一吧。"刚走出树林，福尔摩斯说，"哦，我们快到了。"

我们沿着河向前走，又路过了一个农场，这才真的快到了——但好戏还在后头。说真的，这东西可把我们吓得不轻。当时我俩正放心大胆地阔步往前走，刚踏上黑色的碎石路，就看见拐角处一只黑色的小怪物疯了一样地朝我俩狂吠着跑过来。在羊群和岩石中度过了两天的我们，这才意识到我们还生活在20世纪，不过这提醒来得有点吓人。

六

在我眼里,泥炭烧的饭菜简直胜过伦敦街头最好的餐馆。也许在这种荒郊野岭,往日味同嚼蜡的东西也能唇齿留香吧。

——《达特穆尔之书》

我们好容易摆脱了那个小东西,走过撒拉逊人头酒吧的牌子,到了双桥的那家旅店。这里的环境离现代要远一些,比较接近羊群和棚屋圈遗迹。旅店的空气里充满了饭香、酒香、烟草和泥炭的味道,这不禁让我全身上下每个细胞都放松了下来,因为我知道我想要的这里都有。

一个阳光男孩麻利地帮我们把行囊拿上了楼,另一个女孩微笑着问我们想吃下午茶还是晚饭,或者随便喝点什么。

我奢侈地点了一杯茶,并让女孩等一会儿再端上来,这样我就可以先上楼稍微整理一下自己。十分钟后,我小跑着下来,发现福尔摩斯(不知怎么已经恢复清爽,但他既没有洗澡,也没拿着毛巾一类的东西)舒服地坐在椅子上面对着炉火,一只手端着茶,另一只手拿着吃剩下的一点司康饼,夹着奶油和果酱。

"福尔摩斯,我以为你不喜欢奶油和司康饼。"我轻声说。然后迅速地拿走盘子里的最后两块司康饼,抹上奶油和果酱。福尔摩斯给我沏了一杯茶,又把牛奶壶递过来。

"有时候,挨过寒冷又疲惫的一天,我很乐意来一块蘸着德文郡奶油的司康饼。"

"或者是两块。"

"或者是两块。"他同意地点点头,"你今晚想留宿在这里吗?如果你愿意,其实我可以安排一辆摩托车把我们带回卢特伦查德,因为我们在沼泽的调查任务多多少少已经完成了。我想回去跟古尔德商量一下再决定下一步的行动。"说着他伸了伸腿,靠近炉火,把手里的茶杯和茶托放到马甲上。福尔摩斯半闭着眼很享受的样子,好像并不是马上要起身赶路的人。

"真的有必要今晚就赶回去吗?"

"完全没有!相反,"他降低声音说,"在公共酒吧留宿一晚肯定能得到很多信息。"

"你非要在人家举杯畅饮的时候问东问西,能不能有点羞耻心?"

他的嘴角抖动了一下,闭上了眼。我吃完司康饼,倒了最后一杯茶,又拒绝了服务生续杯的好意,坐在椅子上呆呆地望着炉火。等到杯子里的茶空了,我长舒一口气,扫了一眼旁边椅子上完全放松的那个人。

"福尔摩斯,要是不喝完那杯茶,你的衣服马上就会有一片茶渍了。"

茶杯确实还没空,但他立即喝光了,又换了茶碟上的杯子。接着我们去了酒吧,想彻底换个状态。

第二天,我在柔软的床上睡到很晚,挣扎着睁开眼,恍惚间看到床头柜上放着茶杯。我能闻到茶香,甚至能尝到那茶的清新和温暖,但还是不愿起身去把茶端到嘴边。

"天啊!我昨晚是不是跳舞了?"

"跳了会儿。"福尔摩斯从房间的某个角落里回答我。

"天啊!"我羞愧地用被子蒙住脸。

我们起得很晚,经过撒拉逊人头酒吧的时候都已经快到中午了。我真想把自己的头也留下,因为我的脸面都快丢尽了。

"可是福尔摩斯,我只喝了苹果酒。"我们离开旅店一英里后,我终于喘了口气辩驳道。

"德文郡苹果酒真厉害!"我本以为福尔摩斯并不稀罕和当地人打交道,但后来我发现他十分关心人们口中的故事。

"我们从当地人口中打探到了什么消息吗?"

"你不记得了?"

"福尔摩斯!"

"有个小伙子跟我讲了件趣事。有一天晚上,他们全家都去利德福德参加婚礼,家里只剩下他妻子的奶奶,她当时听到门外有只狗在狂吠。奶奶耳背,他承认,但那狗吠引得他们自家的狗也叫起来,还想往外跑,所以引起了她的注意。"

"现在终于有条重要证据了。"我挖苦他,头一阵阵地疼起来。

"你什么时候学会吹六孔笛了?"福尔摩斯若无其事地说,"你这项技能我还真不知道。"

"哦!天啊!我没吹六孔笛吧?我吹了吗?我好像真的吹了。我本来还打算以后给你个惊喜呢,要是哪天我们需要伪装成吉卜赛人,这项技能也许能派上用场。"

"确实是个惊喜,也派上了用场。"

"真的吗?我很高兴。怎么派上用场的?"

"你还记得那个从铁匠转行做修车工的老雅各布·德鲁吗?满脸白胡子,裤子有两条红背带。"

"呃,不太记得了。"其实我完全不记得有这么个人,但是我不能承认。

"听了你的演奏,他过来跟我说很喜欢。那时我正在胡编乱造地和大家解释说我们并不是夏季游客,还听大家讲述了游客们的各种疯狂举动,比如7月的一个晚上,有两个伦敦人在吉比山山顶过夜,下山的时候看到了霍华德夫人的白骨马车穿过沼泽。"

"你说真的?好吧,听了也见了这么多关于达特穆尔的故事,我现在相信确实存在霍华德夫人的马车,还有幽灵车夫和大黑狗。吉比山在哪儿?"

"在玛丽塔维[1]的另一边,我觉得我们无论如何都要去一趟,必须去看一眼。"

"听起来还挺吸引人的,我们要在山顶过夜吗?"

"不用。"

"太好了。"

在达特穆尔剩下的跋涉中并没发生什么大事,只是我浑身湿透,饥寒交迫,而且头痛欲裂。我发现沼泽里所谓的石墓(就是一个用各种石块粗粗堆砌的洞)已经坍塌得所剩无几,我们还发现了一群高原牛,它们有着浓密的毛发和长长的牛角,看上去特别像一些史前动物突然出现在荒芜的沼泽地。它们似乎很不喜欢我们,而且成群结队地来表示对我们的反感。幸运的是当时附近有堵墙,可不幸的是墙的那边是个小沼泽。当我们到达玛丽塔维的时候,费尽气力才让守门人放我们进去,然后就被拉去吃午饭了。

下午的时候,天气不错。福尔摩斯认为可以去见识见识那两个疯狂的伦敦人到底看到了什么。

我们顺着吉比山湿滑的山路跋涉。吉比山之所以叫这个名字,并不是用来形容这里的岩层形状,就像我之前假设的

---

[1] Mary Tavy,德文郡塔维斯托克北面四英里的村庄。

那样，而是因为这座山的山顶之前确实有一个绞刑架[1]，是用来对付山下那些拦路抢劫的强盗的，他们的尸体会被高高挂起，以儆效尤。整座吉比山上几乎没什么生气，山下是旧时的各种矿井，山顶的绞刑架已经没有了，取而代之的是一个被水冲了的采石场，上面漂着一层绿色的浮渣。

在山上看到这样的景色也不是没用，因为它延伸了几英里，所以我们的视野更开阔了。福尔摩斯蹲在地上，拿着地图。现在到了最后一步，就是重新回到已经画得难以辨认的地图上，当然两条折线之间的长方形内还是可以看清的。福尔摩斯找到一块平整的石头，铺开地图，开始标记地标：布拉特，多伊和热尔突岩是我能看清的地方，而大线山突岩和富尔突岩是他确认能看清的地方。整个沼泽在迷雾中透出某种绿色和黄褐色。

福尔摩斯把食指放在地图上，指向幽灵马车被目击的地点，他把地图和我们眼前的真实景象进行对比，在我面前晃来晃去，弄得我犯了头痛病，恶心想吐。我索性离开了那里，去看被水冲毁的采石场。

听见福尔摩斯叠地图我才回来。

"有什么发现吗？"

"现在还不能确定。我们还不知道他们是在哪条路上看见的马车。得去找找他们。"

"你是说夏天来这儿徒步的那两个伦敦人？"我不禁惊呼，"怎么可能找到他们？"

"估计他们第一晚在这山上过夜，冻过一晚以后肯定再也不会在外过夜了。他们会就近找一家旅店，有好饭和热水供应，就在那儿住下了。"

福尔摩斯有个特殊本领，说起话来就好像自己亲眼看到

---

[1] 吉本山英文为 Gibbet Hill，Gibbet 本意有绞刑架的意思。——译注

了一样,然而实际上并没有什么依据。我望着这附近所有的旅店、酒吧、农舍和村舍,深吸了一口气,然后又缓缓地吐出来,刚想说我可以跟他一起去找,他就打断了我。

"但是,不用今晚就去,而且也不用我们亲自去,有点浪费时间。古尔德肯定能找几个人帮我们跑腿,而且他们更熟悉这一片儿。"

我舒了一口气,又背上我那沉重的背包,系紧鞋带,以防下山时伤了脚趾,然后就心情愉悦地跟着丈夫下山了。

七

> 夜幕将近,眼前的人令我大惊失色——他满身污泥、失魂落魄,步履蹒跚地向我走来。
>
> ——《达特穆尔之书》

在回卢宅的路上,天已经完全黑下来。我跌跌撞撞地跟在福尔摩斯身后,浑身泥水、筋疲力尽,只依稀记得路边的人和植物、粪肥的气味和腐烂的树叶。自从与福尔摩斯结婚,两年以来我不得不把这种日子当作常态。哪怕福尔摩斯落得跟我一样邋遢,我估计也会好受一点,但他似乎具有保持清洁的超能力。比如说,如果有两个表面相同的水坑,福尔摩斯肯定会选择那个下面铺着石子的浅水坑,而我则总是踩进另一个深水坑,里面的脏水足有脚踝那么深。或者翻墙逃离暴戾的苏格兰牛群时,他总是落在草皮上,而我却总是踩在烂泥上。

就连现在也是一样,我一瘸一拐,拖泥带水。再看我身边的搭档兼丈夫,沼泽跋涉三天,他只是下巴上的胡须冒出来了一点,靴子上添了一条水印而已。他好像是打猎游玩了一天回来,我却好像刚跟一群猪在沼泽里打了个滚出来。

我们越走近卢宅,炉火的味道越是浓郁。光线从窗户流出,映射下的陵墓都似乎有了温度。夜幕中,整座房子显得格外熠熠生辉。我想我对古尔德的看法有了小小的改变,他也挺好的。等我们走进门廊,听到屋里的说话声,才意识到犯了错误。来不及召唤用人，又一次让主人开了门。

不同的是，这次古尔德身后还有另一个人越过他的肩头好奇地打量着我们。他体格健硕，肤色黝黑，茂密的花白头发打了厚重的发油，光可鉴人。他眨着棕色的眼睛看着我们，一开始特别吃惊，现在只是礼貌性地忍着笑。

"罗素小姐，"古尔德说，"你衣服用不用换一下？我可以叫艾略特太太……"

"不用了，谢谢，"我坚定地回击了他嘲笑的语气（就像那陌生人嘲笑的目光），"基本上只是表面脏。"我坐在长椅上扯着鞋带，暗自祈祷千万别打结，最后终于把靴子脱了下来，也算是挽回一点面子。袜子、头发，哪里都是湿的，我不管了，假装刚从理发店出来吧。我告诉自己，罗素，你就当是在一个关系不怎么样的亲戚家，把头抬高，别理他们。

我脱下外套，摘了帽子，跟湿漉漉的手套一起堆在长椅上，然后仰着头，朝门口走去。

"晚安，古尔德先生。您身体已无大碍了吧？"

"什么？噢，是的，是的，谢谢你。"他向后退了几步，空出些位置来让我进去。过了一阵，他像是突然被我的态度和口音惊醒似的又往后退了几步，与此同时，将身边的男人介绍给我们，这个男人之前站在他的身后。

"罗素女士，这是我的一个朋友，也是我的邻居，理查德·基特里奇先生。理查德，这位是玛丽·罗素小姐，这位是她的丈夫夏洛克·福尔摩斯先生。"

理查德·基特里奇先生紧紧握着我的手，他的手非常温暖，相比之下，我的手异常冰冷。他的手掌很宽，充满力量，就像他整个人一样，他的肤色很黑，脸上还有一些伤痕，像是很久以前留下的，而身上的礼服却剪裁考究，做工精良，这样的反差让他看起来很滑稽。他的右手戴着一枚戒指，深橘色,有点像黄金的,十分显眼,上面还镶了一颗小小的钻石。他的眼睛非常黑,鼻梁很宽,左手小指缺失了一部分。他向我打招呼的时候,眼中含笑,像是有什么东西要发芽一样,一直到他转向我那西装革履的丈夫,握住他的手时,笑意都未曾消失。

"晚上好,很高兴能见到你们。我听说有朋友来探望古尔德,非常替他开心。他应该多邀请朋友来这儿陪陪他,特别是他的家人都不在这儿的时候。我邀几个朋友来吃饭,顺路来看看古尔德在做什么。"

他讲话时一直握住我们的手,语气听上去精力充沛。他的口音有点美国味,这种口音介于我父亲的美音(我的父亲出生在加利福尼亚)和我的口音之间(我的口音一半来源于我的父亲,一半来源于我出生在伦敦的母亲)。

古尔德关上福尔摩斯身后的门,邀请我们进入温暖的房间。壁炉里火烧得正旺,狐狸和猎犬的雕像下堆积着许多柴火,壁炉前方还站着另外几个我们不认识的人。其中一个很矮、很瘦,看起来和我差不多高,也穿着礼服,金黄的头发梳得一丝不苟,嘴边一圈整齐的络腮胡子,还有眼睛,看起来非常严厉。在他身后的男人佩戴着牧师的硬白领,穿着粗花呢的夹克,透着一种温和的气质。当古尔德介绍他是副牧师吉尔伯特·阿伦德尔时,我很惊讶。这几个人在一起似乎是一个奇怪的组合。还有位年轻的男士,他比理查德·基特里奇要安静得多,他的夹克看起来比较普通,也正符合他的身份——一个美国人的秘书。他叫大卫·沙伊曼,他没说几句,但明显能听出也是美国口音,而且比他老板的口音更偏美国东部。另外,还能听出他儿时应该在英国和德国都生活过。他的手掌都是汗,象征性地和我们握了下手,有些紧张地看着福尔摩斯。这很常见,即便是一个最清白的人第一次见到福尔摩斯也会这样，仿佛是害怕福尔摩斯会看穿他们的灵魂，看到他们内心最深处的想法和他们的生活。

基特里奇到橱柜那儿给我们端酒过来，福尔摩斯接过酒，说自己要先上楼去换双鞋，而我笑了笑委婉地拒绝了，然后假装很体面地离开。我走后，火炉旁的交谈还在继续，他们好像在聊板球之类的。

等我回到楼上浴室，往浴缸里放满热水的时候，福尔摩斯才上楼来。

"你一会儿下去吗？"他问我，但语气更像是命令。

"我宁愿饿死，福尔摩斯。"

他有些困惑，不知道是因为挂念着和两位男士的交谈，还是因为不懂我为什么不愿下楼。他甚至反应有些迟钝，但我决定不管什么情况都不予理会。

"希望你玩得开心，福尔摩斯，我泡个舒服的热水澡。"我把他推出浴室，关上门。

热水很舒服，我泡了很长时间，水也慢慢凉了。后来听到门外传来一阵声音，我竖起耳朵："福尔摩斯？"

"不好意思，女士，"是个年轻的女人，"艾略特夫人让我给您端碗热汤，我就不打开碗盖了，别凉了，就给您放这儿了。"

"好的，谢谢你，也帮我谢谢艾略特夫人。"

"不客气，女士。"她轻轻放下托盘出去了。

等我把全身，还有头发和指甲里的泥巴冲洗干净后，用毛巾把头发包起来，穿上睡衣去吃东西。汤还是热的，比那天晚上在这儿吃的那些馊不拉几的东西味道好多了，还有现烤的面包，一大块橙子味的干酪，一个柠檬挞和一个苹果。我把它们全吃光了。

福尔摩斯上楼的时候，我的头发快干了。他身形高挑，脱掉了脏兮兮的靴子，换上修身的套装，再配上一件雪白的衬衫，看起来十分帅气。自然，我们又做了一晚名副其实的夫妻。第二天早上，女佣来送早茶的时候，我们才起床聊起基特里奇。

我起身倚着枕头，福尔摩斯穿上睡衣走到窗户边坐下。

"福尔摩斯，跟我说说理查德·基特里奇。这么一个脸上手上都有冻疮疤痕的加州混血人怎么会出现在德文郡的卢宅？"

福尔摩斯回道："有意思的家伙，是吧？他经常到古尔德这儿来。"我眯眼看看窗外苍白的晨光，将手中的咖啡放到床头柜上，戴上眼镜，坐直身子看着他。

"能具体说说吗？"

"不说，"福尔摩斯端详着手中快燃尽的烟卷，"我不会告诉你，因为我更想看看你见到他的真实反应，今晚就能见到了，"他又说道，"我们今晚去他家吃晚餐。"

"晚餐！福尔摩斯，我没有适合晚宴穿的礼服。"

"我知道你没带。"

"你自己去吧，去和那两位绅士一起享受雪茄派对。"

"我和他说了我们没带正装，他说我们没必要穿得太正式。简单的连衣裙就行，你不是带了一条吗？"

"我还带了和裙子配套的鞋。"那条裙子还不错，穿出门应该不会太丢脸，除非出门就摔得四仰八叉。就算福尔摩斯不这样神神秘秘地跟我藏着掖着，我也对理查德·基特里奇先生十分好奇。一个身上有伤疤，手还粗糙得像个劳工的人怎么会穿着伦敦西区花花公子们穿的衣服？而且他好像跟如此难以相处的古尔德混得很熟，在卢宅的时候还像主人似的给我们倒酒。这个人不简单。

艾略特夫人准备的早餐很丰盛，我拿起纸笔写下目前为

止我们获得的信息:

　　7月25日周二或7月26日周三——强尼·特里洛尼看到马车和大狗
　　7月27日周五——伦敦游客在吉比山看到马车
　　8月24日周五——一对情人看到马车和大狗
　　9月15日周六——乔赛亚·戈顿最后出现在西北方向
　　9月17日周一——在东南方向发现戈顿

我把我总结的递给福尔摩斯,他扫了一眼,拿过笔添了两项:

　　8月20日周一——盘子从碗柜上掉下来
　　8月26日周日——老奶奶听到犬吠

"福尔摩斯!"我有些生气,"你没必要取笑我。"

"罗素,我可没取笑你的总结,"他反驳,"我只是加了两条而已。"

他一脸无辜,可是我确实看不出来盘子摔碎或者老太太夜晚听见噪声,和霍华德夫人的马车有什么关系。但是我没跟他吵,写上就写上吧。

"从这时间表上看出来什么了吗?"他突然问我,说着伸手拿咖啡。

"7月26日和8月27日前后是月圆的日子,"我说,"所以会在这个时候看见马车。"

"或者说,马车在满月前后才会外出,所以才会有人在这时候看到。"

"没错。但这并不能解释乔赛亚死亡的时间,那距离9月份月圆足有八到十天啊。"

"而且也和盘子震碎的时间不符。"

我早就不想听他说那个碎盘子了,只是觉得他在逗我。好在这时候艾略特夫人送来了早餐。

早饭过后,福尔摩斯就和艾略特夫人安排了几个"小兵"分散驻扎在玛丽塔维的旅店、酒吧、旅店和农舍,寻找那两个见过幽灵马车的伦敦人。他则和古尔德谈了一整天我们近几日在沼泽的见闻。我也算是和古尔德近距离接触了一天,虽然不是和他本人。我发现了他的藏书,搬了一堆回来看。

这也是一段奇特的经历,或者说有点奇怪。我承认,古尔德才华横溢,但还不能和天才画等号。他几乎无所不知:从欧洲的悬崖洞穴到德文郡的民歌,从英国圣徒到狼人研究,还有比较神话学、考古学、哲学、人类学、神学等,他都有涉猎。一旦有人不同意他的看法,他就会十分不耐烦。但是正因为他涉猎广泛,所以难免浅尝辄止,研究深度不够。他写小说和狼人研究的书籍也许并不需要什么深度,但神学就不一样了。谈到哲学,这可是我的专长,如果让我评价古尔德在这方面的研究成果(比如,基督教之所以是真理,只是因为其行之有效),那我只好说他是个满怀激情的业余人士,研究再专注一些,才能在学术上做出真正的贡献。

尽管如此,古尔德那些晦涩难懂的书卷确实蕴含着生命的张力,还有我不曾预见过的活力。如果提到德文郡尤其是达特穆尔时,他的语调就会变得风趣幽默又生活化,若是一不小心流露出高傲自大的学究作风,那份对达特穆尔的热情也会掩盖这些不足。

他写的那些小说情节夸张,甚至让人尴尬,却又引人入胜。对于小说中的人物,尤其是那些家庭贫困、身为基督徒又行为怪异、挣扎在贫民窟的人们,他似乎有一种冷漠到近乎残忍的情绪贯穿始终。这种离经叛道的情绪在一个冷静又尽职尽责的乡绅身上可是不常见。我开始理解他对于沼泽的迷恋，也开始好奇，在第一晚他是抱着什么样的心情，冷漠地提起他那些四散定居的孩子们。

福尔摩斯进来的时候，我正痛苦地读到《玛哈拉》这本烂书的最后一章。他好像说了点什么，我一边敷衍地回应，一边翻着书页。

"你干吗穿成这样，福尔摩斯？"

他抬起眼，停下手上穿袖口的动作："去理查德·基特里奇家赴宴啊，罗素，我之前跟你说过了。"

"我的天！"我赶紧跑到衣柜前面找衣服穿，"我还有多长时间准备？"

"车已经到楼下了，再有五分钟我们就会华丽丽地迟到。"

我扯出衣服，胡乱地套上长裙，然后成功地穿上长筒袜（没有弄得抽丝），最后对着镜子理了理头发。

"外面在下雨吗？"我问。

"是的。"

"那我必须带把伞。你去帮我拿一把吧，谢谢。"

我着急的时候经常会这样，头发就像一团乱草，必须把它们梳理整齐。我对着镜子看看，终于能见人了，赶紧拿了件羊毛外套，飞奔下楼。

古尔德正在门厅，尽管他说着"祝你度过愉快的夜晚"，但其实，至少我认为，他连看都没看我。福尔摩斯就在门口，他一听见我的脚步声，就走出去打开一把巨大的浅绿色雨伞，拥着我，走向等在那儿的车。穿着制服的司机站在距福尔摩斯一步之遥的地方，扶着车门。我跟着福尔摩斯上了车。司机接过雨伞，安置妥帖，开车驶离了卢宅。

八

随着解放工人阶级,提高工人福利的呐喊,我遗憾地看到,乡绅阶级正在渐渐消失,悄无声息地被新贵取代。

——《早年忆事》

车穿过狭窄又高低起伏的小路,通向沼泽,我感觉坐在旁边的福尔摩斯态度有些异样。车窗外的灯光逐渐隐去,但足够让我仔细探究他的样子。福尔摩斯靠在舒服的车座上,双臂环在胸口,脸上露出厌恶的表情,这表情我之前见过数百次。

"福尔摩斯,怎么了?"

"什么怎么了,罗素?"他有些不耐烦,一直看着路边经过的灌木石墙,"我真的希望以后别再问我这种没头没脑的问题了,这问题连个先行词都没有。"

"如果是双方都知道的话题,就没必要说先行词啊,你明明知道我在说什么,你的肢体语言已经表现出你现在很不高兴。鉴于今晚赴宴不是我的主意,所以不是我强迫你来的。你肯定是被什么东西惹恼了,到底是什么?"我回道,"如果你坚持沉浸在自己的世界里,我就没必要再问了。其实如果你想要个人空间,福尔摩斯,你当初就不该娶我。"

他终于生气地把目光从那一方小小的车窗上移开,转过头,盯着我看了很长时间,才重新找回绅士风度。他松开胳膊放到大腿上,看上去有点不安。尽管我们和司机之间的玻璃很厚，发动机轰隆隆的声音也很吵，他还是压低了声音。

"我今晚才发现原来基特里奇的家就是巴斯克维尔庄园。"他说。

我立刻就看出来了，我俩的烦恼不太一样。我怕案子的走向越来越不对头，而他却烦巴斯克维尔那件案子又要被人重新提起、大肆夸赞。当然福尔摩斯很享受因自己的破案能力而获得的赞赏，但是他很厌恶华生的畅销小说带来的虚名。

"福尔摩斯，距那个故事出版也有差不多二十年了吧。"

"昨天，基特里奇的秘书为了讨老板的欢心把整个故事都复述了一遍。古尔德可是什么都没管，我诅咒他。"

"我们可以掉头回去，"我说，"如果你想回去的话，我就假装生病。"这是婚姻带来的意外好处，随时都可以此为借口，而又不会被人怪罪。

"罗素，谢谢你的提议，但是算了吧。常言道苦难磨砺心灵，早知道的话，我也不会答应。估计正因如此，基特里奇和古尔德都没提过他家在哪儿。"

"那我就不说什么，反正说了也没用，只能让你反胃。"

"谢谢。"

"别多想了。那套房子是怎么到基特里奇名下的？如果是遗产，他应该姓巴斯克维尔才对啊。"

"那房子是他买的，房子、院子和里面的所有东西都买下来了。听古尔德说，两年前，基特里奇环游世界，最后一站到了英国。周末在苏格兰狩猎的时候，听熟人提起这座房子，很感兴趣。看过房子以后，决定从巴斯克维尔家族唯一的后人那里买过来，这唯一的后人就是亨利爵士的女儿。"

"亨利爵士没有儿子吗？"

"他有两个儿子，都死于战争。一个牺牲在索姆河战区，另一个在地中海附近，死于德国潜艇袭击。亨利爵士在战争之前就去世了,他的遗孀死于1919年的流感。当时他们的女儿才二十二岁,还没有成家,巨额的遗产税让她的财产所剩无几,实在无法继续操持庄园。这庄园就像一个巨大的无底洞,悄无声息地吞没了大量金钱。你看。"他说着,一根修长的手指指向前方。

不知不觉,汽车已经爬上沼泽外围的斜坡,穿过边缘的树林,进入狭小的田地和牧场区域。汽车继续爬坡,低洼的村舍渐渐脱离视线,终于进入遍布巨石的中心地带,广阔无垠而又荒凉阴郁。没想到,在这样贫瘠的土壤上竟然有一小片地方长出了树木。树的上方似乎露出两座细细的塔,接着车往树的方向驶过去。

从大门可以看出,这里最近装修过。虽然门柱因年久而变形,但石头看起来是刚擦洗过的,铁门上刚刷过黑漆的精致花纹也闪闪发亮。门口的传达室小屋很新也很整洁,居住者好像很在乎大宅的整体形象,连小屋的窗帘都收拾得整整齐齐。穿过大门的时候,我抬头看了看门柱顶上的石制装饰物,它们看起来像是些硕大的土豆。福尔摩斯告诉我那些是巴斯克维尔家族的野猪头装饰物。

大门内是一条长长的林荫路,路两旁古树的叶子虽然都掉光了,散落一地,但树顶的枝干还是纵横交错,遮挡了夜晚唯一的天光。昏暗的林荫路像是一条幽长的隧道,只有汽车的大灯照亮了前进的路。路旁的一排路灯还未被点亮,一个个孤零零地站着,只有在车灯的照射下才能隐隐约约看到它们的身影。

在离隧道出口大约二十英尺的地方,一束强光透过前挡风玻璃,直直地照射到我们脸上,让人目眩。司机用手挡住光,慢慢减速,小心翼翼地开出林荫路。汽车穿过一片宽阔的草坪,草坪两侧是漂亮的花坛,之后我看到一座被常春藤包围的宅子，宅子两侧就是我在入口处看到的那两座尖塔。从远处看，这两座塔很壮观，但近看，两座塔坐落在一起有点拥挤，摩登的设计和宅子主体也并不十分相称。在门廊墙上大灯的照射下，整座宅子闪烁着蓝白色的光辉，十分安详美丽。门廊里面被挡住了，但透过遮住方形窗棂的窗帘，能够隐约看到屋内的灯光。

福尔摩斯自言自语："看来亨利爵士很好地运用了斯旺和爱迪生的发明成果。"

"少两三个小灯泡也不会有什么差别。"

"他就是想驱散黑暗。"

"是啊，他做到了。"我回应，但我不禁感受到，这里没亮灯的地方似乎比刚才的林荫路黑得更加彻底。

我们从林荫路出来的时候，理查德·基特里奇就已经在门口等我们了。他走上车道迎接我们，并为我开了车门。我对他回以微笑，允许他扶我下车。当时雨变小了，更像是雾结成了雨丝飘下来，路面湿滑，好在下车的时候没滑倒摔他身上。

从为我开门、行礼，到与福尔摩斯握手问候这一系列动作，全程都贯穿着基特里奇那热情奔放的美式口音。

"不得不说，各位的光临让我备感荣幸。我买下这座庄园的时候，万万没有想到，曾拯救它免于恶棍之手的人会有一天亲临至此。当然，"他直言不讳，"猎犬传说正是我买下这座房子的重要原因。这就好像买下了一部分英国历史，而且是最有趣的一部分。来吧，我们到了。"走到门前，他招呼我们进去。"您会发现我把这屋子改了一点。"他对福尔摩斯说，同时风风火火地去开门，差点碰倒旁边侍候的管家。

"抱歉，特普奇，我没注意。请进吧，福尔摩斯夫人、福尔摩斯先生，烤烤火暖暖身子。想喝点什么吗？"

据我判断，这位管家到这儿来已经有段时间了，因为基特里奇没用他开门，他也没说什么，甚至基特里奇向他道歉，他都没什么回应。或者，他可能以前给美国人做过管家，习惯了。

木柴在老式大火炉里燃得正旺，即使隔着火炉围栏，仍能感到暖意。福尔摩斯和基特里奇相互寒暄，我则坐在皮椅上，背朝火炉，享受着炉火的温度和木柴燃烧的噼啪声。过了一会儿，特普奇端着一个擦得锃亮的托盘送来了酒水。我又换到了红褐色的扶手椅上坐下，小嘬了一口雪利酒，饶有兴致地观察这座宅子。

亨利爵士对电灯的热爱在大厅里也体现得淋漓尽致，我感觉自己像坐在最明亮的伊丽莎白风格的建筑里，而且还是在舞台边上。我能看见二楼画廊栏杆上的每个刻痕，也能看见楼梯地毯上的修补痕迹，甚至能看见墙上画框的灰尘。这当然有些不和谐，还很煞风景。屋顶被熏黑的椽子，墙上的裂缝和褶皱，这些本该被遮掩起来，就连窄玻璃窗上的污渍在大白天也不一定能看见。强烈的灯光把旧橡木镶板照得发亮，墙上的盾徽也看得一清二楚，整体看上去并不和谐，因为除了绚烂的色彩和奢华的装饰，这里显得十分杂乱。刺眼的光使整个大厅一览无遗，看起来很新很亮，却一点都不像老建筑该有的风格。

后来，我才意识到两位男士正盯着我。

"不好意思。"

"刚想问您在看什么。"基特里奇说。

"我在想您怎么给这么多灯泡供电。"

"发电机和电池，"他立马回答我，"亨利先生安装的。装得真是好，要是宅子里的每个灯泡都亮着，足够用六小时。虽然发电机和电池没坏，但伦敦的技师早就应该来检查大道上的路灯，它们已经好多天不亮了。"

"这就是房主的麻烦事。"我嘟囔着，深感同情。

他斜眼看我，欲言又止，抿了口酒（不是梅子酒，看起来像是淡淡的威士忌），转身面向福尔摩斯。

"福尔摩斯先生，您怎么这个季节来达特穆尔？不会是又出现猎犬了吧？"

"基特里奇先生，我是来度假的。只是来看看老朋友。"福尔摩斯平静地回复，举起酒杯，礼节性地朝他笑了笑。

"噢，对，巴林·古尔德。您是在巴斯克维尔的猎犬那件案子中认识他的吧？他当时也参与了，对吧？"

"是的，他也参与了。但是我和他早在之前就认识了。"

基特里奇微晃了下身子，表情略显苦涩，看得出，他已然明白福尔摩斯不想谈任何关于这件案子的事情。于是他换了个话题。

"我相信我们有共同的朋友，福尔摩斯先生。"

"哦？"他非常礼貌，眉毛都没有挑动一下。

"布莱斯·巴顿女士。很多年前您帮了她一个忙。我之前在我的俱乐部遇到一位上校，他们邀请我去他们那儿玩了一个周末。那里的人很好，布莱斯·巴顿女士跟我说了很多关于您的事。"

我想也只有美国人能在俱乐部结交新的朋友，但我脸上并没有表现出来。福尔摩斯转过头来对我说："罗素，很多年前我帮她找到了遗失的项链。那时候我还是个少年，没钱吃饭，也没钱付房租。"

"她说，您进屋子不到一小时就找到了项链。"基特里奇详细地描述着，对福尔摩斯极尽赞美。

"其实就在沙发坐垫的后面，"福尔摩斯回答说，听起来很是无聊，"我觉得她在夸我的时候并没有提到我那时给她的建议吧。"

"好像没有吧。"基特里奇自己也不确定。

"我告诉她,以后一定要把自己的贵重物品放到安全的地方,免得喝醉以后不省人事。另外要多花点钱在家务上,这样那些天天加班的女佣就能打扫得彻底点,定时打扫沙发靠垫。她那个沙发看起来真的很恶心。"

基特里奇听到这个觉得很搞笑。我等他的笑声平息了才问福尔摩斯:"那她后来真的付你钱了吗?"

"你知道吗?"他说,听起来有点惊讶,"我觉得她并没有。"

我俩之间这场小小的戏成功地岔开了基特里奇无聊的话题。

"告诉我,基特里奇先生,您平常在沼泽都有什么娱乐活动?"

他的答案基本围绕着沼泽外的事业,或者重建沼泽旁边的某些建筑所带来的愉悦感和荣誉感,中间还夹杂着一些定期旅游的趣事。但是听着这些事,我觉得沼泽的魅力正在逐渐被掩盖,好像刚刚拥有巴斯克维尔庄园(这英国历史的一角)的兴奋感也随着整座房子的修缮消磨殆尽。在达特穆尔,基特里奇的娱乐活动就是逃离这里,去伦敦,去苏格兰,去巴黎甚至纽约。他当时满腔热情地买下这座庄园,花了数月时间和一大笔钱来修缮它直至完美。现在这个富人的"玩具"闪闪发光,马上就要完工了,而这里清新的空气,飞奔的猎狐,甚至是与巴林·古尔德的谈天说地都无法留住他。

基特里奇似乎也感觉到他的答案有些单薄,就赶紧把话题转移到福尔摩斯身上:"那您呢,福尔摩斯先生?在苏塞克斯过得如何,肯定不会只是养养蜜蜂吧?感觉现在柯南·道尔出的故事也不是很多了,我觉得您肯定一直在着手调查某个案子，然后就能再多给他些素材。"

福尔摩斯深吸一口气，然后慢慢吐出来，平静地说："基特里奇先生，探案这种事我都留给年轻人来做了，我现在基本都在写作。"

我低头看着我空空的玻璃杯。基特里奇满脸怀疑地看着福尔摩斯，刚要开口，房间对面的响声引起了他的注意。管家特普奇站在门口说晚餐已经准备好。我们听到声音转过身的时候，福尔摩斯满怀深意地瞟了我一眼，我挑了一下眉，他立马摇了摇头。我想这意味着我们还得继续听基特里奇吹一会儿牛，从我们进入这里开始，他几乎所有的话都在把我们往巴斯克维尔那件案子上引。尽管由于某些原因福尔摩斯并不想离开，但是我可听够了那些故事。

福尔摩斯跟着我一路走进餐厅。刚一进去，我就走到一侧停了一会儿，让福尔摩斯进入餐厅，然后转向基特里奇和他面对面，我这一转身让他跟跄了一下。定了定神，我抓住基特里奇的衣袖，直视他（实际上我比他稍高一点），用清晰又严肃的声音一字一字地说：

"基特里奇先生，我的丈夫不太喜欢谈论那些旧案子，这会让他不舒服。"

大部分男人，尤其是像基特里奇这种强势的男人已经习惯了无视女人，除了那些美丽的未婚少女。我早就默认了这种事，而且觉得被无视有时候对我来说更加方便自在。像今天基特里奇这件事也是这种情况，我有我的自知之明，他有他对福尔摩斯的向往。但是，现在他应该有点震惊。我盯着他的眼睛看了一会儿就笑了，放开他的胳膊，让他缓缓神。我们走到桌边坐下来。这是一张干净得发亮的长桌，有四个座位，桌上仅靠蜡烛照亮。当然这昏黄的烛光对我们来说都是一种解脱。

这时基特里奇的秘书大卫·沙伊曼匆匆忙忙地进来，迅速坐在第四把椅子上。

"不好意思，我迟到了。"他说，"刚才工作有点忙，忘了看时间。"

"大卫，你错过了刚刚的饮酒漫谈，"他的老板说，"不过现在还来得及继续。福尔摩斯夫人，来点红酒吗？"

我想我怎么一开始没纠正他对我的称呼，这样的叫法使我有些厌烦。男人结了婚不用改姓，而女人就要改，这不合理。或许我当时没纠正他，是因为不想破坏他对我的印象吧。再或许，是出于其他什么原因，但我只是犹豫了一下，接受了特普奇倒的红酒。虽然福尔摩斯肯定注意到了我的反应，但他对此什么也没说，连肢体语言都没有。

"沙伊曼先生，您做什么工作那么忙啊？"我问道。只是为了有话可说，并非真的感兴趣。昏暗的灯光下，可以看出他虽然不太起眼，却是个开朗有趣的年轻人。他头发浓密而整洁，两颊下方金栗色的胡须也十分整齐，两撇小胡子几乎遮住了他薄薄的嘴唇。他的手掌像他老板的一样，宽厚而有茧。他的脸晒成了深色，看起来身体不错。

"整理一些旧手稿，"他的回答出人意料，"手稿很有趣，记述了很多有关沼泽的神话和传说。虽然故事大体相同，但版本之多简直超乎想象。就比如说黑色猎犬的传说……"

坐在我对面的福尔摩斯撇了下嘴，但还没等他换话题，基特里奇开口了："大卫，我相信一定特别有趣，等饭后再给我们讲吧。"沙伊曼有些不解地皱眉，一道皱纹清晰地浮现在他额头上，但他没继续说下去。基特里奇接着说，"福尔摩斯夫人，您一定知道古尔德热爱收集故事，但他跟您提过吗？他年轻的时候还去过冰岛旅行呢。"

"确实没有，他从未提起过。"我说。虽然我白天看书的时候读到了他的旅行，但我说的是实话。

"他是一位伟大的旅行家，像他父亲一样。他是在旅行途中出生的，所以可以说这是与生俱来的。在他三四岁的时候，他的父亲开始热衷于旅行，于是收拾家当，带全家人乘马车去了欧洲大陆。巴林·古尔德就是在旅途中长大的，从德国到法国南部，再从法国南部回到德国，直到十五岁左右才来到这里。没有老师，没有校纪班规，各种语言只会说不会写，感兴趣了才去学科学知识。这是怎样的童年啊？"

他说的和巴林·古尔德那天晚上自己告诉我们的一样，听了他的成长经历，了解了他父母的教育方式，我大概明白了他为什么对研究总是浅尝辄止了。

"你看过他的回忆录吗？"他问我。我刚吃了口饭，摇摇头，福尔摩斯也回答说没看过。"有趣的回忆录，有趣的生活。现在只出了第一卷，第二卷明年会出版，而且古尔德正在写第三卷。"

"书里并没有提到关于巴斯克维尔的猎犬的传说。"沙伊曼说。

基特里奇用力拍了拍他说："当然没有，那件事三十年前就结束了。福尔摩斯先生，您也算是个古物研究者，您来说说，当年罗马军队来过达特穆尔吗？"

基特里奇和福尔摩斯讨论的话题从福尔摩斯的探案生活、锡矿和腓尼基商人、沼泽十字架，到今年夏天军队和游客的矛盾，从监狱改革再到路上那些立石的用意（我认为那是当地无聊的居民们立的，他们觉得起大雾的时候，在路上看到这些巨石会很刺激）。我就安静地听他们讲，而沙伊曼自己喝了三杯酒。

渐渐的，话题又转回巴林·古尔德和他的回忆录上。他们谈到古尔德的健康每况愈下却坚持创作，谈到他最后一卷回忆录的创作进度。沙伊曼打断了他们。

"我很好奇这部回忆录会不会提巴斯克维尔的猎犬。"他对福尔摩斯说,声音含含糊糊,显然他补上了饭前没赶上的酒。基特里奇瞪了他一眼。

"大卫,你喝够了吧。"他的声音低沉而又坚定,甚至带着威胁的语气。他的秘书几乎条件反射一般放下酒杯,但酒杯却碰到餐盘,微弱的碰撞足够撞掉他手中的杯子。酒泼洒下来,径直洒向我,我猛然向后躲,却没完全躲开。

我轻轻地擦掉裙子上的酒水。除了福尔摩斯,其他两人焦急地走过来,沙伊曼脸色苍白,基特里奇十分生气。

"大卫,你还是离开比较好。"他的秘书没说话,放下餐巾顺从地离开了。基特里奇向我道歉,仆人安静地把秘书的餐具撤走了。我笑着宽慰他说污渍能洗掉(希望自己没表现得太虚伪),然后继续用餐。

基特里奇拿起刀叉继续跟我们聊天,讲了一些巴林·古尔德的事来取悦我们。听他说巴林·古尔德以前当校长的时候养了只宠物蝙蝠,蝙蝠时常停在他肩膀上,学生们都说它是古尔德的眼线,经常会在他耳边说些邪恶的秘密。巴林·古尔德还曾经救过一匹冰岛小马,并把它带回了家。巴林·古尔德有个黑黑长长的包,搭在肩上旅行的时候用,学生给包起了个绰号叫"古尔德的黑色跟屁虫"。基特里奇从没见过他的妻子格蕾丝,她在1916年就去世了。但是基特里奇从巴林·古尔德同父异母的兄弟——教区牧师亚瑟·巴林·古尔德的口中打听到他们夫妇俩的故事。一个是刚从磨坊下班、穿着木屐回家的十六岁姑娘,一个是三十岁的教区牧师,牧师看到她的时候,一眼就认定她将成为他的妻子。姑娘几乎不怎么识字,牧师就把她送到朋友那儿,教她正确的发音,教她说话礼仪。等到姑娘十九岁的时候,牧师娶了她。一个是高大古怪的中年牧师，一个是娇小文静又勤奋努力的年轻姑娘，她有钢铁般的意志、宽容的心肠，还有点冷幽默。这两个人看起来并不十分相爱，也不互相依赖，并不般配。而且大家都觉得格蕾丝去世的时候，古尔德也并不伤心。

客观地说，我觉得基特里奇开始讲故事的时候，并没有意识到他的两个客人把别人曲折动人的婚姻史看作一件很私人的事。当意识到他面前这对夫妇的年龄差（幸好不是受教育程度的差距），比故事中的古尔德夫妇更甚时，他略显局促，但还是假装忽略了这微妙的尴尬气氛，坚持讲下去。

然而，故事很快就结束了，基特里奇把话题完全引向了另一个方向，开始讲述古尔德在沼泽的考古发现以及有关德文郡协会的事。

晚餐不错，奶酪做得尤其恰到好处。我们吃完饭回到中央客厅，告别了那个说是餐厅却更像宴会厅的地方。宴会厅里有条像属于吟游诗人的画廊，里面挂满了房主祖先的画像。我们吃饭的时候总觉得自己受到画像的瞩目，回到客厅，我发现那些金光闪闪的灯都关上了，取而代之的是轻柔的烛光。而现在，我正在炉火前的椅子上喝咖啡，男人们在喝白兰地，十分安逸。基特里奇终于放下了他对福尔摩斯那些旧案的好奇心，谈话内容让人愉悦。总之，今晚过得比我预想的开心。

就连整个客厅也看起来更有魅力。没有了那些电灯，房间恢复了自己往日的年代感。这个装潢精美的房间历经了世事更迭，承载了巴斯克维尔家五个世纪的家族历史，却模样依旧。

除了太过奢靡，住在这里对于身心和视觉都是一种享受。我觉得基特里奇在买房子的时候应该是把那些画像和这里的家具一起买了下来，但是环顾四周，我开始感到疑惑了。这些家具不是年代太久远，就是新得不像巴斯克维尔家族用过的，而且一座在一个女人照看下修复的房子，怎会有如此硬朗、黑暗的男性化风格。很多装饰都风格明显：地毯、雕塑、枕头、墙纸、画像都用色大胆密集，质地奢华。整个效果豪华得让人移不开眼。我耐心地观察着这里的一切，注意到几何形状的巧妙运用，壁炉前的一组椅子和沙发组成正方形，与房间里分散开的另外两组一起组成一个大三角形，横贯整个屋子，好像都不考虑使用者的感受。

火炉对面的沙发上摆放着很多色彩斑斓的刺绣抱枕，我舒舒服服地坐在其中，这才意识到这屋子让我想起了什么：摩洛哥风格的建筑和装饰艺术，以几何元素为基础的阿拉伯图案和那些诺曼风的精妙蕾丝，一针一线间似乎蕴含了诺曼王朝的力量。这座房子建于两百多年前的伊丽莎白时代，但初次观察大厅，却发现其装饰的色彩和图案过于丰富，这实属罕见，而此刻映在数根粗蜡烛的光线下，它似乎又晕染了东方殿堂的神韵。我笑着想：我们这位皮肤黝黑的美国老板，竟然像这里的土著一样归隐在沼泽深处。

福尔摩斯小啜一口，开始发问："基特里奇，跟我们讲讲，作为一个在金矿发了大财的加州人，你为什么会住在这样的地方呢？"

"看来我的朋友已经跟您说了我的情况。"他笑着说。

"古尔德并没有讲起过。"福尔摩斯说。

基特里奇挑了挑眉，神情谨慎。一般情况下，每当福尔摩斯像算命先生一样推断出他人身份的时候，对方都是这副表情。

"你猜的……"基特里奇立刻改口，又做出一个微笑，"都是你推理出来的吗？我就不问是怎么推理出来的了。"他笑得有些僵硬，喝了一口酒。

"那是在阿拉斯加，"他说，"不是加利福尼亚的金矿。加州的金矿在我出生以前，要么已经被采空了，要么已经被人占有了。1897年，我三十一岁，在波特兰开了一家商店，生意不太好。7月16日，坊间疯传开往旧金山的一艘船上载有价值五万美元的金币，而且全部放在一个手提箱里。第二天，这艘船又从波特兰开往西雅图，装载了将近两吨重的黄金，两吨啊！相当于那艘船载有价值一百万美元的黄金。听到这则消息后，我用了两个小时就把店里所有的东西低价卖了出去。不到一周，我就收拾好了行李，带上干粮，向北出发了。

"我不知道到底有多少满载着淘金者的船起锚离港，反正我是在第一批起航的船上。另外，那年河水的冰期来得比往年早，我不能冒这个险。所以我穿过整个大陆，从史凯威[1]到戴依[2]，然后一路从奇尔库特山口[3]向北到达育空地区[4]，那时候我以为自己成功地在冬天来临之前到达了淘金场，然而我大错特错，我赶上了一个隆冬。天啊！请原谅我，福尔摩斯先生。我的天，那时候真是太冷了。我快被冻死了，您根本无法想象那种冷。滴泪成冰，能冻住你的眼，断了你的睫毛，吐出的口水还没到地上就冻结实了。沾湿的皮鞋如果不上油就会立刻冻得邦邦硬。对了，要是你没注意到手套上的小洞，可能你还没意识到冷，手指就被冻成冰了。"

他微笑着伸出左手，晃了晃残缺的小拇指。

"但是，我还是幸运的，至少我没有被饿死，没有掉进冰河里被冲走，没有被埋在雪崩里，没有活活被蚊子、熊、狼吃掉，更没有被那些狂躁的侵地者射杀，当然还有另外数千

---

[1] Skagway，位于阿拉斯加东南方内湾航道的最北端。——译注

[2] Dyea，阿拉斯加港口小镇。——译注

[3] Chilkoot Pass，是连接加拿大不列颠哥伦比亚省和美国阿拉斯加州的高海拔山口。——译注

[4] Yukon，加拿大的三个地区之一，位于加拿大版图的西北角。——译注

种死法。是的,我活了下来,尽管那确实是一段最糟糕的经历,但是也让我收获了回味一生的冒险经历和花不完的金子。我确实是幸运的,到达那里时,我发现还有大批的金子等待着精力充沛、手持铁锹的人们去开采。仅仅几个月,大大小小的金矿就都被采光了。"

不久理查德·基特里奇就离开了那里,带走的金子足够过上奢靡的生活。

"我和自己的青梅竹马结了婚,婚后十年她就去世了。不知怎么,她去世以后我的生活一直不太好,所以我决定卖了家产出去云游。我去了日本、悉尼、开普敦。几年前,我定居在这里。那时候我刚到英国不足两个星期,就从一个苏格兰朋友那里听说了这个地方。可能对你们来说这里不怎么样,但是我很喜欢,所以留了下来。我喜欢这里的空气,它让我想起阿拉斯加最美的春天。这里冬天很冷,我已经开始再次感受到那种刺骨的寒冷了,比纽约和巴黎最冷的时候更甚。"

这个故事好像是他的一样得意物件,精心抛光擦亮以后,时不时地拿出来给人看看,邀人夸赞。可以想象,他在苏格兰猎场的小屋里就是这样,狩猎之后和新朋友们围坐在一起,讲述他那不可思议的传奇故事和发家史。

"你打算搬走吗?"福尔摩斯问道。

"应该会吧。"

"古尔德会想念你的。"福尔摩斯说。

"我也会想他的。他是个疯狂的老傻瓜,但确实很会讲故事。当我在法国南部晒太阳的时候会想念他的,我甚至有可能去香港,体验一次全新的生活。我的秘书也会喜欢的,对吗,大卫?"

我竟然没有意识到大卫站在身后,他脚步太轻了,地毯也太厚了。炉火的光线下,他尴尬地耸了耸肩,然后去接了杯咖啡。他只离开了不到两小时，但现在已经非常清醒。

"我必须要道歉，"他对我们说，"由于身体的一些缺陷，我对酒精非常敏感，真不应该喝那么多。我出丑了。请大家看在我真诚道歉的分上……原谅我吧。"

"噢，孩子，"基特里奇说，"没人生你的气。我知道你的情况，所以只是提醒你别喝太多，伤了身体。"

事实上，基特里奇餐桌上的语气更像是愤怒而非关心，但他现在应该已经原谅大卫了。下属确实不该在公众场合喝得酩酊大醉，即使是在美国家庭宴会这种相对随意的场合也不可以，大卫应该很清楚。现在，他坐在远离老板和客人的地方，也不烤火了。

"大卫，可以给我们讲个达特穆尔的故事吗？"福尔摩斯说。

"我……呃……其实也不是那么有趣。我是说，我觉得有趣，可是……"

"大卫，"福尔摩斯接着说，"也许你可以给我妻子讲讲巴斯克维尔的猎犬的诅咒。"

大卫·沙伊曼非常吃惊，看了一眼老板，寻求指示。虽然基特里奇曾严厉反对大卫提起那些猎犬传说，但这次福尔摩斯亲口要求，他也没法说不。基特里奇耸了耸肩。

"既然我们的客人想听，大卫，你就讲讲达特穆尔黑色猎犬的故事吧。"于是沙伊曼不自在地开始了故事的讲述。

"我在读一些关于达特穆尔历史的书，偶然间读到一个巴斯克维尔家族诅咒的原型故事。并不是巴斯克维尔的猎犬那个故事，"他愧疚地瞟了眼福尔摩斯，"而是真实的事件。17世纪有一位叫理查德·卡维尔（*Cavell*）或者卡贝尔（*Cabell*）的乡绅，富有激情，也很幸运，也许是不幸，娶了一位年轻漂亮的妻子。

"婚后一两年，除了没有生养孩子，他们过得还不错。可是，不久之后丈夫发现妻子背叛了他。他驱赶了妻子的情人，并将妻子禁足。然而妻子并未回心转意，反而一发不可收拾。于是，从小孩子到老年人，他辞退了家里所有的男性用人，还把妻子禁足在家，可妻子仍然会背叛他。他的嫉妒心愈发强烈。看到妻子和马厩工人调情，他大怒，打了她，并且再也不允许她骑马。看到妻子和农场主管说话，他又一次对她施暴并把她关起来。他怕家里的女佣和情人串通把妻子的相好带回家，于是辞退了所有的老雇员，请了一批新的。对妻子，他又爱又恨，最后只给她留下一条狗做伴。

"这天，丈夫回家正好撞见妻子偷情，于是把她打个半死，关了起来。

"这一次妻子担心自己会挺不过去，于是顺着藤蔓沿墙逃了出来，逃向沼泽另一边的姐姐家。

"但是她并未成功。丈夫发现她逃跑，骑马去追赶，追上后，嫉妒成魔的丈夫将妻子杀害。但当他从她身上拔出刀的时候，妻子唯一的朋友向他张开了复仇的血口。大狗扑向丈夫，撕裂了他的喉咙，为女主人报仇，而后消失在沼泽中，消失得无影无踪。之后每年的这一天，大狗就会现身，要么是在等它的女主人，要么是在等仇人出现。"

接着是一阵寂静，除了柴火燃烧的噼啪声，再无其他声音。直到福尔摩斯开口："有趣。"他语气倦怠，看了看手表。

"是的，"我兴奋地说，"确实非常有趣……"福尔摩斯提高声音打断了我，无疑是害怕我把大卫有意省略的部分补充上。"亲爱的，"他语气温柔，"我知道你对这个故事的学术研究十分感兴趣，但已经不早了。"

我们隔着空咖啡杯相望。基特里奇清了清嗓子，他看出来了，这次请福尔摩斯过来吃饭，非以正在酝酿的夫妻争吵结束不可。我没理他。

"正如我所说,"我继续说道,"这故事确实有趣。那个乡绅的名字也许来自拉丁语的'马'caballus,或者是cabal(英语,意为政治阴谋),影射他参与策划了政治阴谋。也许是说他内战[1]的时候是个保皇派。但最让人好奇的是,他的名字和亚瑟王[2]最钟爱的猎犬名字相同。而且我刚发现,其实亚瑟王传奇的中心地带,就在这里往北一点的地方。但是……"

福尔摩斯再次打断了我,听我胡扯一通以后,他的心情似乎一点都没放松:"也有可能Cabell只是他的名字而已,没什么意思。我们必须得走了,基特里奇先生。"

大卫对我的话非常感兴趣。但被打断以后,我发现基特里奇用异样的眼光看着我,所以我就不说了,只好跟着福尔摩斯回去。

上车后,福尔摩斯在司机背后低声对我说:"你肯定知道cavillars和cave这两个拉丁词吧。"

"和calvi相关,讥笑的意思。"我说,声音也放得很低,以防司机听到,"还有cave,当心、提防的意思。"

他笑了。剩下的车程虽然我们没说话,但气氛和谐而舒适。

---

[1] the Civil War,即英国内战(1642—1651),在英国议会派与保皇派之间发生的一系列武装冲突及政治斗争。——译注
[2] King Arthur,传说中古不列颠最富有传奇色彩的伟大国王。——译注

九

有人说立石的作用是观测星象,还有人说是用于确定至日的日期。但这些猜测都被否定了……至于那些石门转榫的臼座,竟然从未有考古学家提出这是用于清洗祭祀牲畜的石盆。

读这些废话的时候,我真的会怀疑当代教育是否真的具有价值。

——《达特穆尔之书》

等汽车历尽艰难终于跋涉到卢宅的时候,早已过了午夜,但和上次一样,一楼仍旧灯火通明。我应该早些回来的,我想,但至少这次我衣着还算得体。

我以前怎么会觉得古尔德过着独居生活呢?他的客人似乎络绎不绝,而且随时来访。我想道。

基特里奇的司机为我开了车门,又给我送来遗落在车里的羊毛外套,我晕晕乎乎地对他表示感谢。门口没有停车,而且令我意外的是,我第一次见到古尔德,以及后来古尔德招待基特里奇、沙伊曼和阿伦德尔的那间客厅竟没有人,只有一只猫趴在新生的炉火前睡觉。

"有人吗?"福尔摩斯低声叫道。没人回应。他走向楼梯,又突然站住。只见一个人从朝着炉火的高背椅上站起。他骨瘦如柴、头发稀少、棕色皮肤,三十七八岁的样子。他领口扣子松着,一身西装多处褶皱,显然刚才在睡觉。他眨眼看着我们，警惕性越来越高。他迅速俯身拿起火钳，看起来有点滑稽，却没什么震慑力。

"你们是谁？"他问道，听上去底气不足，"你们要干什么？"

"我们也想问你呢。"福尔摩斯说着镇静地脱下防寒服，摘下帽子和手套，放在旁边的小圆桌上，又开始解外罩的扣子，"古尔德在哪里？"

"他把自己锁在卧室了。"福尔摩斯修长的手指停住了，"他说他要睡了，就走了，我试图……他们就……"他不说话了，表情愧疚，却仰着头，像个犯了错还不服管的小孩子，"我告诉他我就在这儿等，他等会儿就下来了。"

福尔摩斯的手指又继续慢慢地解扣子。他摘掉围巾，脱下外罩，扔在沙发靠背上。他过去关上门，以防说话声传到楼上。他又去橱柜倒了两杯白兰地，走到我面前给了我一杯，然后拿着他那杯在沙发上坐下，随意地把胳膊搭在沙发靠背上，翘起了腿。

"如果我说得不对，你可以纠正。"他喝了一口白兰地，开口说，"你作为不速之客闯进屋子里，逼得古尔德只好躲进卧室。用人们赶你出去，你却试图闯入古尔德锁住的卧室，未果，只好在这里等着他下来。你以为这里所有的人都上了年纪，没法把你轰出去，就放心地在这儿坐下了。"

那人向前走了一步，一瞬间我以为需要采取行动了，因为当时福尔摩斯（年纪也接近他的一倍）还陷在沙发里。但是那人好像忘记了手里拿着火钳，虽然我还紧紧盯着，并且记住了所有重物的位置，以备紧急时刻将他制服。

"不！"他愤怒地反对，"我只是想跟他谈谈。我得让他明白……"

"小点声，年轻人。"福尔摩斯突然打断他，"先说你叫什么名字。"

"伦道夫·帕瑟林,"他放低了声音,"我是一名……讲师,在一所教师培训学院工作。我必须要跟他谈谈他对德鲁伊教[1]的偏见问题。他必须要收回言论,或者至少为我的论文说两句好话。现在没有出版社肯为我发表。他们都读过古尔德写的有关沼泽遗迹的书和文章,没人愿意听我说。所以我就逐条列出了他的各项错误,如果他不帮我跟出版社说,我就要公之于众,毁掉他的名声,让他成为人们的笑柄!"

他激愤地做着长篇演讲,声音越来越高,而我和福尔摩斯只好看着他,等他说完。在炉火的烘托和酒精的作用下,他高挑着眉毛,大口喘着粗气。

福尔摩斯把杯子放在沙发扶手上,指尖轻触嘴唇,开口对这个近乎发狂的人说:"帕瑟林先生,你是古物研究者吗?"

"先生,我是考古人类学家。相比楼上那个老家伙来说,我才是科学家。"

福尔摩斯没理他:"你确信沼泽中存在德鲁伊教遗迹,是吗?"

"确定!立石是为游行仪式设立的,祭祀圈、突岩顶上的祭祀池以及神示所,都用于举行宗教仪式,而那些摆放平衡的摇石用于阅读神谕。德鲁伊教教徒们集会的地方在韦斯特人之林,靠近双桥,那儿长满了槲寄生。它们就长在斯科瑞尔石圈山坡下的泰恩河旁,是德鲁伊教的圣物。显而易见,那些石头是神像,"他急于表达自己的观点,"但巴林·古尔德和他的追随者们却说那些是牧人的棚屋圈。还有那些符文标记……"

福尔摩斯猛地站起来,向前跨了三大步来到帕瑟林面前,

---

[1] Druidical, Druid 的变体,凯尔特人的古代宗教。教义的核心是灵魂转世说,主张人死后灵魂不灭,由一躯体转投另一躯体。——译注

一把夺过火钳。他动作迅速敏捷，吓得帕瑟林后退几步，差点跌到火炉里。福尔摩斯将他一把抓回来，愤怒地瞪着他："年轻人，你太无聊了，别待在这儿了，不要影响我们明天早饭的胃口。你是自己走，还是让我们送出去？"

他识趣地离开了，福尔摩斯关上门。上楼休息前，我们环顾整幢宅子，查看了一下门窗是否都已关好。福尔摩斯说得对，没必要在这儿站岗放哨，帕瑟林不是那种破窗而入的人。

第二天是个周日。早上，那个考古学家帕瑟林没有出现在餐桌前。实际上，一个人也没有，连餐桌都没摆。还是我们把艾略特夫人叫出门，让她找园丁挖几个土豆。恬静的早晨，空气湿润，充满泥土的芳香。我深吸一口气，心情十分愉悦。不远处铃声不断响起，果然是喧闹的英式周末。过了一两分钟艾略特夫人就回来了，心情似乎不错。

"你们起得真早。昨天那么晚才休息，我还以为会晚些起床呢，就准备迟了。现在快好了，一会儿就可以用餐了。"

我们本来说只准备点面包和早茶就行，但是有句话叫劳动最快乐，她把我们撵出厨房，一会儿就准备好了丰盛的早餐，对我们来说也算是种奖励。

"谢谢你们把那个混蛋赶走。昨天本来查理……查理·邓斯坦先生都要去拿皮鞭了，但巴林·古尔德先生没理会那个人，直接上楼休息了。我还想，今天早晨给古尔德先生送早茶的时候，是不是要从他身上迈过去。但后来听见你们回来了，那个人走了，我就安安心心地睡下了。"

"是啊，艾略特夫人。真后悔没早点回来，那样的话还能替你们早点解决麻烦。巴林·古尔德还在睡觉吗？"

她脸色沉了下来，很伤心："他有几天卧床不起，看起来今天也是。"

"我能和他说说话吗？"

"当然可以。虽然他闭着眼,但还是会说话、思考、祷告。你吃完饭我就带你上去。"

她今天脾气很好,从她做的饭上就能看出来:松软的炒蛋、新烤的面包,还有三种果酱。一会儿我们就全吃光了,吃得心满意足。我们刚来的时候食物非常糟糕,但之后的餐点完全不同,虽算不上是极品佳肴,但也很可口,是正宗的英伦餐食。我和福尔摩斯说着饭菜的变化。

"是不错。"他回答,"上次艾略特夫人是去看她姐姐了。留下干活儿的那个女佣,只会打扫剩饭,而且火炉坏了也没人会修。我们来的第二天早晨,艾略特就回来了,看到家里的状况也很不高兴。"他觉得有点好笑。我完全可以想象一个骄傲的主妇回来,看到我们吃的能把牙拽掉的炖兔肉会是什么反应。福尔摩斯喝完咖啡起身:"我们去看看古尔德吧。"

"你去吧,福尔摩斯。"

"罗素,一起去。不能因为他是个粗鲁的老人,你就不去看他,他毕竟招待了我们。况且他很喜欢你。"

"我还是不喜欢他对我表现出不屑的样子。"

"那些都是无意的,而且他对你很有礼貌。"他边说边给我开门,"事实上,你也这样。"

古尔德醒了,倚在枕头上,只是动了动眼睛。他说话声音很小,带着微弱的喘息声,但还能听得清:

"听艾略特夫人说,你们把那个混蛋赶走了。"

"经常有这种事吗?"

"没有,平常只会来些朋友。"

"你应该告诉村里的警察。"

"帕瑟林不会伤害我们。无妨。快告诉我,你们发现了什么?"

福尔摩斯拖了把椅子在床边坐下,慢慢给他讲我们的经历。我坐在窗边，静静地看着他们。巴林·古尔德面色蜡黄，十分疲倦，只是眼睛还有点生气，福尔摩斯提到我的时候他还会瞟我一眼。福尔摩斯跟他讲帕瑟林准备攻击时，我要搬起重物反击，又讲到帕瑟林灰溜溜跑了，两个人乐得手舞足蹈。为了逗听众开心，福尔摩斯对故事稍加渲染。最后古尔德闭着眼睛张着嘴笑得颤抖起来，却怎么也笑不出声。

那笑只持续了一小会儿，古尔德又安静地躺了会儿，吸了长长的一口气，才慢慢吐出来。

"可怜虫。亲爱的老威廉·克罗斯恩曾在什么地方说过，德鲁伊教教徒的目标之一就是迷惑后人，他们已经相当成功了。帕瑟林没有再来吗？"

"还没。"

"他要是再来，告诉他我会帮他写信。他虽然是个胡言乱语的疯子，但也得养家糊口。"

"我会转告他的。"

"昨天的晚宴怎么样？"

"我非常高兴你最后还是选择告诉我，晚餐设在巴斯克维尔庄园，虽然我们自己也意识到了这个问题。多亏了罗素，她成功地饰演了一个关心自己丈夫心理感受和名誉的年轻妻子，而且演技十分自然。基特里奇肯定会把她看成傻子。"

老人锐利的眼神扫过屋子找到我，这次我真切地看见了他眼神里的闪动。

"这场戏一定很精彩。"他说。

"确实如此。"

古尔德微笑了一下。因为这个微笑，我忽然有些理解为什么福尔摩斯能和他成为至交。

"罗素和我明天又要离开了，在我们走之前还有什么可以为你做的吗？"

"你知道吗？"古尔德沉默了一会儿回答说，"如果不太麻烦的话，我想听些音乐。"

福尔摩斯没说一句话，站起来离开了房间。我坐在床边，听着床上古尔德缓慢沉重的呼吸声。福尔摩斯回来的时候手里拿着一把小提琴，我便悄悄地出去了。

之后的两个小时我一直坐着思考，先是在我们的房间，后来又去一楼坐了一会儿。我试着去读古尔德所写的关于中世纪奇闻、大主教与先知们的那些传奇故事。小提琴的乐声不绝于耳，充斥着房子的每个角落。那律动简单却引人深思，和我在科里顿车站那条泥泞的路上听到的曲子一样。最后我抓起眼前的那本书，是古尔德刚刚出版的《早年忆事》，逃出大门。但是我发现连马厩都无法从音乐中解脱出来，就只好去了卢特伦查德教堂，关上厚重的大门。

我之前曾路过这个教堂好几次，一个简单的石质广场上坐落着一个高塔，恰到好处地镶嵌在铺满绿树的山坡上，周围满是墓碑和十字架。尽管路过多次，我却是第一次走进这里。我把古尔德的回忆录放进口袋，四处逛着。这是一个不太复杂的石质建筑，有着13世纪的地基，之后的两三百年间重建了一次。窗户不大，日光从窗外透进来，平静祥和，毫无压迫感，而且亮得恰到好处。空气中有蜂蜡和湿羊毛的味道，可能是早祷告礼结束时留下的。但奇怪的是，我感觉祷告礼并没有结束，好像在等待开始似的。

教堂里最大最显眼的就是用来把唱诗班与会众隔开的圣坛隔屏，隔屏巨大厚重，有壁龛、飞檐和线条交错的美丽图案。整个地方精致得不像是个粗鄙的小教堂，但明显带有巴林·古尔德的印记。肯定是他把隔屏做成都铎王朝时期风格的。从华美的隔屏上回过神来，我突然想起这里流传的一句话：上帝的光辉照耀着达特穆尔沼泽最闭塞的教区。

教堂里还有其他一些别致的东西，虽然它们被新建的隔屏掩盖了光芒。比如长凳一端刻着的圣麦克和他的神龙，另一端在1524年刻上的小丑，再比如小礼拜堂的三联画，旧时的黄铜吊灯，以及布道坛上精美的雕刻。我欣赏了这些艺术作品一会儿，就坐在日照好一点的长凳上，拿出带来的书。我觉得上帝一定不会反对我在他的教堂里读书，尤其是读古尔德的作品，是他在这荒郊野外创造了一个小教堂，化不可能为可能。

大约一小时以后，教堂的门开了，福尔摩斯走进来。他摘掉帽子，掸掉上面的雨水，穿过教堂，坐在长椅的另一边。他身体前倾，双臂伸展着搭在前面的椅背上，手里晃悠着帽子。

这种类似祈祷者的态度与他的性格极不相称。

我合上回忆录，抬头看着隔屏，上面是耶稣日常生活的场景。大约一分钟以后，我说："他是不是快不行了？"

"是的。"

"所以你才要到达特穆尔来？"

"我本是无论如何都要来的，但古尔德的身体状况让这件案子变得更加紧急。"

除了周围的各种艺术作品，整个教堂极度安静。我好像闻到了焚香和蜂蜡的味道，甚至能勾勒出一幅画面——古尔德穿着长袍站在布道坛上，说着那些精挑细选的句子，让他的教徒们或暗自惭愧或咯咯发笑。当我意识到再也无法亲眼见证这一场景时，一种毫无预兆的悲痛席卷而来。

福尔摩斯和我刚刚结束的那个案子始于和旧人的约定，她是一位已故的妇人。夏天的那几个星期，我一直活在这样一种认知里，即相比于活着的人，完成与死去之人的约定更加令人沉重，因为这样的约定不能协商，没有回头路，一旦失败就无法弥补,即使成功也只能求个心理上的平衡。那个案子很艰难,福尔摩斯用一封电报把我从牛津拉到这里来的时候,我刚刚开始总结办理那件案子得到的经验。而且福尔摩斯也一直在恢复期,因为他还没戒掉黑雪茄。在调查罗金斯家族案情的那些筋疲力尽的日子里,福尔摩斯才重新拾起这种烟。那个案子实在压抑,每一条新的线索都会把我们推入一个更为复杂的境地,而现在我们在这儿面对的另一个客户,也很有可能无法坚持到最后。

如果为死人工作很困难的话,那为将死之人工作简直难上加难。毕竟,已故之人已经得到了永恒,而古尔德还没有。

"他还有多久?"我问。

"几周,最长几个月。他坚持不到夏天了。"

"我很遗憾。"尽管我还不清楚古尔德对于福尔摩斯意味着什么,但是我能感受到他们之间那种深刻绵长的友谊。

他没有拒绝我的安慰,也没再说起什么,只是点点头。

后来我们离开了教堂,周围平坦的地面上不可避免地立满了各种新旧墓碑。其中一个新立的墓碑在教堂下的一个小坡上,我走过去看了一眼。正如我所料,墓碑上面的名字是格蕾丝·古尔德,她来这里做女工,嫁给了那个人,成为他的妻子,然后葬在这里。她的墓碑上刻着"一半人生",这一定是古尔德立的碑。我想,他大概正等着到这里来陪她吧。

我们往卢当[1]走,在当地的蓝狮饭馆吃了午餐,然后在公共酒吧区打听有没有人见过伦道夫·帕瑟林。服务生一听就知道我们要找的是谁。

"你们错过了,他大概两小时前已经走了。去沼泽了。"

"去沼泽?他去干什么?"

"找猎犬,"他说,"他去找巴斯克维尔的猎犬了,他要把

---

[1] Lew Down,位于西德文郡的一个村庄。——译注

猎犬打死。"他看着我们的反应，放声大笑，"帕瑟林先生喜欢收集故事，谁跟他讲点什么他都会记录下来。今天早上他正吃早饭的时候，老威廉·拉蒂默过来跟他说最近沼泽里发生的事。你们已经听说霍华德夫人的马车出现了吧？尸体旁还有猎犬的爪印呢！"

"我们听说了。"

服务生有点失落，或许是因为失去了一个讲故事的机会，又或许是因为福尔摩斯语气平淡。他继续说："就是这样。帕瑟林先生听说有人在沃特恩突岩附近看到了猎犬，就决定过去看看。应该明天会回来吧。很遗憾你们已经去过了，不然或许还能在那儿碰到他。"

我们端着酒杯回来的时候，我对福尔摩斯说："我还以为这里的人不知道我们是谁。"

"村子里有点事就人尽皆知。要想真正隐藏身份，就得在特别偏远的地方，或者城市里。在这一片，估计人人都知道我们是谁，到这儿干什么。"

"我一直不明白，为什么你在沼泽里没有隐藏身份。"

"因为根本没有用，除非你对任何人都保密。"

我喝了一口杯中的黑啤，使之充盈整个口腔，带来快感。满满都是浓郁的发酵味和细腻的泡沫。我又喝了一口，轻轻把杯子放在桌上。

"接下来怎么办，福尔摩斯？"我问。

"接下来的两到三天，我们分头行动。我去北边操炮区给迈克罗夫特打探情况，先把这个可恶的任务解决掉。你往西南方向走，我们得弄清楚马车是怎么到沼泽来的，路线无非就那么几条。"

我伸手拿杯子，不小心碰翻了。一想到要只身一人去达特穆尔，我就不寒而栗。我好容易才压下了恐惧，等声音完全平静后，问他："为什么你觉得马车是从别的地方过来的？难道把马车藏在沼泽，需要的时候再出来，不是更有可能吗？"

"当然有可能，但事实上沼泽里没什么遮蔽物，很难把马车和几匹马藏住。但沼泽周边就不同了，周边有上百个可以秘密藏身的地方。尤其是东北区域，所以你从西南方向开始，可以比我走过的地方多很多。"

"我们今天中午就动身吗？"

"明天早晨吧，先给你时间研究研究地图。我想办法给你弄匹马，这样快一点。你需要绕沼泽半圈，其中一星期需要徒步。"

虽说平时我喜欢走路，不想到哪儿都骑着马，但这次我没意见。只要能在那种暗无天日的地方少待一天，我干什么都愿意。

整个下午我都一个人待在古尔德的书房里，只有一只瞌睡的猫，还有艾略特夫人准备的下午茶相伴。我能听到这屋子里的动静，头顶的卧室有人进进出出，门外的厨房有些吵闹，有个老夫人吃巧克力蛋糕噎到了，吐了出来……但是我都没管。

我把书架上所有的书都认真读了一遍。我像攀岩一样，踩着椅背，伸手用指尖够最高一层的书。古尔德是个学者，又在这里住了四十多年，这样看来，这些书并不算多，而且顶层的书还落了厚厚的一层土。

我发现很多书是古尔德写的。其实，除了最开始的十几本书，剩下的我都只是简单翻翻，读懂大体意思就放下了。有些书我并不是特别感兴趣，比如《莱茵河之书——从克利夫到美因茨》《恺撒的悲剧》《两个白人拉惹统治下的沙捞越》《冰岛——风景和传奇》《尼尔森传记》，甚至还有《中世纪后的牧师》。但我确实对几本专著比较感兴趣,如《迷失和敌对的福音书——分裂的前三个世纪〈耶稣一生〉〈伯多禄福音书〉和〈保禄福音书〉》《村民信仰会议》。还有几本题目非常吸引人的书:《狂热等诸多怪事》《德文郡的奇人异事》(古尔德似乎对奇怪的事情很感兴趣)和《圣洁圣徒和殉道者》;以及两本小说:《牧师帕珀》和《尤丽丝:达特穆尔传说》,第二本书完全可以称作实地调查。

傍晚,窗外暗淡的光已经转黑,门外飘来饭香。来书房五个小时之后,我终于在书架上发现了我一开始就想找的东西,开心得像发现宝贝一样忘乎所以。是《中年忆事》的手稿,记录了巴林·古尔德人生第二个三十年经历的故事。清样可能在出版商手里,因为第一卷才出版没多久,而这手稿上满是写写画画、修修改改的痕迹,但笔迹还是清晰易读的。我拿在手上阅读起来,刚写好的书总得有第二读者,但我一会儿还得放回原处。第三卷讲的是1894年到1924年的事,只写了三十页,夹在一个马尼拉文件夹中,放在高高的写字台上,文件夹旁边还有一支笔尖磨损、残留着墨水的钢笔和一个满是灰尘的墨水瓶。翻着手稿,我不禁想古尔德还能不能完成这卷回忆录,因为看起来他已经很久没动笔继续写了。

书房门开了,福尔摩斯走进来:"罗素,十分钟后吃晚饭。你应该已经记下地图了吧?"

地图我连看都没看,不过福尔摩斯并不知道,因为我下午看书的时候把地图弄得到处都是,像是看过一样(虽然看过以后,我应该把地图叠起来的,这点有些暴露)。我自言自语、含含糊糊地说了几句,然后开始四处找铅笔。福尔摩斯捡起一支铅笔给我,貌似没发现一点破绽。我接过来说了句"谢谢",就把铅笔放进上衣口袋,放的时候发现指甲脏了。

"我得去洗洗手了。"我身上已经落了差不多几立方米的灰尘，都是下午翻书的时候弄的，身旁是一摞要看的书。我拿起那摞书夹在胳膊底下要出门。

"罗素，别忘了这些。"他冷冷地递过来一打地图，我接过来塞在那摞书顶上，走出拥挤的书房上了楼。

吃完晚饭后，我们上楼来到巴林·古尔德的卧室。他坐在窗边的椅子上，看起来很疲惫，病怏怏的毫无生气，好像将不久于人世。

看得出他努力地积攒气力，看着我们，还很关心自己交给我们去处理的事情。

"古尔德，我们明天就出发，去两天。得弄清马车是怎么到沼泽来的，我还要去北边操炮区帮迈克罗夫特探探情况。"

古尔德嘴上扯出一个笑容："福尔摩斯，别让他们炸飞了你。"

"我会避免成为他们的靶子。"福尔摩斯安慰道。

我很吃惊："他们不会真的开火吧？"

"罗素，那边可是操炮区。"

"可是……"我还是把担心和反对咽进了肚子里，因为他们根本不会听我的。而且我安慰自己，要是没有躲开炮弹的能力，他可能也活不到现在这个年纪。

古尔德安慰我说："我觉得现在他们很少演习了，一般9月份就结束了。"

福尔摩斯说："古尔德，走之前你帮我们看看地图，告诉罗素从什么地方赶马车进入沼泽能避开视线。"

"福尔摩斯，幽灵马车是不需要走什么道路的。"古尔德低声严肃地说。福尔摩斯没有回答，只是从口袋里掏出一张小比例尺地图抖了抖，抻着角展开给古尔德看。老人本该从头上取下眼镜戴上，仔细研究地图，但他只是笑了笑，朝福尔摩斯摇了摇手。

"没必要看地图,我闭着眼都知道在哪儿。"他真的就闭着眼,福尔摩斯把地图铺在桌子上给我们自己——这两个对沼泽并不熟悉的人看。我拿出铅笔:"我认为,既然目击者都是在沼泽北部区域看到的马车,那我们就没必要去王子镇路以南的地方了。是吧?"

福尔摩斯补充道:"目前是这样,但以后可能要扩大搜查范围。"

"很好。那我们由南向北,从王子镇路和塔维斯托克的交点开始。"我认认真真地在地图上画了个小圈。"从那儿到玛丽塔维,进入沼泽的入口都在塔维河的东岸。除了……"古尔德向前坐了坐,把眼镜戴在鼻梁上,拿过我手里的铅笔,在等高线看不见的褶皱处画了个圈。"除了这里,一条沿田边走的车道。这幅地图测绘后,为了方便赶牲畜进沼泽,有些农民在这儿拆了一段老墙。"他说着,用指尖在一条线上划了个豁口,"这是另一处,这处很明显。"他斜眼瞟了瞟我的反应。我点了点头,又指了六七处我看到的其他入口。我们没有看地图上标记的大路和"沼泽入口",专门找那些隐蔽的入口。他又说:"在这儿有一条以前矿工留下的小径。这儿以前是运送泥炭的铁路线。还有这儿,要是车夫技术好、马匹壮的话,也可以从这儿走。"

古尔德对沼泽地形非常熟悉,一会儿就给我们讲明白了。我要先穿过沼泽到王子镇的另一边去,然后从那儿回到利德福德。而福尔摩斯要穿过沼泽到东北区域,然后沿顺时针方向赶路。我们会在沼泽中间会合,如果碰不上的话,周三晚上直接回到这儿来。

我离开古尔德房间的时候和他说了很多暖心的话,这连我自己都没有想到。福尔摩斯那晚又为他演奏了小提琴,尽管琴声很快就停止了,但他很晚才回房。

十

我一直在写这个被上帝抛弃的地方,但是只要读一读我的书就会知道,上帝不会抛弃任何地方,他的恩赐只是迟一点才到来。

——《达特穆尔之书》

早晨我简单地收拾了行囊,几乎把所有必要的东西(除了我的长裙)都装进了帆布包。我借了一双耐磨的登山鞋,还带上了古尔德的回忆录以及一张地图,然后就去了马厩。

在那里我遇到一件纠结的事:古尔德给了我一匹上了年纪的矮马,眼神迷离,皮毛粗陋。有了这匹杂种马(当然显然不是和设得兰马杂交的),再加上我笨重的靴子和帽子,我想象着骑在它的背上,一定是格外滑稽的画面。我觉得古尔德就是想看我的笑话,不打算帮我。

"这儿肯定还有别的马吧?"我对查尔斯·邓斯坦抗议说,他是和古尔德年纪相当的达特穆尔常住居民(我之前在花园里见过他)。"旁边的这匹马怎么样?"隔壁马厩的那匹马比我眼前这匹高一掌,虽然它要更老,但看起来既讨喜又值得信赖。

"它的名字叫红仔,是用来拉马车的。"

"它能骑吗?"在一座大农场有这样一匹专门干粗活儿的马很常见,但是在沼泽就不一样了。

"嗯,阿伦德尔先生经常骑它,但是没骑过它去打猎,温妮应该更适合在沼泽跑!"

"当然了,加上我的脚,都有六只脚在地上跑了。好了,别担心,邓斯坦先生,"我去除他的忧虑,"红仔能行的。"

幸运的是,很快就给红仔钉上了铁掌,装上了马鞍,调节好马镫,以便适合我的腿长和高低不平的地形。我找了一个皮制鞍囊放我的所有家当,包括一小袋燕麦和最后一刻从艾略特夫人的厨房拿来的吃的,这些食物几乎占了一半的地方。我赶紧拉低帽子,跨上马,离开卢宅,走进薄雾中,以防还有什么别的东西要加上来,比如钟形帐篷或是蝴蝶网。

这匹马很结实,像它的名字一样没什么多余的毛病,只有两种步态:悠闲地踱步或是挺直脊柱慢跑。我想试试它能不能跑快点,但是它耳朵向后使劲,步伐反倒慢了下来,它是在告诉我这已经是它最快的速度。该死,我要是嫌慢就只能下来自己跑了。

算了,反正也没什么可着急的,再说我们要去的也不是什么地形平整的跑马场,本来也没法跑。我和马各自干好自己的活儿就行。

然而,红仔还有另一个我没发现的特点——它容易受惊吓,我发现的时候为时已晚。

我第一次发现这一点的时候,为了保护自己,我在半空中曲身转了一个圈,落到地上,正落在它脚下。这家伙之前省下来前进的力气全都用在横向运动上了:它像一只受惊吓的猫,跳起来,直直地向左挪了十英尺,它甚至都没有叫喊、没有乱踢,也没有试图接住我。只是安静地站在那儿困惑地看着我,好像在好奇为什么我要把自己飞到半空中再摔在地上,然后等着我自己上马抓住缰绳。我重新回到马背上,做的第一件事就是看看自己有没有受伤,然后又看了看它的蹄子、腿、鞍囊和其他我能想到的地方,我想知道为什么它要做出这么激烈的反应。确认没有什么异常之后,我们又小心地上路了,后来再没发生这样的事,我就渐渐地松了缰绳,又把注意力转移到它的踱步方式上了。大约一小时以后,这事又发生了一次。

为什么那个该死的哥们儿之前没提到它有这个毛病?我一边想着一边从碎石上站起来,浑身都疼。

我们相安无事地走了十多英里,到了塔维斯托克。我脱下脏衣服,吃了些东西,洗了个澡,也让马去附近的马厩休息了一会儿,然后重新上马,向沼泽前进。天空中下着雾,还夹杂着小雨。

奇怪的是,红仔好像很喜欢山地,爬山时的速度比之前漫步的速度要快很多。从塔维斯托克离开,爬上陡峭小山的时候,我第一次感觉到选择红仔不算是个坏主意。

路沿着小山的一侧蜿蜒向上,大约有一千英尺,很窄但是修得很平整。在一块小菜地旁边,我们遇到了一辆正在全速下山的小货车,我非常高兴红仔没有全速冲过这条小路。我们缩进围墙上一个微微凹进去的地方,紧靠着湿漉漉的灌木丛,我听到小货车的另一边剐蹭掉一大片油漆的声音,然后车里的司机冷漠地说了句"谢谢"就飞驰而过。剩下的路没有什么意外,开阔的沼泽逐渐在我们面前展开。

我下了马,让红仔休息一下,也给自己些时间来观察这个奇怪的地方。虽然福尔摩斯说我只需要顺着路走就行了,但我还是讨厌独自一人进入沼泽。我站在红仔旁边,一直在回想我在雾里强加给自己的方向感,还有达特穆尔是活的这个认知。"你会让我安全通过的,对吧?"我半开玩笑地发问,"你也不会让我忍受强风暴雨,让我在雾中迷失方向,或者让猎犬追杀我,让精灵们把我引入歧途吧?我不喜欢你,我跟你说,但是我真的没有恶意。"沼泽没有回音,只有红仔对着野草毫无热情地嚎叫。过了一会儿,我站起来,无论是敌是友,我别无选择,必须走进沼泽。

脚下这条路横贯这片巨石遍地的单调土地,和我去过的北部地貌相同,除了几个采石场和王子镇附近的监狱,别无其他。这片荒野似乎昭示着,达特穆尔对重刑犯绝不姑息,惩罚、痛苦和厌倦就是他们的命运。据说监狱大门上的标语是"饶恕囚徒",对此我不得不承认,囚禁确实比屠杀人道那么一点点。这所监狱建于拿破仑战争时期,九头鞭、"黑洞"[1]、饥饿、苦力,各种惩罚无不精通。近年来监狱管理有所改善,但在那些灰色牢笼里,仍旧充满残酷和压迫。正如福尔摩斯所说,这是让人灵魂分崩离析的地方。我突然意识到,我已经坐在这里注视着监狱好长时间,我可不希望狱卒过来找我问话。想到这儿,我赶紧骑上红仔离开了。

这段路程还算平稳,但快到通桥的时候,红仔又把我甩了下来。当时我正漫不经心地坐在马鞍上观察一堵墙,突然我就朝墙飞了过去。幸亏我进行过多年的军事体能训练,在落马时能够条件反射地及时做出反应,但落在厚体操垫上是一码事,摔在石堆里就完全是另一码事了。

我又爬起来,这次死死地抓住缰绳。"可恶!"我朝它嚷道,"摔我几块瘀青也就算了,但你要是把我眼镜也摔碎了,我们还怎么回去?"我吼完它,左脚刚蹬上马镫,就听到一个声音从身后传来:

"它一般会回答你吗?"

我回头,左脚还挂在马镫上,差点又摔一跤。那人在路对面墙的另一头,只露出头,帽子和围巾裹得严严实实,很难看出性别。但是我想应该是个姑娘,而非皮肤光滑、没有胡须的男人吧。我尴尬地笑了,被人看到发脾气比被人看到

---

[1] 指监狱过度拥挤,囚犯窒息而亡。——译注

和动物说话更让我尴尬。

"它还没回答过我,但我们才刚刚认识。它要是回答了,我也不会奇怪。"

"这是阿伦德尔先生的马吧?"

"是的。"我非常惊讶,毕竟卢宅离这里还挺远的。

"俺瞧着像呢。这马买得便宜,就是因为它总摔没骑过马的女人。它不摔男人,奇怪得很。"

这可恶的马。上帝啊,我到底在这里做什么?"你认识阿伦德尔先生吗?"

"他狩猎的时候会骑马过来,但他更喜欢下马自己跟着猎犬跑。"

"认识红仔以后,我很能理解他。"

"俺知道你是谁。"她说。

"是吗?"

"你是和神探夏洛克一起来的吧?听说你是他的老婆?"

她的第二个问题我完全可以理解,即使我和福尔摩斯年龄相仿,我这一身当地人的服饰也足以让人疑惑。

"对,是我。"

"你来这儿是给牧师古尔德办事的吧?"

"你怎么会这样想?"我抗议道。

"噢,俺娘的表妹是恩达科特夫人的姐妹儿。恩达科特夫人一周三次去艾略特夫人那儿收拾卫生。"

"她们觉得我在给古尔德干什么呢?"我走过去,想看看这个"百事通"长什么样子。

"你们到处打听乔赛亚·戈顿和幽灵马车的事。"

"呃……我……"我不说了,抑制住了我的烦躁情绪,转而平静地问道,"那你了解吗?"

"俺不清楚。"她说,"但在维尔贝兹,有个叫伊丽莎白·蔡斯的人想见见你。"

"维尔贝兹是在——"

"在玛丽塔维。"

那大概相当于又从这儿回到卢宅了。

"她为什么想见我?"

"她瞅见了一只刺猬。"

我继续追问了几个问题,然后回来牵着马走了。我是不会被这些怪事逼疯的……嗯,一定不会。

我长途跋涉到这里,其实原因很简单:这片巨大的沼泽中出现了一架硕大的幽灵马车。但正如福尔摩斯所说,马车出现的地方荒芜空旷,不可能藏匿如此大型的马车和马。而且,就算沼泽里有马群繁衍,像这种受训良好、能够在昏暗光线和恶劣路面条件下拉车的大型马,也不可能是混于野生马群的普通马。

沼泽周边有人居住,如果有人发现异常一定会相互谈论。如果真的有马车从外部穿过农场和村庄进入达特穆尔,那么人们一定会注意到半夜跑马的声音、路上奇怪的蹄印和深夜的犬吠等怪异现象。可以由此判断是否有马车经过。

一方面花时间追查可能都不存在的东西是很愚蠢的——想都不用想,如果苏格兰场知道我们在查幽灵马车一定会这么认为。另一方面,搜查采用的是典型的福尔摩斯式调查方法:一个人寻找怪事,即不寻常的事,然后追踪查找源头(不幸的是几乎没有这种事,如果有,一定要祈祷这种怪事不是偶然发生的巧合)。幽灵马车出现时,沼泽中正好有一名男子遇害,这肯定不是巧合。而另一个人要彻底搜查每个事发地点。

不像上次我们去过的双桥(我和福尔摩斯上周去过,只有些小旅店),通桥是个不错的落脚处,还有两座教堂和一个电话亭。我选了家旅店(如果称得上是旅店的话),入口处还有鲜花。

我很疲惫，而且在陌生的地方住不习惯。我已经骑了几个小时的马，甚至还三次摔下马。吃饭的时候只有些面食（寡淡无味，而且闻起来也不怎么样），我喝了点稀薄的红酒，味道和我的心情一样酸。吃完饭我就上床了，要是福尔摩斯知道我对查案这么不上心，一定会很生气。我知道他会这样，但即使是他要和我离婚，我现在也没精神查案了。床头柜上只有一根孤零零的蜡烛，所以我又要了盏煤油灯。被褥潮乎乎的，于是我穿上两双羊毛袜，套了件厚厚的套衫，拿起《早年忆事》继续看下一章。过了几小时，灯芯摇曳，散发出煤油的气味，直冲我的嗓子和鼻子，我这才放下书，熄灭煤油灯，扯过被子盖在头上睡了过去。

睡了一晚，第二天早晨醒来的时候，想起昨天晚上自己嗅觉迟钝还头脑不清，我便知道是感冒了。

头晕、胸闷、全身酸痛、头重，下楼的时候步伐沉重，感觉腿已经不是自己的了。喝了杯滚烫的热茶，我感觉舒服了点，但还是不够。窗外下着瓢泼大雨，我想我是出不了门了。一位客人刚从村里冒着大雨来到酒店，看到他，我更加坚定了自己的想法。我知会女店主说要睡一天，不用打扫房间，有什么需要的话会叫她。回房后，我醒醒睡睡，睡了整整一天。

半夜，我醒了。整个旅店寂静无声，没有响动，也没有呻吟，甚至连雨水汩汩冲刷落水管的声音都没有。死一般的寂静使我彻底清醒并保持警觉。除此之外，屋里的空气很闷热，门边桌子上还有半碗喝剩下的汤，汤里的洋葱变了质，散发出令人讨厌的气味。我下床去打开窗户，就着窗外的月光喝了点水，然后从床上拿过眼镜和被子，到窗边的窄椅子上坐下，第一次好好地看了看没有下雨的沼泽。

半个沼泽的上空都被黑云笼罩着，云彩很高，散布在这里那里，点缀着夜空。通桥坐落在一条河旁的小山谷里，旅店背靠沼泽。沼泽被改造过，光秃秃的，只有月光照射着的小山坡和零零散散的黑色岩石以及一些坑洞，一动不动，像是虚构的景象。

我蜷坐在那里，看着窗外的景色，坐了差不多一小时，后来打瞌睡时差点撞到窗上才醒过来。我站起来，把暖和的被子裹在身上，又看了一眼沼泽。事实上，黑色的天空在白色月光的映衬下非常赏心悦目，但是沼泽广阔无垠，荒凉单调，只有几块散落的黑色石头和一片月光映照着的突岩。不过这也比下雨的时候好得多，雨还真是无休无止。也许暴风雨过后，接下来几天都会是晴天。

十一

在人类知识进步的道路上,一定要记住,在打开一扇尘封已久的大门前,一定要关紧另一扇摇摇摆摆、为几代人大开的门,还得插上双门闩。

——《早年忆事》

雨已经停了,但天还是阴沉着。我感冒还没好,但已经不发烧了,肺也舒服多了,没有理由再在床上躺着。

虽然我的眼睛模模糊糊,但我还是重新开始工作,有条不紊地向旅店的员工们询问打探。很吃惊,所有人都认识我,知道我来干什么,还准备了一大堆问我的问题。不幸的是,我搜集的信息都是些没用的东西,也许对民间传说感兴趣的人会觉得它们有意义,但对我探究冷酷又无聊的真相毫无意义。我向每一位"情报人员"都表达了谢意,其中还包括一个马童,他讲述了一个经过第三次删减后的故事版本(准确地说应该是第三次添油加醋的版本),故事中一个乡下女孩晚上被邻居家的狗吓到了。后来,我结完账就离开了。

经过一整天的休息,红仔似乎精神抖擞。我却愁眉苦脸,担心过不了多久它又会把我摔下马,但它竖着耳朵精力充沛,驮着我穿过树林,经过立石,绕过苏格兰牛群,还穿过一个养兔场,我俩一直相安无事。也许是因为害怕下雨;也许是因为离开了温暖的马厩,着急往家赶;也许是因为"阁下大人"变了想法。不管为什么,一上午都能安稳地坐在马背上,对我来说已经很不错了。

虽然红仔表现得不错,天灰蒙蒙地没下雨,但今天注定是要把人逼疯的一天。一整天我都在打喷嚏、流鼻涕,而且浑身无力,连想象中的恶魔也没精力去搭理,每一个路过的沼泽居民都尊敬地跟我打招呼,仿佛我是什么正宗的皇室成员。他们摘下帽子,停下手里的工作,小孩子们站成一排对我行屈膝礼,我的天啊。

他们都尽量为我收集离奇事件的事业出自己的一份力,一时间大家记忆里普通的或是不普通的事都被掏空了:谁的小马失踪了,谁邻居家的孩子在摇篮里离奇死亡,谁叔叔的房产被侵占,谁侄子的朋友离奇失踪。仔细询问之下发现:死在摇篮里的孩子本来就身患旧疾,那位叔叔因为上了年纪本来就打算卖掉土地,消失的姑娘一星期后和自己的新婚丈夫回来了。走失的小马确实没了踪迹,我还保证要给他们找找。

毫无收获的询问让我筋疲力尽,但更累心的是他们回答问题时那种强烈的仪式感,好像整个沼泽充满了毫无根据的阴谋,好像我的调查有多么伟大的意义。我不知道主导这整个调查的是古尔德还是福尔摩斯,反正肯定不是我。这些住在沼泽石屋里的人大都友好(虽然方式不同)、自信、充满期待、急于提供帮助,虽然他们手里的信息都是过时无用的。确实,表面上看,他们知道的那些准确信息和我的调查息息相关,但是其实于我并没有什么用。

哦,对了,确实有好多人见过幽灵马车,其中二十个是在那天傍晚,但是所谓的目击都是第二手第三手的资料,还有人见到的马车是碎石路上飞驰而过带着前照灯的马车,或者只是隔壁农场的手推车。

最后的最后,我已经无力再问,浑身酸痛,提不起任何兴趣,我甚至觉得情况不能再糟了。就在这时,我发现自己有个别称,这个别称简直让我崩溃,不,都不算我自己的别称,只是一个我丈夫别称的改编版。那个星期三的午后两点,一个十五岁的女孩打开家门,给了我一个大大的微笑欢迎我,并称呼我为"夏洛克·玛丽"。

噢,天啊!还不如叫我"神探玛丽"呢。

我转身离开那个院子,一个问题都问不下去了。

那个农场差不多是当天的最后一个,因为去下一个地方要一小时四十五分钟的路程,在山的另一端,那座山满是突岩。我四肢瘫软,感觉后背在燃烧,喉咙、头甚至关节都在疼,还在流鼻涕,整个人被感冒折磨得无力抵抗。回到卢宅的时候,我希望案子已经顺利解决,我能安静地和福尔摩斯坐在炉火边烤火。思乡之情像海浪一样扑向我,想念牛津,我想念我的书,我想在自己房间的炉火边安静地写点东西,一杯冒着热气的咖啡就在手边,这些想法自然而然地从脑子里蹦出来,没有第二个人能理解我现在的心情,也没有人……

红仔又受惊了,我被直接甩到地上。

我稳住自己,躺在柔软的地上,望着天空,突然发现天上近乎透明的云。我安静下来,然后开始哭泣。

不是刚才小姑娘对我的称呼或是感冒让我流泪,尽管它们确实让我情绪低落。也不是我对这匹马的怨气,虽然也许我的怨气很强,但也是暂时的。我觉得让我忍不住眼泪的是超越之前所有案件的情感负担,在寻找凶手的压力下,这种悲伤情绪被我隐藏得很好。可是眼前与之前完全不同,所有工作快要接近尾声,我的情绪就再也控制不住了。

我躺在地上,哭得像个孩子,为已经去世的多萝西·拉斯金,为可能即将去世的巴林·古尔德。被迫来沼泽做这些荒谬的侦探工作,还被别人取笑,已经让我身心俱疲,而且我还不能和我唯一的伙伴——这个四条腿的红仔好好相处。对红仔的愤怒、突如其来的疼痛以及其他有的没的事情都让我号啕大哭。

我当然没哭多久，因为再哭下去我就没法呼吸了，头也要炸了。我小心地挺起胸膛，然后站起来，走过去坐在附近的一块鹅卵石上，好像这块石头是一百多年前从我头上的突岩上掉下来的。我擦干眼泪，擤好鼻涕，然后一直用手支着头，等待我心中的情绪平复一些，等待的时间很长，长到能让一只兔子战胜恐惧，走出自己乱石中的小窝去冒险。我戴上眼镜准备起身找回红仔的时候，那只小兔子又躲了起来。我抬起头站在鹅卵石上，看到了一片之前从来没有见过的秋日景色。

我看到了一片美丽的景色。绿色和褐色的小山连绵不断地在眼前展开，上面满是各种突岩，小山被蜿蜒的溪流和石墙隔开，天边的阴云在惨白的秋日夕阳边晕开，阴影挡住投射在小山上的阳光，就像一只大手挡在了眼前，留下一片干净清凉的地方。

达特穆尔在我眼前展开，这是一片寂静永恒的土地，绿色与褐色交织，它不广袤却无垠，拒绝一切征服者，却对访客很友好。它警惕、冷漠，仿佛时刻在沉思之中。它就像我之前在书中读到过的巴勒斯坦荒漠，我四年前去过并爱上了那片土地——它严酷、不友善，除非你臣服于它的规则，适应那荒芜之地的生活节奏。

达特穆尔是一片潮湿的荒地，不像炎热干燥的巴勒斯坦，它是另一个极端，可是两个地方都一样的紧凑、吝啬、有强烈的自我色彩。如果你想挣脱荒芜的束缚，就只能冒着生命危险，把自己累得精疲力竭。但如果学着接受这里不完美的生活，你可能会在那儿或者这儿发现意想不到的财富。

当我再次骑上红仔继续赶路的时候，不禁懊恼地发现，虽然我改变了对这片土地的看法，但这丝毫没有缓解我身心俱疲的状态：一次次的问话调查就像试图在牛奶冻上刻字一般徒劳无功，与此同时我还全身疼痛、咳嗽、喷嚏不止。我的处境完全没有引发红仔的同情心，晚上收工之前它又把我摔了出去。

但这次经历让我开始了解这里的人。他们本身都是独立的个体，却因生长的这片土地而凝结在一起。无论是那个院子里喂鸡的女人，还是饭桌上的一家人，都不是单独、穷苦的个体，而是达特穆尔的大家庭。

但话又说回来，这么多人竟然没一个人告诉我一丁点儿有用的消息。

我和福尔摩斯约定周三晚上回到卢宅。我可以按约定回去，但我工作还没做完，跋涉十英里只为回去交差，未免有些不值。于是，我骑马去了玛丽塔维，从当地邮局给卢当邮局局长打电话，让她找人给古尔德捎信，说玛丽·罗素第二天晚上再回卢宅。电话另一头的卢当局长记下了信息，我对她表示感谢。

"噢，别客气，福尔摩斯夫人。"她高兴地说，"我会让手下人传达的。但是，福尔摩斯先生也没回来。他在伦敦。"

这消息我倒是刚知道，但我没说什么。我摇头挂断了电话，感叹在这里小道消息传播速度之快可是我在苏塞克斯的乡村没见过的。

我在玛丽塔维找了家还不错的老旅店（跟我和福尔摩斯在遇到苏格兰牛群那天住的旅店不同），一进屋就睡了三四小时。醒来之后我又饿又渴，下楼找吃的，没想到在这里度过了相当有趣的夜晚。虽然没得到有价值的信息，但这个机会却让我以当地人的视角加深了对这里的了解。

跟当地"政治家"们聊了一会儿,我才意识到这个小旅店里其实有两类人:一类是村里人,另一类是生活在沼泽里的人。渐渐地,通过观察他们的眼色、话语或是沉默,我发现在沼泽居民眼里,村民好像要低他们一等。

我最初有这种感觉是在一开始过来的时候。他们没人叫我名字打招呼,甚至似乎完全不认识我,和前两天的情况大相径庭。起初我还庆幸这一屋子人没听说过我,但后来我开始注意到衣着相对较差的一群人,他们比较安静,偶尔相互传递眼神、私下窃笑。慢慢地他们也会和我目光相会,向我扶一下帽檐或者对着我喝一口酒,又接着和自己人说话。

身为这神秘团体的一员,我甚至感到一种奇怪的温暖。不知从什么时候开始,这群穷困邋遢而且很可能没读过书的农民和牧羊人成了我的"同伙",一想到这儿我就觉得十分搞笑。但从他们的眼神看来,他们确实把我当成了他们的一员。

我的第二品脱酒喝到一半的时候,一个曾和我说过话的年轻人从兜里掏出一个东西放在我的酒杯旁:一支六孔笛。我看着笛子,又看了看他年纪轻轻就饱经风霜的脸,他的眼里似乎藏着神秘的笑。

"俺听说你会吹。"他说。

我摇了摇头,把这支细长的笛子放回他那边。

"我瞎吹的,那几声根本算不上会吹。"

"但俺们听过。"他好像对我眨了眨眼,还用胳膊肘碰了我一下。但我假装忘了那晚在双桥吹过,免得当众脸红。只见他拿起这支小笛子,翻了一下,放在嘴里开始吹。当第一个欢快的音符飞入烟气缭绕的空气中时,沼泽居民先是看看彼此,接着又看看村民,然后接二连三地清清嗓子唱了起来。

我那晚听到的正是达特穆尔残存的民歌艺术。这首歌曲调轻快,讲述的是一个极其懒惰的年轻人,整天待在家里不工作。他的父亲是个绿色金盏花的采集者，他警告儿子，如果不干活儿他就把房子烧掉。于是年轻人去了树林，采集了一束非常艳丽的金盏花，并且在回家的路上遇到一个富有的寡妇。寡妇对他一见钟情，立即向他求婚。

年轻人勉强答应为她放弃自己的工作，随她离开。这首歌的结尾是一段调侃：

"现在在集市上，人们都说，哪里还有采摘金盏花的工作！而且还是绿色金盏花！"

他们准确地读懂了我大笑的表情，接着唱了一首关于一对苦命情侣的歌。唱完，又唱了一首讲述摇铃比赛的歌。这首歌曲调激昂、令人振奋，大家的歌声此起彼伏，真的像是一串串错落有致的铃铛声音。而这首歌的结尾，如同铃铛摇出了最终的音符，先是绵延不断，而后戛然而止。

我们安静地坐着，气氛静谧而美好，但我首先打破了宁静，开口向他们表示了感谢。有位村民还想继续唱歌，于是歌声就这样回荡在整个屋子中："汤姆·皮尔斯，汤姆·皮尔斯，把你的小灰马借给我吧。"这首歌里讲述了汤姆·科比利叔叔等一行人骑马去威德康比集市的故事。但我发现村民唱的时候，只有玛丽塔维的人跟着一起唱，沼泽居民则坐在后面礼貌地倾听。村民们继续唱，汤姆·科比利叔叔一行人再次遇见小灰马的幽灵，听到了它骨头开裂的声音……这时六孔笛再次吹起，悠扬的笛声把我们带到另一个危机四伏的集市。两个沼泽居民先是瞥了我一眼，接着也唱了起来，因为他们以为我不知道"锁"和"开锁匠"的意思，但其实我都懂。

他们接着唱了两小时，半个镇子的人都过来了，他们有的站在门口听，还有的挤在靠近地下室的昏暗角落里。有的时候村民唱歌沼泽居民都插不上嘴，这时候沼泽居民就在一旁专心听着，等他们唱完。我感觉沼泽居民好像知道那些村民的歌，但村民却好像没听过沼泽居民的歌。

最后，旅店老板一脸不情愿地说时间不多了，只能再唱几首歌。那个最开始带头唱歌的年轻人，仔仔细细地用衬衫的衣角擦干净六孔笛。令我意外的是，他并没有收起笛子，而是把它递给了我。更令我意外的是，我竟然接了过来。

我在手里翻弄着笛子，琢磨了一会儿，想起儿时用木笛吹过的一首歌。那首歌曲调哀婉，重复部分较多，是首直达人心的犹太歌曲。一时间整个屋子都安静下来，看来这歌也吹进了他们心里。

我吹完了，还好没出错。我把笛子交还给那个年轻人，他接过去，没有说话。但我想，他应该还是满意的。

"还有时间，最后一首。"他说，扬着眉毛看着我，好像在征求我的意见。

"那首讲霍华德夫人马车的歌？"我试探着问道。他像今晚最开始那样征求其他沼泽居民的意见，接着又看了看村民是否准备好了。然后，他把笛子放到嘴边，吹起那首令人不安又有几分诡异的歌，古尔德也曾唱过。两个村民也跟着唱起来，但沼泽居民瞪了他们一眼，其中一个就不唱了。另一个被同伴踢了一下，也停了下来。我这秘密阵营里有六个人在唱歌，他们的嗓音和谐地融在一起，显然这首歌他们都很熟悉。还有一个人边唱边在桌子上轻轻敲击，打着拍子。但这首歌跟其他的不太一样，好像唱这首歌是一件非常严肃的事。大家都认真听着歌词，若有所思地看着炉火或者杯子，彼此之间唯一的交流就是演唱和倾听。

这是一首奇怪的歌，越听越印证了我的第一印象——这绝不适合做哄孩子的睡前歌谣。这首歌讲了一个乡绅被霍华德夫人引诱，上了马车的故事。我不禁在想，作为地主家庭的大儿子，想象力丰富的小古尔德在年幼时听到这首歌会作何感想。

演唱结束，屋子再次陷入沉静，足足十秒钟没人说话。在一片叹息和窃窃私语中，听众们（包括村民，虽然他们也唱了歌）向演唱者们表示了感谢，然后纷纷离开，消失在夜色中。

沼泽居民喝干了杯里的酒，也纷纷起身离开了。他们有的向我点头，有的向我脱帽，都跟我道了别。酒馆的人都走了，就剩一个女孩在收拾空杯子。我上了楼。

十二

> 那个老妇人并不是真的女巫,但众人皆知她精通药草、医术高明。
>
> ——《中年忆事》

我今天的任务是找到那个叫伊丽莎白·蔡斯的人,这是那个在通桥附近的女孩隔着墙给我的名字,虽然这事好像过去很久了。那女孩说伊丽莎白·蔡斯住在维尔贝兹,她想给我讲讲一只刺猬的故事。这听起来好像不太靠谱。

维尔贝兹是一座用砖搭建的矿山机房,这座矿山从前以产铅和银为主,现在已经荒废了,但这间砖房看起来仍然非常坚固。有意思的是,它正好就在吉比山山脚。

这一周我一直在读古尔德的文字,行走在他的教区里,似乎此刻我骑马前行时,身边就跟着年轻时的古尔德。但我并不反感。年轻时的他惯于独处,头脑聪颖,活力十足,对这片沼泽有着发自内心的热爱,我倒觉得他是个有趣的旅伴。

一个躲在门后光着脚的孩子,给我指了伊丽莎白·蔡斯的住处。有个男人正牵着一匹马,马的一条前腿受了伤,绑着绷带但还走不好路。我向前走了半英里,一个在斑驳的阳光下扛着男式衬衫的妇女又给我指了路,说我走过头了,应该在第一条小道拐进去。和别处不太一样,这条小路绿树成荫,而沼泽的其他地方则多是低矮稀疏的灌木。我下来牵着马往前走,以防树枝挂到头顶,直到一个如童话故事般的地方。

村舍很小而且看起来有些年头了,却井井有条(除了歪歪扭扭的墙壁和屋顶上厚厚的青苔),很干净,每块石头好像都在闪闪发亮。似乎没人在家。有六只猫,花色和大小各不相同,分别躺在粗糙的长椅上,切菜板上,和屋顶上。三只狗跑过来跟我打招呼(其中一只少了一条腿)。我还能看见一群鸡,包括四个品种,一只翅膀歪斜的黑天鹅,两只被关在笼子里的鹅,一只带崽的山羊和一匹毛发乱糟糟的达特穆尔小马。小马一条腿上绑着绷带,很像刚才那匹沿小路走的马,不过这匹的绷带绑在后腿上。我低头看着那只三条腿的牧羊犬,问它:"你的主人呢?"牧羊犬脸上黑白相间,正咧嘴盯着我,嘴里好像还少了几颗牙。

它好像听懂了我的话,我满屋子找人的时候,它一直跟着我。我在门口找到了伊丽莎白·蔡斯。

打眼看去,她就是普通人的身形,等我弯腰进门的时候才知道她有多矮小,因为她能轻松地站在门框里边。我也见过其他矮小的妇女,但眼前的这位也就八岁小孩那么高。看到她的身材和脸,我感觉自己像在看童话故事里的人物。她的皮肤是棕色的,脸上布满皱纹,背佝偻着。因为脊柱弯曲的原因,头还是歪的,这让她看起来有种怪异的幽默感,因为连她的笑容都是歪的。我微笑着介绍自己,并告诉她听说她想见我。

"哦!天啊!是的。"她说话声很高,还是尖细的那种,但奇怪的是竟然没有当地达特穆尔人的口音,"你肯定就是尊敬的福尔摩斯先生的太太,但不得不说你穿着这身衣服看起来像个男人。今天早晨确实很冷,你现在还冷吗?我去给咱俩泡杯茶,一会儿坐在外面晒晒太阳吧。虽然现在快入冬了,就假装现在是春天吧。哎呀!冬天太冷了。想起冬天,我这把老骨头就难受。老天真是不公平,夏天怎么越来越短了?

你能帮我端一下茶吗？美女，你太好了。不不不，小家伙，这不是给你的。"最后这句话是对那只灰色虎斑小猫说的，它可能刚到青春期，一直等着自己的女主人回家。老妇人的高嗓门像是不绝于耳的鸟叫，也像昨晚那个年轻人吹出的笛声。她一边泡茶，一边赶猫，不让它碰茶壶、茶叶罐和茶盘。我觉得不管有没有听众，不管是人是猫，她都会这样一直不停地念叨。

我从她手中接过托盘，跟着她弯腰出了屋子。她把那群瞌睡猫赶下长椅，吩咐我把托盘放在上面。桌子因为上周一头牛跑来把它当痒痒挠给弄坏了，所以送到邻居家去修了。

她倒了杯茶，调了些糖浆，但她说是蜂蜜，是沼泽那头的一个朋友送的，因为她治好了他们家马的蹄子。

"你真是做了不少兽医的活儿。"我闲聊着。

"是啊，我简直就是本地的女巫。"我眼睛一亮，她咯咯地笑起来，声音很尖，吵得熟睡的狗抽了抽耳朵，"孩子，我当然不是女巫，但很多人可能都跟你说我是。我就是个老婆子，懂点草药，可怜那些受伤的小生灵罢了。"她闭目休息了会儿，像一只享受秋日温暖阳光的乌龟。我喝了口茶，也倚着晒了晒太阳。

"和我说说吧，"过了一会儿她才开口（我被吓了一跳，因为我的思绪刚刚已经飞到伦敦去了），"你想打听什么？是我的刺猬还是塞缪尔的狗？"

"狗？"我猛地坐起来，"关于那条狗，你都知道些什么？"

"哦，是去年夏天，住在路那头的丹尼尔他儿子看到的。"

"我怎么没听说过这件事？"我觉得很可疑。在这个消息灵通的沼泽里，为什么没人提到过看到真的猎犬了呢？

"丹尼尔有什么事都藏在肚子里。塞缪尔当时很不安，所以丹尼尔发誓不告诉任何人，但他告诉了我。也许你想听听这只猎犬的故事。孩子,放轻松,这是个漫长的故事。

"就像我刚才说的,是住在路那头的丹尼尔他儿子看到的。塞缪尔是个不错的小伙子,现在在上学,但那时候他在放暑假,在家里帮父母干农活儿,是个好帮手。少了他帮忙,家里的活儿都干不完。但是我跟丹尼尔说以他的脑子不学习可惜了。在我的帮助下,塞缪尔进了埃克赛特的一所学校。

"你应该不喜欢老教师唠唠叨叨说个不停,说些有的没的吧?你想听关于猎犬的事。要是大晚上的话,我不会告诉你,但今早很晴朗,我就跟你讲讲吧。

"塞缪尔是个好孩子,经常给父母帮忙,也给他姨母帮忙。他姨母住在布里迪斯托附近,7月底的时候生了孩子。感谢上帝保佑,母子健康。但生完孩子一个月以后,她仍然比较虚弱,干不了重体力活儿。所以塞缪尔隔几天就会过去帮忙,顺便带点他母亲新做的蛋糕和饭菜,然后第二天再回家。两家相距只有五英里,而且塞缪尔知道怎么避开沼泽和大雾,所以对于他这样健硕的小伙子来说,这么短的路不会遇到危险。当然在城市里就不一样了,即使成年人出门也不安全。

"8月底的时候,塞缪尔比平时回家晚。这孩子很懂事,暑假快结束了,所以他想走之前多准备一些木柴,再把鸡棚修好。虽然他姨夫也能干这些活儿,但这孩子太懂事,太要强。

"所以他就忙着砍柴、搭鸡棚,那天过了下午茶时间才走。他姨母本来想留他多住一晚,但是那晚天很晴,圆月高照,他父亲要求他周日早晨去教堂,而且他姨母家的小床又伸不开腿,所以就让他走了。我了解这孩子,他从没一个人在沼泽走过夜路,确实不太安全。

"之后就发生了沼泽那件怪事。对了,我之前还发现了阿虎,过会儿跟你讲。

"月亮都升上来了,塞缪尔才跟姨夫姨母道别。他一般走的路在利德福德这边,虽然这条路远点,但经常能遇到赶马车的邻居,顺路搭个便车。但那晚他没走这条路,而是进入了沼泽。

"沼泽坡大不好爬,所以塞缪尔每次都先过塔维河,在那儿休息一会儿才接着赶路。有时候他姨母会给他带点吃的,因为毕竟回家要走两小时呢。他就坐在塔维河边吃起来,等吃完脚也干了,穿上袜子和靴子继续走。

"他那天带了几块水果司康饼,捂的时间有点长变了味,但他不介意。他就坐在河边吃,边吃边看映在河里的月光,直到有个东西吸引了他的注意。

"在他待的地方,沼泽坡度很大,对于一般人来说爬起来很费劲,像我这样上了年纪的就更费劲了,但像塞缪尔这样体格健硕的年轻人肯定没问题。他抬头往上看,发现在明朗夜空的映衬下,沼泽上出现了一个至今仍让他魂不附体的影子。起初,他还以为是匹矮马,因为它体型很大。但后来那东西竖起了尾巴,它那巨大的黑色头颅中间冒出了光。

"那是只狗,就像是巴斯克维尔案子里逃走的那只恶犬。从那以后,塞缪尔每夜都从噩梦中惊醒,一旦夜幕降临就紧锁房门。

"万分惊恐的塞缪尔顾不上穿鞋,一路赤脚跑回了家。靴子、布兜和没吃完的司康饼都丢在了河边。

"丹尼尔从未怀疑过儿子在恶作剧——看看那孩子的脚,他就明白了一切。

"丹尼尔想带上猎枪,立刻冲出去。就算要背上塞缪尔,他也要出去。但为了不让惊魂未定的儿子再次受到惊吓,他那晚最终还是没有出门。第二天早晨,丹尼尔让儿子穿上拖鞋,带他回到那条河边。男孩的靴子和袜子都在,但司康饼没有了,掉落在石头上的司康饼渣也被舔干净了。用来给姨母带蛋糕和饭菜的布兜出现在另一个地方，被彻底撕烂。

"还有那只恶犬的爪印。上帝啊，到处都是。你要不要再喝一杯茶，我再给你讲刺猬的故事？"这位老妇人兴奋地说。

"先等一会儿。"我说。我大脑急速转动，试图理解这迅速发展的情节，以及那只从鬼故事里出来的有血有肉又爱吃甜司康饼的狗，"这发生在8月底，满月前后的周六晚上是吧？"

"没错，亲爱的。"

那就是8月25日，满月的前一天，也是情侣看到马车和狗的第二天。

"这父子俩从未对人提起这件事吗？"

"丹尼尔非常爱护他的儿子。每当有人说起，塞缪尔都会吓得瑟瑟发抖，所以丹尼尔觉得还是不要再次提及为好。我是因为看着孩子不太对劲，出于关心向丹尼尔问了一句，才知道这件事。"

"塞缪尔今年多大？"

"十二岁了，正是懂事的年纪。我现在给你讲讲阿虎的故事吧。"

我挠了挠眉头，觉得有点迷糊，但还是小声说："请讲吧。"

"那时候是夏天，我正往沼泽的另一头走。"她开始讲了。

"您记得日期吗？"我打断了她，虽然刚一开口我就知道了答案。

"不记得了，亲爱的，抱歉。我没有记录日期的习惯。不过我知道，"她接着说，"那是在7月的时候，将近满月，也是个周六，因为第二天我和朋友去了威德康比教堂。"虽然她是个教师，但她叙述的方式跟这里其他人一样，而且其实比用日历的人记得还清楚，虽然日期常常忘记，季节和天气却从来不忘。她说的是7月28日，此前一天那两个伦敦人看到了马车,此前三天强尼·特里洛尼也看见了马车和狗。我把茶杯放在长椅上,准备认真地听。

"我经常穿越沼泽去另一头,威德康比和莫顿汉普斯特德[1]有我的朋友,那边才是我的家,这边不是。如果天气好,而且需要看病的动物不多(丹尼尔管它们叫我的'病人'),我就拿个三明治,提壶茶,去拜访我的老朋友们。"

她说的这两个地方距这里都足有十五英里到二十英里,而且要穿过道路崎岖的郊野。"您当天就回来吗?"我不禁问道。看她步履蹒跚的样子,我估计就算在平整的道路上,她一小时最多也就走两英里吧。

"噢,亲爱的,我在那边过夜。"她说,"有时候在那边待两晚上,第三天再回来。丹尼尔的孩子可以帮我喂动物。"其实我并不关心这些琐事。"但今年夏天的那一天,我穿过沼泽的时候听到一阵特别细小的叫声,好像哭声一样特别悲伤,听得我非常难过。那声音很小,我找了好一会儿才找到,那可怜的小家伙在一块立石的阴影下,正想挖洞藏起来。它太小了,就算个头很大也来不及了。"她说着说着就要哭出来了。

"一只刺猬。"我说。

"是的,一只小阿虎[2],还没手掌大。我当时以为它不行了,因为它伤得太重了。我只能给它唱歌,让它舒服点儿,直到死去。我把它放进大衣口袋,边走边唱。等我走到威德康比把它掏出来的时候,已经做好埋葬它的准备了。

"但是它那小脸看着我,眼里充满信任,那时我就知道它一定会挺过来。我们给它喂了点牛奶,滴了一滴白兰地。从束

---

[1] Moretonhampstead,位于德文郡,紧邻达特穆尔。——译注
[2] 代指刺猬。名字来源于童话《阿虎·文克尔夫人的故事》,故事中的主人公阿虎是只刺猬。——译注

腹上裁下一块做夹板，固定住它骨折的腿，再用一块绿色的绣花丝绸包扎了它背上的伤口，那口子真的非常吓人。包扎完就把它放进了堆着羊毛和棉花的小盒子，搁在炉火旁。

"第二天早上，它朝我皱起了小鼻子，意思表达得非常清楚，'我的早饭呢？'"

"那它就没事了吧？"我问。这个问题在调查中显得不太专业，要是福尔摩斯在这儿肯定不会问，但我确实想知道。

"不太好，但是活下来了。它的脚骨折太严重，没法恢复了，一旦感染就会要了它的命，所以我不得不用剪刀截掉了它的脚。"

我脑海中不禁浮现一幅画面：两个老太太弯着腰，在厨房桌子上，用剪刀给小刺猬做截肢手术。然后我迅速提了一个该问的问题："它是怎么受伤的，您知道吗？"

"这就是问题的关键，亲爱的。"她说，"它的腿被一个移动迅速的东西压到了，可能是马车车轮，或者靴子。而且还被狗咬了。"

我脊背一阵发凉。"您是怎么知道的呢？"我追问。

"你是说马车还是狗？"

"都想知道。"

"哎，亲爱的，我知道肯定是一个移动很快的东西。但凡阿虎提前一分钟有所警觉，它就会蜷起身子，那东西就会从它整个身子上压过，而不会只伤到脚。我知道是只狗，因为任何野生兽类都不可能只咬一下就走，它们要么将猎物就地吃掉，要么带回窝里喂小崽。"

虽然她看起来不像侦探，但就算福尔摩斯在场也会认同她的推理吧？我不禁心生敬意。

"亲爱的，你头发真好看。"她惊呼，说着伸手轻轻摸了一下我的头发，"我有个表妹也像你一样是偏红色的金发，她性格也像你一样开朗欢快。"

不得不说，我今天心情并不怎么欢快。我问她有没有看到蹄印和马车车辙印。

"亲爱的，这我没见。地面很干，只有特别重的东西才会留下痕迹。"

很难想象沼泽里的泥炭地会很干燥、坚硬，但我还是尊重了她的说法，毕竟她比我更加了解这里。我拿出地图向她询问发现刺猬的地方，但她挥手没有看，说眼神不好看不清楚，然后自己指了一条路：走过山丘和平地，经过一处突岩，再穿过一条溪流。阳光在她眼中闪烁，她说得十分起劲。最终，根据她的描述，我认为一处山下的棚屋圈附近应该是她说的地方。我收起了地图，放进胸前的大衣口袋里。但她似乎觉得还没完，看着我像在等我说什么。或许是想听我下最终结论吧，但我现在还说不好。

"不得不说，我对刺猬的习性还不够了解，还没法认同您的观点。"我说。她一下就明白了，点了点头。

"难怪你没看出这里的问题，也就是'阿虎为什么会出现在那里'。"

"抱歉，请您解释一下吧。"

"没有刺猬生活在沼泽外面，亲爱的。刺猬喜欢树林，喜欢地面柔软的地方。"

"发现它的地方没有这样的环境吗？"

"两三英里之外的地方才有。"

"会不会是什么动物把它带到了这里？比如说咬它的那个动物，或者是鹰？"

"嗯，这有可能，亲爱的。"她说，语气犹疑，"但我想会不会是那个压伤它的东西，无意间把它带到了那里。"

十三

……读者在不确定性中摸索。该接受，或是拒绝？无从得知。

——《达特穆尔之书》

我向伊丽莎白·蔡斯告别了，她是玛丽塔维的好"女巫"。而此刻我的大脑就像古尔德的回忆录里说的，一片混乱。现在刚到中午，从这里回卢宅也就两个多小时，于是我决定去蔡斯发现阿虎的地方看看。

我没费多大劲就找到了，毕竟这附近的棚屋圈就那么几处，但我不太清楚要调查些什么。这里就是典型的棚屋圈，大块的花岗岩在较为平坦的地面上形成了一个巨大的圆形石阵，四周是低洼的泥炭地，上面零星散布着石块和欧洲蕨。附近有两排石块（这就是伦道夫·帕瑟林所说的其中一处德鲁伊教遗迹），旁边还有一条小路，可能是修道院院长路[1]吧。

正如伊丽莎白·蔡斯所说，刺猬故事里最蹊跷的地方就是它出现的地方。我越想越觉得有道理：这种小动物喜欢栖息在树林里，并且会利用松软的落叶层作为庇护所，跟这里干燥坚硬的土地完全不一样，在这里就算是善于掘土的獾也难以挖洞生存。

---

[1] 相传在塔维斯托克修道院院长的命令下，在塔维斯托克修道院通往其他修道院的路口处摆放了花岗岩十字架，用以防止僧侣在沼泽中迷失。——译注

我从红仔的鞍囊里拿出奶酪泡菜三明治和一瓶麦芽酒，酒是早晨离开玛丽塔维旅店的时候带的。我拿着吃的走到一块石头旁坐下，从地上的坑看来，这块石头以前应该是立着的。我掏出三明治，用兜里的开瓶小刀打开酒，在阳光的沐浴下和古迹的环绕中享用食物，边吃边想那只搭顺风车的小刺猬。

我此刻的心情像在度假一样轻松，毕竟我已经差不多完成了任务。我得到了一些看似奇怪但确实有价值的信息，只剩下几户人家需要走访，而且这几家都在这里到沼泽边缘的路上。我呼吸着清新的空气，畅快地享受着午餐，阳光非常明媚。我躺下来，将脚搭在另一块石头上休息了十分钟，然后收拾了一下就上马了。

"回家了，红仔。"我骑马走了几百码，虽然骑着也不太舒服。

不知是喜是悲，这次红仔摔我的时候我已经有所准备。

如果每次都给予强烈的负面刺激，就算是最顽固的动物也能被完全驯服。红仔就是这么训练我的：我只要一走神，它就立刻让我猛地回过神来。第二次，我意识到的时候已经来不及了。第三次红仔跳起来的时候，我反应迅速，像颗甩不掉的蓖麻种子般紧紧抱着它，我知道只要坚持到它蹄子落下，它就恢复平静了。可这次不同，我抱着它反而又让它受到了惊吓。

我想它小跑两步也就停下来了，然而我错了。在那些边缘锋利的巨石之间，柔软的泥炭淤泥之上，它载着我疯狂地奔跑了两百多码，接着它前蹄踏入一条浅溪滑倒了，蹄子使劲地乱踢。在这紧急时刻的最后一秒，我跳下了马，但被它疯狂乱蹬的蹄子踢了一下。我结结实实地摔在地上，这次以前的训练没能用上，我就跟没受过训练的人一样直接滚了下来——摔得那叫一个狠。要不是落在湿软的河岸上，恐怕我真要摔断胳膊了。我呛了水，强撑着从水里出来，坐在河岸上。我头晕目眩，脚还泡在冰冷的溪水里。等脑袋不再嗡嗡作响，突然意识到没了眼镜也会导致头晕，我就开始找眼镜。还好眼镜没碎，只是被刮了几道痕迹、变了形。我戴上眼镜怀着愤恨的心情找红仔，想杀了它的心都有。但当我看到它的那一瞬间，这个念头完全消失了，我的心提到了嗓子眼——它低着头站在一边，一条腿悬着没落地。

我一瘸一拐地走过去，弯腰检查它的腿。它的膝盖在流血，很快肿了起来，能看出很疼，不过可以确认腿没断，我松了口气。我全身好几处都跟它一样：滚出去的时候我用胳膊和肩膀护住了头，明天应该会出现大片瘀青吧。而且我额头好像流血了，右胸的一根肋骨也不大对劲。但我脑袋还算清醒，也还能走路，这样看来还是红仔更惨。

我又牵又推，终于让它踏进了小溪，然后用冷水冲洗它的腿和我的额头。冲了一会儿，冷水起了作用，它的腿和我的头都不流血了，它也试探性地慢慢放下了腿，最后踩在地上也能承受一部分自身的重量了。

当然，它还承受不了我的重量。我一边等它慢慢恢复，一边给它减轻负重。我把包里的干衣服掏出来换上，否则肯定要感冒。收拾衣服的时候我发现了口袋里的地图，于是把这张完全湿透的、皱皱巴巴的地图摊开放在腿上，坐在地上看地图。

不幸的是，我发现从这里到利德福德还很远，牵着红仔走过去会很麻烦，但我又不忍心把这匹在马厩待惯了又受了伤的老马丢在这里。会看病的伊丽莎白·蔡斯住得比利德福德还要远，我和红仔这样一瘸一拐，起码要走上四个小时。我可以先去这两个地方之间的那个又小又脏的农场，或者……

我的目光不禁延伸到地图靠北的地方，这里的树形标记在这片荒芜的草地上显得格外突出，不过还有更显眼的标记——巴斯克维尔庄园。

我不想这样不打招呼就再次造访理查德·基特里奇。这几天庄园的奇异装饰还一直困惑着我，但昨天早晨我转向北走的时候想了一下，觉得还是把进一步调查庄园的任务留给福尔摩斯吧，毕竟他对这里更熟悉。

可是现在，我遇上点小麻烦，需要帮助——食物、住处、马厩和其他的交通方式，而这些基特里奇都可以提供给我。当然，想要获得帮助就意味着要衣衫褴褛地出现在他面前，但是如果能喝上一杯热茶，面子又算得上什么呢？我收好地图，把红仔从冰冷的溪水中牵出来。我看了看红仔肿胀的腿，觉得紧紧包扎一下它应该会舒服一点。所以我用衬衫包扎了它的腿，再用两条手帕加以固定，又把它身上的行李都扛在了自己身上。

我俩跛脚穿越这片荒芜的草地，朝巴斯克维尔庄园走去。太阳要落山了，光线越来越弱，但我手里有地图和指南针，应该不会迷路，而且走了这么远，靴子也快干了。红仔的腿缓和了许多，而我身上却出现许多之前没看到的瘀青（希望只是瘀青），比如说肋骨处的那块瘀青，只要深呼吸就会很痛。左肩上沉重的行囊似乎已经嵌进了肩膀里，右肩上的缰绳也把肩膀磨得发烫，而受伤的肋骨下的髋部又好像少了点什么。天知道我现在是什么狼狈样子。

巴斯克维尔庄园的高墙告诉我们，只有顺着路走到大门前才能进入。路上一片漆黑，我们走了很久才走到大门跟前，但是门却是紧锁着的。我又敲门又叫人，敲得肩膀阵痛不断，肋骨也隐隐作痛，不过好在叫来了一个看门人。

我的出现似乎在别人眼里略显可疑。看门人的妻子不知是敏感还是近视，探出窗看着我，叫看门人给主人打电话，询问是否允许我进去。

得到主人的许可后，看门人打开门，但他显然不屑对我解释什么。我牵着马从漆黑一片的林荫路走进了上千瓦爱迪生灯泡和斯旺灯泡照射的强光中，理查德·基特里奇和大卫·沙伊曼都站在门口，紧张地看着车道，以为发生了什么事情让我夜不能归。一看到我，这两个美国人就惊讶地叫出来，赶紧上前牵马扶我。我胳膊痛得抽搐了一下，缩了回来。

"福尔摩斯夫人，到底发生了什么事情？"基特里奇问道。

"基特里奇先生，虽然我可能看起来像被抢劫了一样，但我真的没什么事。在过乱石堆的时候，这马跑摔了。"

"可是你的头……"

"就是个小口子，我都没昏过去。但这位老伙计恐怕这几天都不能载我了，我想能否借用一下这里的马厩，暂时把它留在这儿，再请您送我一程到卢宅。"

基特里奇又开始紧张，但迅速恢复了冷静。"大卫，你带福尔摩斯太太去楼上浴室，浴室就在楼梯旁。让麦金纳尼夫人给她找些衣服。詹森，把马牵到马厩，让威廉姆斯给它喂草喂水，看看它的腿。福尔摩斯夫人，希望您沐浴之后能和我们共进晚餐。轿车下午去埃克塞特送客人了，应该快回来了。晚餐之后，我就派车送您回去，好吗？"

虽然我宁愿借一匹马立刻回去，也不愿穿着借来的衣服在生硬的谈话中苦等，但他帮助了我，我也不好说什么。我简直无法拒绝舒舒服服的热水澡，而且看样子基特里奇也没准备接受回绝。于是我把马交给詹森，卸下行囊，顺从地跟着秘书上楼了。

我进入浴室，门关上的一瞬间我几乎听到沙伊曼舒了一口气，这让我更加肯定了之前的感觉——我的到来打断了一件非常重要的事，而我现在的回避正好让他们有机会清理现场。

一般不请自来的客人都会小心翼翼地装出视而不见、听而不闻的样子，但我不是普通客人。我虽然也装作毫不知情，却同时密切关注着事态。我等了两分钟，等待沙伊曼和女佣离开，然后悄悄开门向门厅探望。

女佣见状赶紧从椅子上起身，毫无准备地跟我打招呼。

"我……呃……我要洗头发。"我开始现编，"您可以帮我暖几条浴巾吗？我要用来擦头发。"

"好的，夫人。浴巾已经准备好了。"她很热情，但显然已经有人要求过她不许离开浴室门口。那我还是把门关上吧。于是我谢过她，关上了浴室门。

浴室有扇小窗户，但位置很高，而且是关着的。我站在一把椅子上，好容易打开了窗户，却什么也看不见，什么也听不到，只有阵阵冷风吸走浴室里温暖的蒸汽。这间浴室很小，有些简陋，甚至有点脏，完全不像是招待落难的贵客夫人该用的浴室，而像是专门用来招呼穷亲戚的。这屋子位于庄园东楼的最北端，远离主客房，窗外只能看到牧场和沼泽，听不到任何主楼梯传来的声音。而且我突然意识到，无论是车道、马车房还是马厩，都离这个浴室很远。

虽然我也想什么都不管，舒舒服服地洗个热水澡，可我知道我不能就这样听命困在这里，无论如何也要证实一下我的猜测。于是我把毛巾扔进水里，用力甩了几下发出声音，让女佣觉得我开始洗澡了。接着我从靴子上拆下一根鞋带，一头绑在毛巾上，另一头系在脚趾上，时不时地动一动，让人觉得我在慵懒地洗澡。然后我站在椅子上，头靠着窗户，任由寒气侵袭，使身体逐渐僵硬，只为等待那可能永远都不会出现的声音。

终于，过了十分钟到十五分钟，我的警觉再次被触动，这次我不仅听到，而且还看到了一些可疑的事。基特里奇那辆大汽车的引擎发动了，那噪声越过房顶轻轻飘到了这里，紧接着车灯亮了，瞬间照亮了我视线边缘的一些树木顶部。然后引擎的声音越来越小，车子沿着车道驶离了庄园。我不知道这意味着什么，但我带着满足关上窗户，把椅子搬回原处，串上鞋带，接着悄悄躺进水已经变凉的浴缸里。

十四

> 路上的行人总是会相互打招呼,尽管大家可能并不相识,但毫不理睬地径直走开会被视作缺乏教养。
>
> ——《西部故事:德文郡》

等我走出浴室再次看到基特里奇的时候,他满脸堆笑,平和亲切,之前的紧张焦虑一扫而光。那瓶上好的香槟看样子已经在冰桶里等候多时了,只等我踏进客厅就要开瓶。屋子里只有基特里奇,餐盘小心翼翼地摆放在一张小桌子的同一侧。和他这样近距离地就餐让我有点不太适应,但还好这里灯火通明,让人不会联想起前些天晚餐后在昏暗烛光中的谈话,再说基特里奇一点都不性感,也完全没有调情的意思。他兴致盎然,一张黝黑的脸上胡须浓密,露出一口洁白而整齐的牙齿,无可否认确实是一张帅气的面孔,不过对于我来说确实没什么吸引力(坦白说,这倒是个好处,不像在拉斯金案子里的那个男人,每每想起还有几分心烦意乱)。

"福尔摩斯夫人!快过来跟我尝尝这好东西。"他倒了两杯酒,递给我一杯,举着另一杯敬酒,"敬'改变'!"他说道,不禁让我觉得有些突然。

我犹豫了一下:"基特里奇先生,我不知道我是否应该喝这杯酒,毕竟不是所有的改变都是好事。"

"那就敬'发展',敬'前进'。"

我不太清楚敬的到底是什么,但我还是把酒杯放在嘴边,抿了一口。

"基特里奇先生,我们在庆祝什么事情吗?"

"亲爱的福尔摩斯夫人,生活中总有很多事情应该庆祝。比如现在我们举杯,是因为我可能找到了这座庄园的买家。"

"我明白了。我还不知道您这么快就要搬走了呢。"

"本来没这么快的,但现在确实进展很快。有的时候做决定一定要迅速果断,要趁热打铁。"

我心想,冷却后再打铁确实没什么意义,但他这块铁热得也太快了吧。难以相信在如此短的时间里,就会有买家横空出世。

"祝贺您,基特里奇先生。我们喝香槟庆祝是因为您已经达成满意的协议了吗?"我不太好意思问他卖了多少钱,但我发现和英国人相比,富有的美国商人从不避讳谈及钱财,而像他这样的淘金者必然也算在富商之列。

"很满意,"他说,"是的,我很满意。我想巴林·古尔德和沼泽的朋友们也会满意的。买家是位老人,不过也好,这地方确实不太适合全家人居住。他就想找个安静的地方写作看书,他的太太可以去打打猎,这样也挺好。他们是美国人,不过这个地方一向很欢迎外来人,不是吗?他们应该会相处得很融洽。"

基特里奇能赚一大笔钱,但他会考虑买家住得习不习惯,和邻居相处得好不好,这真是让我很吃惊。我真要被他的体贴感动了。后来我又一想,他不把房子卖给贪婪的资本家就好,那些人会把房子推倒,改造成度假房,租给城里来的游客大赚一笔。他看起来对自己的方案真的很满意。

"房子什么时候转手?"我问他,"您很快就要离开了吗?"

"手续还没有办完,"他很快回答我,"还有些事情要处理。明年早春,6月份之前吧。"

巴林·古尔德本来还可以和这位美国朋友好好相处相处呢，不过现在他要走了。我苦笑着喝了点酒。

基特里奇把酒瓶里剩下的酒分着倒在我俩的酒杯里（当然他给自己倒得比较多），然后招呼特普奇在炉边摆张桌子和两把椅子。

"福尔摩斯太太，坐在那边会舒服点。宴会厅那边太正式了，还有点冷。而且您刚刚还在达特穆尔把全身都弄湿了。"

"谢谢您的照顾。不过宴会厅真的很豪华，适合招待些大人物，有空的话我得好好参观参观。"

"如果有这个荣幸的话，今晚我可以带您转转。"

"十分感谢。"说完我们又继续用餐。

用餐服务很周到，各种摆设也很正式，食物虽简单却很精美。我夸赞了一番。

"基特里奇先生，您的厨师是英国人还是美国人？"

"您可能不相信，是法国人。我花了三年时间告诉他，他做的酱特别难吃，还有做菜不要那么烦琐，越简单越好吃。"

"劝说一个法国厨师一切从简？您是怎么做到的？"我被逗笑了。

"我威胁他，要是想辞职的话就走人。我给他的薪水比任何其他地方都多。所以他学会了变通。"

我大笑："您真聪明，我应该跟您学学。"

"您倒用不着学这招。"他回说。我的脸色立马变了，他也意识到说错了话，想掩饰过去："有天晚上我跟古尔德聊天，说您和您的丈夫就住在苏塞克斯乡下，日子过得特别简单。"

"是的。"我回答他，声音里带着一点点惋惜。早就料到他会想办法从巴林·古尔德那儿打听任何有关福尔摩斯的传闻，但古尔德和福尔摩斯都未曾提到过生活简朴是我们自己的选择，并非迫于无奈。我出了会儿神，想象自己甩给他一沓现金，当场买下巴斯克维尔庄园的样子，不过转念就缓过神来。似乎人们向来没觉得福尔摩斯有多富有，就让他们这样想去吧。况且，万一他真的把房卖给了我，难道我要搬到这里吗？

"福尔摩斯太太，您丈夫现在还查案吗？还是退休了？"

哈，原来巴林·古尔德还没轻率到把所有事都告诉他。

"很少查案了，只有那些特别有趣的案子，他才会感兴趣。大部分时间，他就是写写书，做些调查研究。我们过得很平静。"基特里奇没有大笑，我就知道他并不了解福尔摩斯，其实他案子还是非常多的，"您为什么会问起这个？"

"我在想，正好他这段时间在这儿，我可以雇他调查巴斯克维尔的猎犬的事。"

"是吗？"有意思，我想人们应该都疑惑，巴斯克维尔的猎犬和幽灵马车旁边跟着的那条黑狗到底是不是同一个东西。想到理查德·基特里奇对什么事都充满热情，他会这么做我也不觉得稀奇。不过我想柯南·道尔写的故事已经传到这儿了，一传十，十传百，故事已经变了形，听起来更像是虚构小说。不过这也不是福尔摩斯第一次经历这种事情。

"您听说过吗？"他问。

"您是说有人看到猎犬和马车？是的，古尔德那天提起过。怎么？您怎么看？"

"没什么想法，不过应该给沼泽的居民带来不小的骚动吧？"

"是的，自从上次有人目击后，确实引起不少骚动。其实我在想，猎犬会不会也到这里来呢？据我所知，猎犬的出现是因为巴斯克维尔的诅咒，但不知道它是冲巴斯克维尔族人来的呢，还是冲这房子的主人来的。"

我一脸无辜地看看他，他脸上闪过一丝惊吓，不过转瞬即逝,他大笑。

"我的天!"他结巴了,"福尔摩斯太太,这问题我还从没想过。或许我身上该挂一串大蒜或者其他什么东西把它们熏走。"

"拿把手枪好像更管用。"

他的笑渐渐消失了,但眼中还残存着笑意:"但上次不就只是条涂着磷光的大狗吗?"

"是的,您说得对。我还真是蠢。"

"福尔摩斯太太,您和您丈夫一起工作过吗?"

"您是说查案?"

"是的。"

我在面包卷上涂了点黄油,一口一口慢慢咽下肚:"有一次我们一起查过案,案子是关于一块被盗的火腿。"

正如我所料,他对这件荒唐至极的事特别感兴趣,非要让我给他讲一讲。我着重讲了最荒诞的部分,我承认,把故事讲得滑稽可笑对我来说并不是什么难事。讲完我的故事,又上了另一道菜,我也该扮演一下有礼数的客人了,聊聊他的生活。

"您呢?基特里奇先生,您在阿拉斯加一定有些精彩的历险故事吧?"

"那是很久之前的事了。"

"有没有什么最惊心动魄的事?"

"您是说好的还是可怕的?"

"都讲讲吧。"

"最好的是第一次看到自己淘金盘里的金子。"

"您淘的金子?"

"是啊,我挖了五十英尺的泥和冰,当时河水都已经冻住了。我不得不生火融化地面,才能把泥巴挖出来。不过当泥巴洗掉的时候，金子真的出来了。真是好东西啊！"他若有所思，看着自己手上的戒指，不断地擦拭着，"金子这种东西，质地柔软，没什么用途，但人们都对它近乎痴迷，看到发光的金子就走不动道儿了。'淘金热'是个好名字，因为事实就是如此，人们为黄金头脑发热，直到被这股热浪活活吞噬。"

"可怕的事呢？"

"那可真是可怕极了。在那个地方，淘金的人像是散落在一盘无味的炖肉上的胡椒。在淘金的地方干的都是些苦力活儿，日子一直不好过，不管是睡着还是醒着永远都饿着肚子，浑身脏兮兮的，也没有个暖和的时候，除了夏天，不过那得被蚊子咬个半死，大家的手脚永远都是瘀青的。主啊！简直无聊透顶！要是你放的炸弹没有爆炸，还得冒着生命危险去查看。你还得去钻隧道，都不知道什么时候会倒塌。不过最糟糕的是什么你知道吗？不是狗拉雪橇在山顶翻了掉进索达河[1]，就是斯凯尔斯[2]发生的雪崩。"

最后那个名字我在什么地方听过："我听说过斯凯尔斯，那不是座山吗？"

"山？"他笑了笑，用同情的目光看着我，"说是地狱还差不多。从奇尔库特山口往上，大约有四英里的峭壁。就算在夏天，你都进退两难。不过到了冬天，人们在冰上凿了一千两百级台阶，最后一英里跟爬梯子一样。我们得把一年需要的用品搬上去，加拿大的皇家骑警会搜查，他们可不想让乡下来的饿鬼轻易通过。你不可能一口气就爬上去，除非有钱用缆绳把物品拉上去。天寒地冻，在那一英里的征途上，你

---

[1] Soda Creek，阿拉斯加的一条溪流。——编者注
[2] the Scales，本义为天平，是一段平坦的山脊，"淘金热"中奇尔库特小径的终点，此后路便转为下坡。加拿大官方在此为淘金客的货物称重。——编者注

疲惫不堪，背的箱子一路上左右摇晃，一呼吸就觉得肺疼，头部因为高海拔而昏昏沉沉，要是抬不动腿走不动了，就会摔下山跌死。上到山顶后，累得背着货箱就躺在雪地上，一躺不起。等歇过脚来，卸下箱子，就又坐着铁铲，顺着冰道滑下山去，然后再背上箱子重新上山。就这样来回二十次、二十五次，终于把全部物品都背上山，然后又要出发去淘金场。许多人在山脚下的羊营看着上山的路，就心里打战放弃了，把家当卖个十分钱掉头回了家。"

"但你没有放弃。"

"没想过放弃。虽然是冬天，但天气还是变幻莫测，雪变薄的时候我才运了一半物品。过几天，就又要下六英尺或八英尺厚的雪。印第安人很聪明，他们会先去镇上休息休息，但我们却很固执。

"我知道越拖越危险，所以我早早地就往上爬，晚上也不例外。那一次我都快要成功了，但在我背着最后一箱物品爬到半山腰的时候，危险却降临了。整座山雪崩了，我们脚下的冰雪，那一英里长的冰雪塌了下去，几百个人和他们的设备物品、狗，都被冰雪冲到了山脚下。死了七八十人，我的一个同伴也死了。我被积雪压倒在地，困在雪里，眼前一片漆黑。除了右手，身体其他部位都动弹不得，好像被水泥凝固住了一样。我的一只靴子露在了雪堆外面，就是那只靴子救了我，救援人员发现靴子才把我挖出来。"

"上帝保佑。"我不禁发出感叹，但声音很小，那种被困的恐惧感使我头晕目眩。

基特里奇放下一直拿在手里的杯子，关切地看看我："对不起，福尔摩斯太太，我是不是让您心烦了？"

"没有，没有，只是一想到那种窒息的感觉就觉得很可怕。"

"当时我都没害怕,就是很生气,因为想到又要重新背箱子上山,简直让我火冒三丈。虽然这种想法很可笑。后来就是担心我的同伴,因为他一直在我身后。然后我才觉得受到挤压浑身不舒服,冻得不行。不过过了一会儿,身子暖和起来,扭伤的腿也不疼了。只是喘不上气而已,和其他的比起来也不是最坏的死法。"

他笑着说:"我们去书房喝杯咖啡吧。特普奇,都准备好了吗?车一会儿就回来了。"

最后一句是对我说的,我叠好餐巾跟着他站起来。

"我可以参观一下宴会厅吗?"我温柔地问他,提醒他刚刚答应我的事。

"当然可以,不过恐怕现在光线不太好。不知道为什么巴斯克维尔家没给那间屋子装电灯,白天光线还好一点。"

基特里奇拿起一盏烛台,从口袋里掏出打火机点亮蜡烛,然后带我进去参观那个阴暗的宴会厅。虽然以前整个庄园的人都聚在这里用餐,主人们坐在主席,用人们坐在大厅角落的长桌前,很热闹,但现在这儿就好像是一个幽暗空旷的山洞,灯影憧憧。大厅的尽头除了巴斯克维尔家族成员的画像,就是一幅吟游诗人的画像,高高在上,孤零零地挂在那儿,也算是歌谣的替代品吧。我们漫步在空旷的大厅里,几乎一点声都没出,从头走到尾。他不时举高烛台,好让我看清那些画像。

"巴斯克维尔家的人看起来真是大不相同。"

"最后一位女主人把所有值钱的东西都带走了,"他苦笑,"却留下了这些。"他补充道,举起蜡烛帮我照着内墙上那些褪色的人物画像,这些画肯定也曾色彩斑斓、生动形象。我仔细研究着这些画。他告诉我:"白天看还挺好看的。"参观完后,我们走出房门,穿过一条长长的走廊去书房,走廊可比大厅明亮多了。

书房是工作的地方，没什么可看，不过作为男士的静修之所还是不错的。墙上摆满了旧书作为装饰，房里还有几张皮椅和一张方形牌桌，比餐厅和宴会厅舒服多了。房里厚重的窗帘挡住了窗外的夜色，特普奇端着咖啡跟我们进了书房。

"很遗憾，福尔摩斯太太，您应该白天来参观大厅。从窗户望出去，沼泽那边也是一幅美景，可以看见远处的六座突岩，好像伸手就能够到。哪天天晴的时候一定要来看看，当然要带上您丈夫。"

"我很乐意这样做，谢谢您。今天十分有意思，我沉浸其中，都没意识到已经这么晚了。让您一直陪我，非常抱歉。"

"不，并不晚，福尔摩斯太太。不论出于什么原因，您能顺道来看我，我感到十分开心。您刚刚是去过沼泽吗？"

我主动告诉他我刚刚是在沼泽四处游览，这样他就不会怀疑福尔摩斯在那片荒芜的郊外做什么。不管他向我隐瞒了什么，或把什么人从我眼皮底下转移走，也许只是一个在巴斯克维尔庄园行窃的小偷或者是一位不应该出现的女性访客。在任何情况下，他都想不到是我安排了这么一出，带红仔来到庄园。我想在他深究这件事之前，把他的好奇心转移到别的事情上去。

"是的，真是个好地方！我骑着马去看了狐狸突岩、公子墓和韦斯特人之林，之后又去看了梅尔维尔附近的石阵。当我正要去福克斯突岩，走到河边时，红仔受到了惊吓，我从马上跌了下来。"

他看起来一点也不轻松，我不知道是什么原因，是因为我说的那些景点吗？还是因为我试图营造出愉快气氛的说话风格？

"这地方非常有意思，不是吗？"他说道。

"噢，是的。坐在突岩上吃着午餐，像是野餐一样。一边是突岩，另一边是锡矿工厂，这种经历可不是每天都能体验到的。"

"我最喜欢的是鲍尔曼的鼻子突岩，离猎犬突岩不是很远，您知道那儿吧？"

"在威德康比附近的那个？不，我还没有去过那里。"

"它看起来像个巨大的石人，直直地瞪着天空。"

"但它真的有个鼻子对吗？我围着狐狸突岩转了一整圈，希望能找到一些看起来像狐狸的岩石，但遗憾的是，一个都没有找到。"

"突岩和星座有点儿像，不是吗？您必须有丰富的想象力，或者糟糕的视力，不然真是难以理解怎么取了那样的名字。"

"实际上，"我说，"那块突岩，就是今天我坐在上面吃午饭的那块，看起来什么都不像，普通得就像一群牛经过后留在地上的那些牛粪蛋一样。"

基特里奇好像很喜欢这种粗俗的幽默。他一直在笑，停下来的时候，朝着窗帘的方向晃了一下杯子。他说："在这些窗户外有一块突岩，我想给它重新起个名字，就叫落马突岩怎么样？用来向您表达敬意，福尔摩斯夫人。这块突岩看起来和我年少时家门口的石头很像。只是现在窗外的这块摸起来很冰，很湿，是灰白色的，而从前家门口的那块石头摸起来却很烫，很干，颜色也是火红的。"说这些话的时候，他的表情很放松，整个人看上去没有严肃时那么帅气，但多了一丝讨喜的感觉。可他说完后，突然再次变得紧张起来。他将手中的杯子放入茶托，发出了不小的声音，咯吱咯吱的，之后开始去摸口袋找烟，像个老烟鬼。

"如果我是您的话，我不会跟古尔德说您在他的地盘上，给他的突岩瞎起名字。"

他立刻又放松下来,并且停下找烟的动作:"您是对的,他不会喜欢这些名字的。"

巴林·古尔德是一个更为安全的话题。所以我一直把他往这个话题上引。之后我们又谈论了一会儿卢特伦查德的这位乡绅。我认为基特里奇并不完全了解这个老男人的健康状况有多么糟糕,但我并不打算成为告诉他情况的那个人。

话讲到一半的时候,基特里奇停顿了一下,说道:"我听到了车的声音。"之后又回到先前的话题上。能够坐在壁炉前边烤火边聊天,他觉得十分满意,似乎可以一直讲到午夜。但我认为是否继续调查都不重要,我已经受够了。我的胸骨和髋关节隐隐作痛,前额和鼻骨都受了伤,我的身体状况非常不好,精神状态也很不好,我站了起来。

"基特里奇先生,我已经占用了您太多时间。对于您的帮助和陪伴,我很感激,但我不能再耽误您的时间了。"

这样一来,我以为我们之间的事情可以就此结束,然而并没有。特普奇把我的包拿来(重新打包得十分整齐),还有一件男装外套和一顶帽子。基特里奇要开车将我送到卢宅。"只是为了确保您能平安到达。"他说。难道他觉得我们半路会被强盗袭击?或是我可能被他的司机骚扰?再或者今天晚上难得天气不错,他想开车兜风?

他真的要自己开车送我离开庄园,沙伊曼坐在后座,旁边放着我的包。基特里奇帮我开了车门,等我坐好以后,他坐进了驾驶座里。

他算是一个好司机,只是开车有点任性,比起他的司机,基特里奇车开得更加灵活,在路上穿梭自如。我们飞驰过林荫大道,一路穿过大门,顺着碎石路开到卢宅门口。

让我惊讶的是,他并没有接受我的邀请进屋坐坐。

"我还有一些文件要整理,相信您能理解我。但是如果福尔摩斯先生有兴趣调查目击猎犬的事,您会通知我的,不是吗?改天我们可以一起商讨一下费用的问题。"

哈,我想夏洛克·福尔摩斯很久以前就不再为费用的事情而担忧了。

"我会转告他的。"我委婉地说道。

他一直站在汽车旁。我直到进了门廊,才听到车门关闭的声音。车子绕着喷泉和青铜的牧鹅少年雕像转了一圈,开走了。

十五

> 克莱基维尔水池,有些人叫它疯狂水池。这里之前是一个旧的矿坑,现在被填满了水。它占地近一英亩,堤坝部分高一百英尺。据说,在夜晚的某些时候,可以听到很大的声音模模糊糊地从水中传来,召唤着下一个即将死于此地的人。
>
> ——《达特穆尔之书》

我在卢宅的门廊处停留了一会儿,直到汽车的轰鸣声逐渐消失。我在想,作为卢宅的客人,我应当以什么样的姿态再次进入卢宅。我离开过这里一段时间,之前我是和我的丈夫一起来的,而现在我是一个人。如果此刻有个男管家在这儿就好办多了,但我不打算找卢宅的主人来帮我开门。我试着将手伸向门把,发现门没锁,但我并没有急着进去,我先把背包扔了进去,之后我再次回到车道上,穿过喷泉,来到玫瑰花园,在这儿我停下来,花了些时间来观察整个卢宅。

真是太奇怪了!这座正方形的房子在黑暗中矗立在我面前,它像一个骗局,像是彰显个人热情的产物。从其他建筑上偷来的零碎部件被摆放在一起,看起来就像一个体弱多病又孤独寂寞的老人。它冷酷又庄重的外观依偎在一座郁郁葱葱的河谷边上,看上去极不协调;这个破败、冰冷又人烟稀少的地方,呼应着这座像艺术馆顶楼般富丽堂皇的建筑,还有一个虽已褪色却依旧光彩照人的舞厅——这样的地方应该是荒诞且格格不入的，长满了黑莓和橡树；而不是像现在这般充满自信地矗立在这里，不愿向世人低头，就像创造它的人那般自信张扬又特立独行。

相反，巴斯克维尔庄园显得更加真实。几个世纪以来，巴斯克维尔就在那里，充满了美好和温暖，而且人丁兴旺，有充足的照明设施（我知道人们会习惯电灯的），它的主人身体健康，精神饱满。它应该是荒原中的一片绿洲，温暖明媚，代表着生命和仁慈，在这片冷酷荒芜的沼泽中熠熠生辉。

然而是什么原因让巴斯克维尔庄园渐渐变得风雨飘摇，像要消失了一般？难道仅仅因为老查尔斯爵士、加拿大的亨利爵士和基特里奇——这前三任主人给它带来的异域影响吗？又是否是基特里奇以及他的异域装饰风格所带来的变化呢？

如果是这样，那么为什么卢宅在历经变迁之后反而变得更加牢固呢？要知道它经历的可不仅仅是更换照明设备或加几个摩尔式垫子这样的小事。为什么卢宅——一个充满想象力的乡绅的玩具，仿佛有着坚固的地基一样，依旧矗立在德文郡这片土地上？为什么卢宅，尽管现在破败了，却依旧能让游人坚定地相信它会继续挺立，庇护它的主人，直到巴斯克维尔庄园化作一片废墟，成了猫头鹰和狐狸的家？

我决定不再去想，而且我觉得香槟让我产生了幻想，现在我应该去睡觉。

现在还不到十点，但整座房子都静悄悄的。我感觉这些灯更像是为了我才点亮的，所以我关了灯，锁上大门（鉴于我的房间在前厅，所以如果有人来拜访，我一定是会被打扰的那个人）。

我之前喝了酒和咖啡，现在觉得特别渴，所以我又走向厨房，想接杯水来喝。之后我爬上楼梯，动作僵硬，浑身都疼。

在楼梯的顶部，我看到一束光，从走廊上半开的门中透过来。我认为它来自古尔德的房间，于是我停下来，不想打扰他，我也没有走开，以防这位年迈的老头突然发病。最后，我还是悄悄地把门推开了。

这位卢特伦查德的牧师枕着枕头，双手合十放在被子上。褪色的红色眼镜盒放在床边的桌子上，还有一本旧旧的《新约全书》，外表是白色的皮革，看起来像是女性的。旁边放着一盏灯、一杯水和一个装有至少十瓶药水和药丸的小托盘。我注意到他条纹睡衣的口袋被重新修补过，这种病态使我突然意识到这个暴躁的、令人生畏的老人看起来是多么脆弱。我刚要转身向门口走去，他醒了。

"是你吗？罗素小姐，我看不到你。"

我走到灯光底下："是的，巴林·古尔德先生。有什么我能帮您的吗？"

他并没有回答我的问题，不知道他听没听到我的话。他的眼睛闭着，呼吸很缓慢。我走到门口的时候，听到他开了口，这让我很惊讶："看到你平安回来，我很安心。我梦见那天晚上的暴风雨很凶猛……"他停下来，时间长得让我开始觉得他已经睡着了。"我梦见我是个孩子，生长在海边，那儿有成片的树木，你知道，苏格兰松树和橡树，长得比房顶还高，当风吹过的时候，它们发出的声音听起来就像是康沃尔郡海岸上的海浪一样。"

我继续听着，但他似乎已经说完了，于是我跟他道了晚安，回到房间。福尔摩斯并不在房间里，而且他的一个包也不见了，我静静地上了床，准备好好睡一觉。

早上五点的时候，我睁开眼睛，躺在床上盯着天花板。

我身体各个部位的疼痛并没有减轻，胯骨的刺痛感依旧明显。

真是难受，我决定起床，这个过程十分痛苦。但我肯定可以在不打扰艾略特夫人的前提下顺利下楼，不吵醒古尔德，还能给自己泡杯茶。我裹着福尔摩斯的衬衣，脚踩着他的拖鞋，蹒跚地向楼下走去，完全没有伊丽莎白·蔡斯所说的活泼劲儿。

其实我不需要担心会打扰到他们，因为古尔德正坐在客厅的壁炉前。他手里拿着半杯茶，膝盖上摊着一本书、一沓烫金信纸，信中主要的部分被他的手遮住了，但仍旧可以看出内容和德文郡有关。他并没有读，只是拿着它，同时注视着壁炉里的火，从炉里的煤炭可以看出，他已经在这儿待了几个小时了。

"早上好，罗素小姐，"他说，没有看我，"进来吧。"

"早上好。我泡了些茶，您要来一杯吗？"

"你真是太贴心了。但我不得不诚实地说，我已经喝过一杯了。"

我拿着杯子离开了，不久我拿着托盘回来，上面放着茶壶、茶杯和一些其他用具。我给他添了些茶，依照他的指示在里面加了牛奶和方糖，之后便不知道该做些什么了。

"请坐吧，罗素小姐。当然，如果你有工作要做的话，请随意。"

"不，"我很快回答道，但声音有些无力，我忽然觉得我应该大声回答他，"不，我现在正在两件案子的过渡期。"噢，天啊，这听起来并不是很好。"你知道的，一件事完成以后总会空出一段时间来思考将要发生的事情。"

"真羡慕你。我从来没有时间去提前思考将要发生的事情，就是你说的那种案子。"他喝了口茶，以便让我有时间去消化这个隐晦的嘲笑。当然，我并不是很能接受。

"您在读什么?"我问他。

"实际上,没什么。我眼神儿现在非常不好,我只是喜欢时常拿着本书而已。就像是和一个老朋友打电话聊天一样,虽然有时候聊得并不投机,但这样比什么都没有要好得多。"

"您介意……我读给您听吗?"

"这真是个好提议,罗素小姐,但或许不是现在。"

每次他说到我名字的时候,听起来都非常正式。非传统的叫法显然超过了他的忍受程度,我很同情他。

"古尔德,叫我玛丽就好。"

"非常好,玛丽。我的一个女儿就叫玛丽,她的声音也像你的一样优美。不必读这本书了,毕竟这书是从我的书房里拿来的,我已经读过了,我更愿意听你说说你写的那本书。我的朋友福尔摩斯告诉我你正在写一本书,并且快完成了。跟我讲讲吧。"

"事实上,我已经完成了第一稿。来这儿之前,我已经把它寄给了出版商。当然在正式出版之前,还有许多工作要做。第一次看到自己完整的作品感觉很棒。"

"嗯,"他说,"我从来不去写第二稿。对我来说,如果我的出版商一开始就不喜欢我写的东西,就没有必要去改了,因为怎么改也不会变得完美。这时最好重新写些新的东西。"

"所以就直接放弃它吗?"我感到很震惊。

"不是每次,但基本上是这样的,你的出版商是谁?"

我告诉了他,之后他又问了编辑,我们谈论了一会儿有关出版的问题,然后他问道:"这本书讲了什么?你还没告诉我呢。"

"索菲亚,"我说,"智慧。"

"智慧,"他重复道,"我想,你是犹太人?"

"是的。我的父亲是圣公会的成员,但我的母亲是犹太人，按照犹太法来看，我是个犹太人。"

"你去过这里的教堂吗？"

"上周日去过，非常棒。"

"我为基督预备明灯。[1]"他说。

我也从《诗篇》里引用了一句话："'上帝选择卢当，愿将其作为栖息之所。'"

他笑了："'这是我永远的安息之所，我要住在这里，因为是我的钟爱之地。'确实如此，"他若有所思地说，"我喜爱这里，也选择了这里。我想让我女儿玛格丽特以教堂圣母的形象画幅索菲亚的画像，但还没跟她说好。索菲亚是我母亲的名字。"

"楼上有一幅您和您母亲的画像，是吗？她非常美丽。"

"你觉得她很美丽吗？当然，比她旁边无精打采的儿子强多了。那画师不喜欢我，因为我总是问他怎么调颜料，怎么选角度，所以他就把我画成一副自命不凡的样子，其实我不是这样子的。"

我不太同意："那画像画得很温馨啊。"

他哼了一声："你应该看看我坐在哪儿，让我显得特别老气。"

"是在这儿吗？"

"啊，不。是在伦敦。你觉得我母亲索菲亚和我女儿玛丽怎么样？"

就这样，清晨五点钟，我们在这座老房子里谈起了神学。和他谈话非常有趣，他就像孩子一样好奇，却又对自认为精通的领域固执己见。他对无关的细节很不耐烦，却又对自认

---

1 选自《圣经·旧约》的一卷书《诗篇》。本卷书共一百五十篇，是耶和华真正的敬拜者大卫所记录的一辑受感示的诗歌集，包括一百五十首可用音乐伴唱的神圣诗歌，是整本《圣经》中的第十九本。——译注

为重要的细节刨根问底。他性格极其孤高傲慢，却又发自内心地仁慈谦和。

眼前这个热情高涨的门外汉，让我联想起我熟知的另一个人，他们竟然如此相似。事实上，像他们这样的人不多了。

他心满意足地结束了神学的探讨，又开始另一话题："玛丽，给我讲讲你对达特穆尔的看法吧。"

为了思考如何回答，我把茶壶里最后一点茶水倒进了杯子，加了点奶，喝了一小口，差一点呛到。我都没注意到，我们已经坐了太久，茶水都已经变凉发苦。我赶紧放下茶杯。

"我不知道从哪儿说起。我其实不是特别喜欢那个地方。"

"你讨厌那里。"

"是的，我讨厌那里。你不得不承认，这是全国最不适宜人类居住的地方。"

"但却是最适宜和自己灵魂独处的地方。"他说。

我心想，对于一个有十四个孩子的人，独处确实千金难买。"但在达特穆尔的几天里，我突然意识到这片沼泽和沙漠有着很多相似之处。您去过巴勒斯坦吗？"

"哎呀，没有。不过我应该会很喜欢那片圣地。"

"是啊，去巴勒斯坦旅行真是一次震撼人心的体验。而且您一定会觉得那里很亲切。巴勒斯坦恶劣的环境，造成了人们独特的性格和物质上的贫困，但同样赋予了他们强烈的认同感和归属感。"

古尔德对着炉火微笑，不时轻轻地点头。我继续说：

"其实，我觉得达特穆尔人的归属感真是……强烈得吓人。"我给他讲了通桥的那个女孩让我去找伊丽莎白·蔡斯的事情。我遇到的每个人都非常了解我，也知道我过来做什么，这让我有些烦恼。"但村民们除外。他们不知道我是谁，而且他们和沼泽居民在一起的时候也从不议论，好像要为我的身份保密一样。"我给古尔德讲了那晚在玛丽塔维旅店的事情。

我越讲,他听得越起劲,挺直了腰板坐在椅子上,身体前倾看着我说话。他让我详细地讲讲那晚唱了什么歌,歌手长什么样子,还给我哼了哼歌,问我他们唱的是哪个调子。我说沼泽居民声称《霍华德夫人》那首歌是他们创作的。古尔德听得兴趣盎然,都能看到他眼里闪动着光芒。他从我这儿压榨出了所有有关民歌的故事,还让我哼了我用六孔笛吹的那首歌,然后他靠回椅背,疲惫而喜悦。

"《绿色金盏花》这首歌是我从斯拉什乐敦的约翰·伍德里奇那里收集来的。"他说,"但这些歌手唱《不平静的墓》,用的是另一首歌的调子,那调子我也记录过。那首歌非常不错,你喜欢吗?"

"那首歌非常……接地气。"一分钟后我说道。

"现在的人没耐性,都不喜欢长度超过三分钟的歌。说起现代音乐,我就想起一个剑桥的人。他声称研究出了一种机器,只要把音符输入进去,就可以输出曲子。但在我听来,他所谓的曲子不过是噪声的随机组合罢了。每当我不幸听到现代音乐的时候,比如我那位美国的儿媳妇糟蹋钢琴时,我就会怀疑是不是那人的机器已经推广使用了。"

我礼貌地笑了,但又回到了之前一直困扰我的问题上。

"有件事我觉得很奇怪。虽然沼泽居民好像很了解我,也清楚我的任务,但村民似乎不认得我,即使是在通桥这么小的地方,也不知道我是谁。而且就算在巴斯克维尔庄园,也不是人人都知道我来这里做什么。"

"沼泽居民自成一个团体,从不把消息泄露给外人。至于巴斯克维尔庄园,基特里奇雇佣的都是些外国人。"

"外国人?"我质疑道。除了沙伊曼和那个没露过面的法国大厨，其他人都是英国口音啊。

"法国人、美国人、苏格兰人还有伦敦人，甚至还有威尔士人，反正没一个当地人。"

"我明白了。好奇怪啊。难怪他虽然住在沼泽边缘，却没有融入沼泽生活，跟达特穆尔完全脱离……这庄园都可以自成一个'有机体'了吧？"我说。他没有说话，只是笑了笑，眼睛闭上了。没过多久，他就在椅子上睡着了。我往火炉里续了些柴，让他暖和一点，然后蹑手蹑脚地上了楼，期望能洗个热水澡。

一小时后我下来，发现古尔德又醒了。大概是被艾略特夫人的酵母面包和咖啡香气唤醒了吧。喝过咖啡后，他又恢复了精神。艾略特夫人在厨房忙进忙出，收拾了古尔德吃剩的早饭，又端来好多精心准备的食物。其中一只水晶小碗里盛着越橘酱（越橘算是蓝莓的近亲），我见了十分惊喜，不禁称赞艾略特夫人。古尔德给我讲起沼泽里每年一度的假日狂欢，类似于伦敦东区居民每年涌入肯特郡[1]，在那里纯净的阳光下采摘啤酒花。自从回来，我一直有个问题，感觉现在非问不可，但出于礼貌，我还是等古尔德说完才开口。

"您知道福尔摩斯在哪儿吗？"

"他当然在伦敦啊。"

"也就是说，有人打听到了在吉比山目击马车的那两个伦敦人，是吗？"

"我都糊涂了，我忘了你当时不在。是的，艾略特夫人的侄子找到了他们住过的农舍，但因为没有入住登记，所以找起来也不太容易。不过福尔摩斯似乎觉得他能找到他们。"古尔德得意地说。

---

[1] Kent，位于英格兰东南部，东临英吉利海峡，有英格兰后花园之称，非常美丽。——译注

"他说过大概什么时候会回来吗?"

"昨晚就应该回来。我估计他会坐今天的火车。"

"您认识福尔摩斯多久了?"这话不由自主地从我嘴里说出,虽然我并没打算问。如果想让我知道,福尔摩斯就告诉我了。再说,让古尔德知道福尔摩斯在我面前很少提及他,似乎也不太好。

"一直认识他。"他说,"从他一出生就认识。我是他的教父。"

他这番平静的回答吓了我一跳。我此前确实认识福尔摩斯身边的一些人(我毕竟是他的妻子),但不知为什么,除了迈克罗夫特,其他人似乎并不真实存在,或者说我所认识的从来都不是什么三维立体的真人。就像维多利亚女王的乳母,一定确有其人,但就是谁也没见过。

"他的教父。"我小声重复着。

"我不算是个称职的教父,对吗?"他似乎对自己的"失职"十分得意,毫无内疚。我不知道该怎么回应他,就没说话。"但他好像也不算太糟。对你来说,他是个好丈夫吧?"刚才我不知怎么回答只好沉默,而现在我更是张着嘴愣住了。"他很爱你,这没得说。爱情真的让他改变了很多。男人和女人的爱情不同,女人的感情犹如细水长流,而男人的感情却像火焰般炽烈。我希望……"

我不知道他的希望是什么,谢天谢地他没说出口。外面吵吵闹闹已经有一段时间了,但我们都没有听见——巴林·古尔德是因为耳背,而我则是被古尔德刚刚那番话震惊了,也没注意到外面。古尔德刚要开口,厨房里就传来巨大的撞击声,还有人们吵闹的声音,这时我才意识到出事了。

"我说,艾略……"他刚开口,厨房门就被猛地推开,好像半个卢当的人都涌到了房里,所有人都叽叽喳喳说个不停。

巴林·古尔德站起身来看着他们,很有威严。"都住嘴!"他呵斥。大家立即都闭上了嘴,"托马斯,这是怎么了?"

那人自觉地扯下帽子,难以平静心情。"牧师先生,一具死尸。"

"湖里死人了。"

十六

  自他年幼起，父母就教育他关心佃户，做公平、正直、善良的楷模，树立宗教的榜样。他们家族三个世纪以来世代如此，这种思想在他年幼的心灵中也扎下了根。长在骨子里的东西，总会显现出来。
——《早年忆事》

  好在已经穿好了衣服和鞋，不然匆忙穿着拖鞋去采石场湖边，肯定会被踩烂或踩掉。不等古尔德说话，我连外套都没穿就飞奔出门，穿过车道，越过牧场，其他人还没出门，我就已经到了那座深渊边上。

  但显然还是有人比我早到了。我深吸一口气，攥紧拳头，声嘶力竭地大喊："都别动！不要碰他！"

  瀑布巨大的落水声都掩盖不住我的叫声，吓得一个救援人员失足滑下船掉进了湖里。趁着大家的注意力都在他身上，我赶紧绕着湖跑到采石场以前的入口坡道，仔细观察这道长满蕨类植物和荆棘的湿滑陡坡。我站在湖边，屏住呼吸，等待救援人员靠岸。

  有两个人从陡峭的湖南岸绕过来，不以为然地盯着我。

  "请不要碰尸体，"我再次重申，"警察来之前不要碰。我知道这样对死者很不尊重，但相信我，必须这么做。请原路返回。"

  如果是在夏天，我可能不会觉得这是起谋杀案。在漫长而炎热的夏夜，一帮年轻人喝完酒想跳下湖凉快凉快，结果不幸溺死，倒也可以理解。但现在是10月份，而且我一下就联想到了沼泽发生的事，所以我不希望他们毁坏任何可能揭露罪犯的证据。

五个人围着我，其中一个全身湿淋淋的，没有人想离开。我和善地劝那个湿透的人赶快回去换身干衣服，让另一个人陪着他回家，这样就打发了两个人。但其他人还是一动不动地站在那儿。有个人我好像在卢宅见过，他在卢宅干活儿。

"你们知道他是谁吗？"我问。他们除了知道死者是个男性而且不住在附近，其他的一无所知。这都不用他们说，我在湖边看了一眼尸体就看出来了（而且可以断定死者不是福尔摩斯。我也从没想过是他。刚刚我疯狂地跑过来不是出于对丈夫安危的担心，而是出于专业素养）。死者的双腿不长，裤子也不是德文郡的工人们穿的样式。"派人去找医生和警察了吗？"

"夫人，用不着医生了。"

"需要医生判断宣布死亡，这是法定要求。你们派人去了吗？"

"阿伦德尔先生去叫了。"阿伦德尔先生是古尔德家的副牧师，他就住在这里，负责监管这片湖。

"现在我们不能再用那条船了，说不定上面有指纹。能再找条船吗？我想看看尸体。"

他们很震惊："夫人，恐怕您不会想看的。"

"对，我确实不想看，但我必须看。"

"这位就是福尔摩斯夫人。"那个看起来眼熟的人对另外两个人说，我的身份似乎解释了我一切不合时宜的表现，因为他们突然变得非常配合，甚至还主动要帮助我。

"夫人，您可以用那条船。但那船已经好几周没下过水了，干得跟把骨头似的。"

"好吧，也行。你们能介绍一下自己吗？这位是……"互相介绍后我才知道，安德鲁·巴德是个年轻的园丁，艾伯特·巴德是他的表哥，戴维·皮尔斯最大，好像是他们的叔叔。我们握了握手就开始分配任务。

"安德鲁·巴德先生，你能帮我撑船吗？艾伯特先生，你去坡道那儿守着，以防有人进来。皮尔斯先生，你可以去守住另一边别让人过来。还有，要是你们发现什么脚印、马蹄印或者车辙印和任何拖痕的话，一定要保护起来。好吗？"

采石场的湖水是深灰色的，湖面上很冷，泛着一层迷雾，把我的衣服弄得很潮湿。头顶上一棵半秃的老树警觉地看着我们，那些所剩无几的树叶一片金黄，在这个封闭的小宇宙里散发着光芒。巴德一会儿就划到了尸体旁边。距离尸体十英尺的水面上飘着一顶帽子，帽子浸在水里，但还没有完全湿透。尸体面部朝下浮在水面上，头发稀少，像水草一样飘散在水中，我知道这是谁。

我脑袋嗡嗡作响，要不是安德鲁·巴德拽住我，我早就跌进水里了。

"是谁？"岸上的人问我，我小心翼翼地转过身，竟然看到了巴林·古尔德，当然还有其他人，他们正从采石场边上看过来。他坐在椅子上，我想他肯定是被人用临时轿子抬着，急匆匆赶过来的。

"是伦道夫·帕瑟林。"我浑身颤抖。巴德要脱下外套给我，但我拒绝了，"别脱了，我穿只会把它弄湿。能再划近一点吗？"我们慢慢划过去，直到能碰到他的袖子才停下来。他浮着的地方靠近湖岸，飘满树枝树叶，但并不是浮在那堆树叶上，看起来就要沉到水里去了。虽然说过在警察来之前不能碰尸体，但我现在犹豫了，我不想眼睁睁看着他沉到水底，然后让警察去打捞，毕竟他们打捞时不会注意细节，反而会对尸体造成二次破坏。我深吸一口气，咬紧牙，伸出右手抓住帕瑟林背部的衣服。巴德结巴着要制止我。

"我必须这么做，他快要沉到水里去了。快点划离湖岸。"

我们拖着尸体离开那些岩石。为保护尸体身上本来可能有的伤痕，我把尸体翻过来时十分小心，避免造成其他刮擦痕迹，紧紧抓着夹克，不让他沉到水里。但把尸体翻过来后，我发现了更有意思的事。帕瑟林死后，面部血液慢慢凝固形成了尸斑，可以判断他不是溺死的，而且死了有些时日了。

尸体稀薄的头发底下，头部一侧，凝结了一块棕色的血迹，雨靴后跟磨损严重，粘了一层厚厚的泥巴。我现在趴在船边上，尸体还漂浮不定，不能做更多判断。还是等打捞上岸，让专业的法医进行检查吧。

"你能够到他的帽子吗？"我问巴德，他正努力划船带尸体靠岸。我研究了一下周围的地形和环境，西面和东南面的岩壁旁各有一条被杂草覆盖着的陡峭坡道；巴林·古尔德引水填坑的那条水渠自北面流入，将尸体和其他垃圾残渣带到了南面；一个破败的船库，以前可能没这么破；几棵垂在水面上的树，到了秋天叶子都快落光了；还有一群男男女女、老老少少，至少有二十人，都在岸上饶有兴趣地观看一个衣着单薄的女人用手摆弄着尸体。

我刚刚下来的那条坡道在南边，并没有拖拉的痕迹，但是坡顶靠近那条通往卢宅的车道。西边的坡道实际上更隐蔽而且离卢宅更近，我觉得凶手是从那儿抛尸的。一个人不可能翻过那里而不破坏尸体，所以很可能是两个人把帕瑟林的尸体抬到了这儿，然后抛尸湖中。如果真是这样的话，那么抛尸地点很可能就是现在古尔德和大家站的地方。我想应该没错。"教区长，您能不能和大家移到别的地方去，你们那边可能有凶手的脚印。"

有个女人俯身凑近古尔德的耳朵传达我刚才说的话,于是所有人都急忙提着裤角和裙子逃离那个地方,好像地面会咬人一样。巴林·古尔德也换了个位置坐下。这时一群头戴钢盔的执法人员赶到,是当地的警察,其中一人气冲冲地冲我大喊:"你在下面干吗?"

我并没有回话,巴林·古尔德会解释的,依他在这里的权威,警察也得敬他三分。我蜷缩在船里,紧紧抓住帕瑟林的衣服,手已经冻僵了(抓他的衣领会简单些,但我尽可能不去接触他那冰冷的尸体)。看着岸上那些对我怒目而视、指手画脚的警察,我决定还是不要插手调查的好。我很庆幸没放任帕瑟林的尸体不管,也没让尸体沉底或者漂走,是时候把他交给警察了。"巴德先生,谢谢你。我们回坡道那边吧。小心别让桨碰到尸体。"

想不让尸体碰到船桨还真是个难题,我试图把帕瑟林推开,但没有成功。巴德掉转船头,小心地划水往回走。到达岸边后,警察把尸体拖上岸,不过还有一半浸在水里。警察看着尸体,脸上浮现出恐惧的表情,都没注意到我又跳上了船。等瞥见巴德推船下水的时候,他厉声呵斥,不让我们再回去。

我向他保证:"警官,我不乱跑,一会儿就回来。"然后转身对巴德说:"请带我到对岸去,我想在大家破坏现场前去看一眼。"

看我们走了,这位警察可是相当不高兴,立马扯着大嗓门叫我们回去。他应该不至于觉得我们跟这起谋杀案有什么关联吧,但对于平时只是抓抓醉汉、破个盗窃案的警察来说,看到我们动了尸体,现在又朝着出口划船,他唯一能做的就是紧紧抓住重要"案犯"——也就是我们。看到我们不顾反对划船去对岸，他抬脚爬上岩壁，向湖那边走去。看着他的身影在那几棵树后闪现，我的心一沉，不敢想象那愤怒的脚步将会怎么破坏凶手留下的证据。

戴维·皮尔斯还坚守在坡道顶上，驱赶两三个淘气的孩子，观望着对岸发生的趣事。警察靠近他的时候，我对他喊："别让他过去！"几乎已经失去了希望，他还没反应过来，那个警察就把他推到一边，俯视着我们。

我之前并没有把巴林·古尔德考虑在内。他年迈的声音突然响起，有着做了六个世纪大地主的权威，就像十字军约翰·金命令他的部队和撒拉森人（中世纪对穆斯林的称呼）一起参加战斗："皮尔斯，拖住他。"

皮尔斯年纪很大了，有的是招数。他一把抓住那个瘦弱的政府官员，坐在他身上，脸上还带着笑，因为可以明目张胆地袭警。

在我爬出小船之前，巴德拍了拍我的胳膊，拿出他的羊毛大衣。我看见他穿着厚厚的套头衫，便接过了大衣。

在我面前是道倾斜的山坡，在这儿运输石板一定非常艰难，但是对于一个身强力壮的人来说扛一具尸体就不算什么了。凶手扛着尸体走，因为潮湿的落叶，他滑倒了。于是，他拖着帕瑟林往前走，这也就解释了为什么帕瑟林的雨靴后跟会磨损严重。在湖水边上，他扑腾着，溅出水花，膝盖以下全都被弄湿了。他努力把尸体推入湖中，使劲推远，之后重新爬回岸边（湿鞋子踩在潮湿的落叶上，每一步都有点滑）。

在调查他此行的目的地之前，我回到他摔倒的地方，小心翼翼地从各个角度仔细研究，直到我能准确地想象出他的移动方向。

他一直扶着帕瑟林的双肩，我觉得，凶手用左手稳定着帕瑟林的身体，伸出右手保持着平衡。当他右脚跟踩到一片潮湿的落叶时，脚一滑摔倒了，背部朝后受了一记重击，帕瑟林跌落在他背后的地面上。我可以清楚地看见这个男人右脚落下的位置和左脚后跟陷入的位置，右手伸进身后的落叶中，臀部重重落下。帕瑟林整个身体被折成了90度角，脚跟对着男子的右手，头部对着男子的左手。男子站起来（拍拍衣服），绕到帕瑟林的肩膀前，继续拖着他朝湖泊走去。

这一切的痕迹都非常清晰，是我见过的最简单的痕迹。我感到很满意。直到我站起来拍手时，才看见围观的人，他们围在岸边，默默地站着，好奇地看着我。因为太想完整地重现之前这里发生的一切，我还原了凶手的每一个动作，重重跌倒，一条腿甩出去模仿脚滑，站起来，拍拍衣服，提起尸体，拖尸体，所有的动作幅度都不大，我控制得很好，只是人手有些不够，看上去有些滑稽。甚至连巡警们都站在戴维·皮尔斯身后，安静地盯着我看。我的脸开始发烫，我用肩膀挤开站在高处的人群，去寻找可能逃跑的路线。

那个带帕瑟林来这里的男子消失了，就在这片落叶里。一个人走的话，很容易在这条路上留下痕迹，他并不想因为帕瑟林的外套或者裤脚边碎料而惹来麻烦。至少我没有发现什么踪迹。

我最终放弃了寻找，回到湖边。我发现医生也来了，尸体被抬到担架上。那些面无表情、邋里邋遢的警察在巡官长的指挥下干着活儿。

巡官长名叫法伊夫，他并不了解我，我看得出他并不想在所有事情都调查清楚之前太早下结论。在巴林·古尔德介绍我的时候，他礼貌地摘下帽子，说之后要跟我谈谈。我知道我找到的一切线索都影响不了他的调查，只求他尽力让大家克制住好奇心，远离这道斜坡。

"警员班内特正在负责那块儿。"他说道。我尽量不看对面那个不幸的警察,他现在不用干别的,只负责守卫。

我知道警队的侦查员不喜欢听一个外行侦探的犯罪分析,而且还是个女侦探。原因很简单,换了我也不喜欢听一些啰里啰唆的解释和争论。一瞬间我感觉累极了,浑身冰凉。巴林·古尔德一直站在旁边,看起来比我更糟糕。

"督察,我现在要回房间吃早餐了,"我听到自己说,"古尔德也会和我一起回去。"我并不想听巡官长的回答,我只是在等巴林·古尔德。他面朝他的轿子,轿子一直在那儿等他,还有两个强壮的男人,可以把他抬到暖和点的地方去。

还没有走出草地,我就出现了不良反应。某种程度上说纯粹是感冒,但我认为,这是看过浮肿尸体的正常反应,何况这人活着时我还认识。

到家时,我浑身冻得发抖。女佣站在门前,看起来十分焦虑,毫无疑问是艾略特夫人要求她等在那儿打听到底发生了什么事情。当她看到我的脸时,她就不知道该问些什么了,只能帮我脱下借来的大衣。我抖得厉害,几乎不能说话,但我还是告诉她借来的大衣要还给安德鲁·巴德,另外我得去洗个热水澡。

我用指甲刷刷我右手的皮肤,直到刷得变红发痛。我放干浴缸里的水,又接了一缸更热的洗澡水。我的皮肤被烫得发红,但身体里还是感觉很冷,直到女佣托着一杯茶和威士忌过来。茶里放了很少茶叶、很多热牛奶、一些糖。看到我的脸恢复了一些红润,艾略特夫人觉得我应该恢复了知觉。我感激地把东西都喝了,颤抖才逐渐平息。

我开始放松,接着开始思考,最终竟然歇斯底里地笑了出来:谁能想到我竟会如此在意那个让人厌恶的帕瑟林呢?

十七

当丰富的锡矿开采一空,开采废料也消耗殆尽,就必须开凿横井,疏通矿脉。

——《达特穆尔之书》

不管他令人厌恶与否,帕瑟林尸体的画面总在我眼前挥之不去,让我一整天都感到阵阵恶心。巴林·古尔德回到自己的房间,留下巡官长法伊夫对除我之外的所有人进行问话,我们一遍又一遍地说,他也问到了反胃,于是他离开了。

几分钟后,当我努力想要站起来的时候,女佣罗斯玛丽悄悄溜进来,在我旁边的桌子上放下一个托盘。

"艾略特夫人觉得您可能会想喝杯咖啡。"她喃喃道,然后便退出了房间。

我想,艾略特夫人真贴心,就像会准备不同种类的点心一样,每天不仅给我们准备茶水,还提供其他的饮品。一杯咖啡驱散了警察带来的不快,令人精神百倍(尽管是暂时的)。同时,我欣喜地发现,我吃的三种饼干是新鲜出炉的,与门外飘进来的味道一样。如果艾略特夫人想通过不停地烘焙来平静内心,我觉得是个好主意。

我不安地在房间内外徘徊,直到我发现自己走进了巴林·古尔德的书房,在这里,在之前我留在那儿的一堆书下,我找到了《中年忆事》的手稿。我想,手写版的书阅读起来应该非常慢,但是这足以将我的注意力从今天发生的事上分散开来。事实上的确如此，我可以将全部的注意力都集中在这一页一页稿纸上。每次走神之后，我都能重新把思绪拽回巴林·古尔德的作品中。他当牧师一开始并不怎么成功，他的婚姻似乎也并不牢固。事实上，这份手稿是我读过的最不像自传的自传，更多写的是在欧洲旅行的琐事和考古发现，而不是和妻子的婚姻生活及如何抚养孩子。内容有比利时人的艺术、路易斯的历史、弗莱堡的旅行，还有给朋友同时也是旅游伙伴的盖特利尔写的信件，很冗长，有恐怖故事、爱情故事和三十页的民谣，都是他收集的，有的很有趣，但大多数都很无聊。唯一引起我兴趣的是简短地提及黄金的部分，但是当我读这段的时候，我发现他说的是博德明沼泽，在这里往西一些的地方。我又继续读下去，讲到了他第一次在大雾中迷路，又不幸掉入沼泽，淹没到了肩膀。

这漫长的一天终于快要结束了，我吃了晚餐（我差一点就想问问我是否可以到厨房和大伙一起用餐，但还是觉得会有些无礼），之后在楼上休息了一会儿，并没有上床。仆人也趁这工夫关上房子的大门。今天我第三次穿上大衣，走到门前，准备上山去村子里的邮局电话亭，但最终还是脱下大衣，重新走回壁炉前读书。如果想把这起案子移交到苏格兰场，就要先跟迈克罗夫特说一声，接着让消息层层传递到领导，然后领导打个电话，就能派一个更有同情心的人来负责。

但就算这事真成了，就算他们派来福尔摩斯的老朋友莱斯特雷德，又能怎样呢？政府调查员友善不友善会有什么区别吗？事实上，如果不让警察参与进来，如果我们可以独立开展调查，难道不是更好的选择吗？当然，前提是福尔摩斯现在就要回来，正式负起责任。这个男人总在关键时刻消失，真令人发狂。

最后我发现，我总想着打电话，只是因为想做点事情，做点什么都行。于是,我还是选择和书待在一起,拿着书老老实实地上楼了。

子夜一点的时候,我实在读不下去书了,便坐在壁炉前看着摇曳的火光,胡思乱想。两点的时候,我不再往炉火中添煤了,爬上床,没有关灯。我知道只要关了灯,那个死者的后脑勺就会出现在黑暗里。我只好让我的大脑不停运转、思索,破解掉这个如残缺的拼图一般的谜题。

凌晨三点的时候,楼下发出一丝微弱的声音,我立即警惕起来:心跳加速,张着嘴巴,紧张地一直在心里念叨。声音越来越近,我立刻跳下床,找到一个重物,握在手里。但感觉不像是窃贼或者杀手,因为他们不太可能有大门钥匙。

可以肯定的是,不到两分钟,我卧室门就被轻轻推开了,福尔摩斯走了进来。他穿着一件黑色的西装,但西装上全是泥,脚踝上还缠着杂草。他关上门,转过身,突然停住了。

"天啊,罗素,你什么时候起来的?"

我已经不记得我当时是什么状态了,但他看到我身上的瘀青和擦伤,就立刻走到我身旁。

"这是怎么回事?"他问,"发生什么事了?"

我并没有立刻回答他的问题,过了一会儿也不需要回答了。福尔摩斯很享受自己判断的过程,即使线索很少,他也知道什么时候应该做点什么。

有时光是口头上的沟通是不够的,尤其是在搭档之间,这次就是这样。我贴近他,甚至天亮之前还睡了一小会儿。

"帕瑟林已经死了。"我说。他的身体惊讶地抖了一下,我能感觉到他看着我的额头。"不,这和我受伤没什么关系,我的伤是因为在沼泽地里摔了一跤。"我简单地给他描述了一下我路过达特穆尔的情形,包括我去巴斯克维尔庄园的行程;然后讲述了昨天发生的一系列事情,从一大早关于宗教的探讨，讲到半夜读书时看到的无意义内容。起初，我觉得告诉他我对一个几乎不认识的死者会有如此夸张的反应，是件很丢脸的事，不过我们一起经历了那么多事，从没觉得我的夸张在他面前会是一件难堪的事。也或许是我太累了，管不了那么多了。

"他们会验尸吗？"他问。

"法伊夫说他们会验尸的。"

"那他将坡道上留下的痕迹保存好了吗？"

"他们在上面盖上了防水布。"

"总比什么都没留下强，我认为。用石膏临摹了脚印？"

"我怀疑没有。"

"如果我在的话，我会坚持要求他们这么办。"

我笑了一下："我不知道你在这里会有什么不同，但可以肯定的是，夏洛克·福尔摩斯妻子的头衔完全没用。"

"啊，可怜的罗素，被迫和她丈夫一起出行。这是个落后的地方，不懂得尊重女人的想法。别介意，我们还可以倚仗古尔德的影响力。"

"古尔德的影响力还真是强大，只用一句话就可以让一个平时老实守法的牛奶工把警察按在地上。"

"我就说这里偏远落后，他们可能还在用玉米当祭品呢。给我讲讲基特里奇的事情吧。"

我告诉他我能记得的在巴斯克维尔庄园的所有事情。他认真听着，什么问题也没有问。我讲完后，他站起来，将晨衣裹在身上，去壁炉前把火烧得更旺些。之后，他点燃烟斗，向壁炉里轻微爆裂的火苗上吐出一口烟，若有所思。

"你处理得很好。"他出其不意地说了一句。

"至少我自己一个人的时候没有崩溃。"

"做到这点已经相当不错了。"

"是的。我很傻。"

"人啊，就是这样。"他说道。

"天啊，谁想做人啊？"

"我也经常这么觉得。"他淡淡地说，然后又开始干自己的事，"你知道基特里奇是急着把房子卖给谁吗？"

"不知道。"

"比如，有没有闻到什么香水的味道，或者香烟的味道？那晚基特里奇在这儿聊天，提到他只抽雪茄，他手指上的烟渍也证明他没说假话。"

"没有香水味，也没有香烟味。对了，我觉得沙伊曼抽香烟。"

"你的感觉是对的。其实，我对他们两个都非常感兴趣，总觉得哪里有点不对劲。基特里奇带你参观宴会厅的时候，你有没有注意到一幅骑士的画像？穿着黑天鹅绒衣服，镂空的领子，帽子上有羽毛。"

"没有。"我缓缓地说，"穿各种服饰的都有，有穿蓝天鹅绒夹克的，还有戴各种帽子的。但是没有骑士。"

"正如我所料，他们已经摘下了雨果·巴斯克维尔的画像，就是那个让巴斯克维尔家族陷于诅咒的恶人。我很好奇是什么时候摘下的画像。"

"为什么？"

"那得先知道什么时候摘下的。"说完，他把没怎么燃起来的烟斗扔到壁炉台上，又开始从抽屉和衣柜里翻衣服。

"福尔摩斯，跟我讲讲你在伦敦有什么发现。"

"先吃早饭吧，罗素。早饭时间都快过去了，我从昨天中午到现在还没吃过东西。"

我看着透过窗帘射进来的微弱光线，艰难地起床穿衣服。和他一样，他不用说话我也能看懂他的意思。

但走出卧室以前,我还是有个问题:"福尔摩斯,你为什么说你是在巴斯克维尔的猎犬的案子里才认识古尔德的。"

"我没这么说。我只是说在这个案子里,他帮助了我。"

"你这是有意误导我。为什么你不愿告诉我他是你的教父?"

他正在梳头的手停住了,一脸吃惊地看着我。"天啊,他真是我的教父。我完全没想起来。"他又慢慢地转向镜子,"这也太巧了,不是吗?"

确实太巧了。

艾略特夫人已经起床了,并且为我们准备好了早餐,但古尔德还没起床。昨天实在太漫长了,我只希望没把他累垮就好。

餐厅壁炉的烟囱还没修好,我们在客厅里那些画像的注视下吃了早饭,然后坐等福尔摩斯开口。我一直等着福尔摩斯完成了装烟丝、点烟斗和抽烟斗的全套动作,这些年来他总是这样让我等半天才开口,他肯定是故意的。

"福尔摩斯,"好几分钟过去了,我终于向他吼道,"我要开始织毛衣了,等我数数织完了几行再跟你说话。"

"别闹,"他边说边压烟丝,完成了最后一步抽烟斗的动作,"你完全可以边说话边数数。你是想听我讲讲这几天有什么收获吗?"

"福尔摩斯,我周一出发的时候你说要去达特穆尔北部,两天后就回来。现在都周六了,我还是听别人说才知道你又赶去了伦敦。我已经跟你讲了帕瑟林的死和巴斯克维尔庄园发生的事,除非你也跟我分享一下,不然我才不会告诉你这几天在沼泽的经历,还有玛丽塔维的'女巫'和刺猬的故事。"

"啊,看来你已经见过伊丽莎白·蔡斯了。"

有时候我会想,什么时候我的丈夫也能被我惊讶一下就好了。

"福尔摩斯。"我严肃地说。

"好吧,我确实去了沼泽。但好在没被当成靶子,我没中弹,也没赶上周二暴风雨肆虐的时候。我走访了几个农妇、几个牧羊人、三个石匠、两个茅屋匠、一个放鹅女孩,还有一个村里的傻子,挨个儿问他们有没有见过幽灵马车和大黑狗,或者有没有什么特别的事情发生。除了傻子,他们什么有价值的线索都没有,还说了一车废话。只有傻子,什么线索也没说,但冲我笑了半天。"

"我还去了迈克罗夫特的秘密武器(其实是种水陆两用的坦克)实验基地,在曳石突岩的东边,布莱克阿文河的下游。那里地形险峻,除了军队的瞭望台,很难观测到那一区域,但我在操炮区外的山上找到了一处横井。"

"横井是水平方向的巷道吧。"我试探性地说,从最近读过的书里搜罗出这几个词。福尔摩斯点了点头。"那应该不是经常使用的矿道吧?"

"当然不是。洞口长满了杂草,已经基本上被落石堵住了。"

"你是怎么发现的?"

"我闻到的。"

"你闻到的?"

"是咖啡。有人在那里待过,他把咖啡渣倒在了洞口附近的越橘灌木丛里。"

"天啊。"

"观察力不错吧?我也觉得。"他说。虽然这并不是我感叹的原因,但我没说。"其他东西他直接扔到洞里了,有鸡蛋壳、纸、锡块和苹果核等,只有咖啡渣倒在了外面。我想他应该是习惯在洞口喝咖啡吧,喝完随手就把渣子倒在脚边。

罗素,很多情况下,一个人的习惯就像一张大网,把罪犯牢牢套在其中。"

"那人什么时候在那儿待过?"

"两到三周前吧,不会超过这个时间。你可能又要问,那种新型坦克最近什么时候试验过。十七天前。"

"这倒提醒了我。"我说,"但这并不能解释你为什么走了五天,还去了趟伦敦。"

"别着急。"我丈夫说,要知道他可是我见过的性子最急的人,"我是周二晚上回来的,陪古尔德度过一个愉快的夜晚。第二天早上,一个年轻人说我们找的人有了消息,他给了我一个名字。"

"伦敦徒步者的名字?"

"也不是。那个年轻人找到了他们当时居住的农舍,但农舍毕竟不是正规的旅店,没有入住登记,而且那两个人也没继续订房,所以不知道他们具体是从哪里来的。不过,就算他们没跟人讲过目击幽灵马车的事,他俩的特征也足以给人留下印象。他们很年轻,男的大概二十八岁,女的比他小一两岁。那家农妇说,这女的一看就是大户人家出来的,换句话说她觉得看着很有钱。那男的口音要重一些,对于幽灵马车的事,他比他妻子还要紧张。他跛脚严重,穿着一双'特制'的鞋。他还曾经跟那家农夫提过,正在学习医学。"

跛脚、精神紧张和高于大学生的年龄,都说明他是个伤残军人。我冷冷地说:"也就是说你不知道他是哪支部队的?"

"这农夫当然不了解。但是他说了那军人在第二次伊普尔战役[1]中负伤的村子,这样就可以从陆军部查到他的部队和身份。但我觉得还是从各家医学院的附属医院下手更好查,打

---

[1] 第一次世界大战期间,英法联军同德军分别于1914年、1915年和1917年在比利时西部伊普尔地区进行了三次战役。——译注

电话调查他们是否有个脚部残疾的学生。结果我很快就找到了，就在圣巴特医院。"

"太简单了。"我喃喃道。

"是啊。你有地图吗？"

"在楼上，还剩下几张。"我小跑了几步，拿回一沓地图。有的还是新的，没打开过，北部地区的明显用得最多。我小心地打开了还没干透的地图，展开在壁炉前的软垫长椅上。刚巧有只老猫也趴在上面，不过它似乎并不介意我把地图铺在它身上。作为古尔德家的猫，比这更怪的事估计它也经历了不少。

福尔摩斯仔细地看了很久，说："你这儿有一英寸比一英里的地图吗？"

我翻了一下，找到了。他铺开地图，找到玛丽塔维和附近的吉比山，然后拿出一支铅笔。他把地图放在平地上，用一张折叠的地图作为尺子，画了很多条短线，从吉比山连接到其东北方向的十几座山峰和突岩的顶端。我明白，这些都是能在吉比山看到的山顶和突岩。

"当时天很黑，他们看不清楚地形，但非常肯定是在东北方向看到的。他们说那东西绕着一座山，从右走到左，过了一两分钟消失在一座突岩后面，可能是大线山突岩或者顿纳羊突岩。"

"他们到底看到了什么东西？"

"两盏灯，是那种老式的灯笼，不是汽车的车灯。他们是用专业的户外双筒望远镜看到的。"

"就像白骨马车上的那两盏灯笼？"

"正是。"

"你怎么知道他们看到了？"

他耸耸肩，用不屑的语气回答道："他们是散人。这些年轻人阅读当地神秘的神话传说,然后花一周时间徒步探寻传奇故事,直到脚上磨出水泡。"

"福尔摩斯,这听起来特别像我上周经历的事。"

他愣了一下:"亲爱的罗素,我真的不是把你和那群放纵的孩子做比较。"

"福尔摩斯,我知道当然不是。他们看到狗了吗,或者马车里的人和车夫?"

"不确定,应该是没有。不过他们说确实看到了一个大黑影跟在马车左右。"

"果真如此。伦敦还有别的发现吗?"

"有,不过一会儿让你看个东西再说。你先待在这里,我马上回来。"他边说边走出门。

他走出门,听声音又打开了另一扇门,离开休息室,去了古尔德的书房。过了一段时间,只听见一阵低沉的脚步声,福尔摩斯拿着一本书回来了。他把它扔到我腿上,从烟灰缸边上拿起烟斗。

"你上次读这本书是什么时候?"他问。

"这是?"我很疑惑,是柯南·道尔的《巴斯克维尔的猎犬》,书本很旧,看起来快被读烂了,"我不记得了,至少得三年前。"

"可能更久了吧。我去找古尔德问些事情,大概要一两个小时,你读一下这本书,看看对巴斯克维尔庄园的描写有没有给你什么启发。"

"可是,福尔摩斯……"

"罗素,我一会儿就回来。你先读着,你也许会觉得还挺有意思。"他出门前又回头说,"虽然不是柯南·道尔写的趣事。"

十八

给你个建议,布道前先想好再开口。把事情讲透彻,要言简意赅。

——《中年忆事》

虽然不想承认,但事实上我还挺喜欢柯南·道尔的故事。他的文字不像福尔摩斯那样,都是对案件赤裸裸、冷冰冰的描述(实际上,几年后福尔摩斯发现柯南·道尔有些故事是用第一人称写的,就好像福尔摩斯自己叙述案件一样。福尔摩斯知道后用尽一切办法威胁他,说他胆敢再这样写,要么揍他一顿,要么把他告上法庭)。不过,如果单纯当作传奇故事来看,倒是十分有趣,用来打发时间也是不错的。

不管怎样,我安静地坐在椅子上享受阅读。这让我重新认识了摩梯末医生,他也是一位古玩爱好者,当初就是他来找福尔摩斯去解决巴斯克维尔的诅咒,还有加拿大来的年轻继承者亨利·巴斯克维尔爵士。我认识了前任校长斯台普顿和他口中的妹妹,还有老查尔斯爵士的仆人白瑞摩夫妇。我前不久才走了一遭的沼泽,在这本书中也再现了其昔日的辉煌。很庆幸我不是上周读的这本书,要是穿越沼泽的时候读了这书,我一定会胡思乱想,那恶犬的形象也会挥之不去。那四只巨型爪子狂奔的声音,一下一下(华生医生描述的是"从坡上传来了尖细、急促却又清晰的响声");獠齿间喷发的喘息声,嘶吼一般;还有皮毛上的磷粉,散发着诡异的光。

那一定很恐怖，正如书中描述的：

> 那条犬不是一般的猎犬，而是一条深黑色的巨型魔犬。它张着大嘴，喷射出熊熊火焰，眼睛燃烧着剧烈的火光，口鼻、颈毛、脖子下也都是火。

我看得很投入，忘了福尔摩斯让我注意的内容，直到看到猎犬死了才想起来，然后回过头去看福尔摩斯第一次参观庄园的章节。看完后，我感到很吃惊，坐在椅子上一动不动，足足想了二十分钟，想那张"面无表情严肃的脸"，书中描述的是"严肃呆板，一双薄嘴唇和一双冷漠无情的眼睛"……门开了，福尔摩斯回来了。

"斯台普顿的尸体没找到，"福尔摩斯在火炉另一边的椅子上坐下，"对于苏格兰场的结论，我并不满意。我总觉得他早就设计好了逃跑路线，趁我们没赶到的时候偷偷溜走了。两周后，警察厅断定他淹死在沼泽里了，就把搜查力量撤了回来。"

"不得不说，画里面邪恶的雨果爵士，古板的嘴唇和一头亚麻色的头发，确实和沙伊曼很像。"

"沙伊曼和他长得并不是很像，不然我第一眼见到就会注意他。如果斯台普顿当时和贝里尔在美国结婚了（不合法的婚姻），这一切就变得合理了，他们的儿子长得更像他的母亲。耳朵、眼睛、颧骨都像她，手也像她，只有身材和嘴唇像他的父亲（所以他故意蓄胡须来遮挡嘴部）。"

"你想知道雨果爵士的画像什么时候不见的。要是巴斯克维尔家的最后一位女主人没有把画像和其他东西一起卖给基特里奇，而是自己留下来作为家族历史的纪念，那就没什么好说的。但是如果是被卖掉了，之后又被基特里奇或者沙伊曼摘了下来……"

"那么原因就很明显了:留着那幅画像可能会被人看出,沙伊曼和巴斯克维尔家族的人长得像。"

"比如说夏洛克·福尔摩斯。对了,忘了告诉你,基特里奇还打算雇你调查看到猎犬的事呢。"

这番话不禁让他大笑起来,虽然笑得很短暂。

"你为什么觉得沙伊曼是巴斯克维尔家的人?"我问。他在火车上肯定没看过《巴斯克维尔的猎犬》。

"许多事情。沙伊曼对沼泽以前的事很感兴趣,宴会厅昏暗的光线,还有他尽可能地回避我们,或者说是回避我,因为我了解斯台普顿。不过,不得不承认,我也是后来才想到的。"

"我跟你说过,基特里奇的行为也引起了我的注意。第一次在古尔德家见他的时候,他自己很随意地去酒柜倒酒。而且他也不是个怪人,一个正常人出现在达特穆尔本身就是一件奇怪的事。"

"我在镇子里调查的时候,也查了基特里奇和他的秘书,电报回复要过几天或者几周才能到。不过我已经发现了一件有意思的事,他们两个人并不是在同一地点上船来到这里的。基特里奇从圣弗朗西斯科上船,而沙伊曼从纽约上的船。"

"这可能会有很多种解释。"

"确实有很多种解释。但基特里奇曾跟我说过他是夏天来的,而他真正来的时间却在3月初。"

虽然时间上的问题并不能说明有犯罪嫌疑,但至少说明事有蹊跷。

"你给纽约和圣弗朗西斯科发电报了?"

"还有波特兰和阿拉斯加。"

"所以你认为基特里奇参与了案件。"

"可能参与了,也可能没有。沙伊曼肯定藏着事。"

"藏着事"这种含糊其词的说法可不是福尔摩斯的风格。我看他有意回避我的眼神,就知道了原因。

"你是觉得沙伊曼在打迈克罗夫特坦克的主意。"我厌恶地说。

"在找到证据之前,先不要妄加推断。"他拘谨地回答道。

我毫不留情地批评了一番,然后说:"如果这件事发展成一场间谍狩猎活动,那么福尔摩斯,你不需要我。尽管我在这里看书非常愉悦,但我还是该走了。"

"罗素,两条人命了。我想这已经能充分让你摒弃对陆军部的厌恶了吧。"

我头倚在椅背上,闭上双眼:"福尔摩斯,你真的需要我吗?"

"我也可以叫华生来。"

尽管华生只比福尔摩斯大五岁,但福尔摩斯体格仍旧健壮,而华生却远没有年轻时那样健硕了。"沼泽天气这么阴冷,他到这里直接就不行了。"我不客气地戳破了他不现实的想法。要让福尔摩斯寻求警察或者迈克罗夫特的帮助更是不可能,所以他连提都没提。"好吧,我会留下来,坚持查下去。但我可说不准哪天就把坦克炸飞了。"

"这才是我的好罗素。"他笑着说。我却生气地看着他。

"你能自己去找巴斯克维尔小姐问有关画像的事吗?"我说。

"我还有一些庄园出售的细节想问问她。好的,我自己去吧。现在你可以跟我说说伊丽莎白·蔡斯和刺猬的事了吧。"

"那只刺猬本来不是她养的,现在在蔡斯朋友家的花园里养伤,就在威德康比。蔡斯在7月28日捡到了它。它的一条腿被一个快速转动的车轮轧到了,而且背部也让巨大而锋利的牙齿咬伤了。"

"天啊!"

"确实让人震惊。此外,她还讲到了幽灵巨犬,说它长着一只会发光的眼睛,爱吃司康饼。"福尔摩斯听到这番话非常吃惊。嗯,我的目的达到了。

我跟他讲了伊丽莎白·蔡斯和刺猬的故事,又讲了塞缪尔看到猎犬的事。然后坐起身拿过地图,在蔡斯听到小阿虎可怜叫声的石阵和棚屋圈处标上了×,在塞缪尔看到猎犬的地方也标上了×。福尔摩斯拿过铅笔,画上了吉比山上看到的所有可能的马车行进路线,然后在横井处画了个星形标记。我们研究了一下,我画的×、他画的路线、另两个7月份看到马车的×地点,还有标记乔赛亚·戈顿最后被人看到的地方的圈。所有的这些标记连起来形成一条锯齿形的线,从沼泽西北部的索尔顿突岩到东南部的切断路,几乎形成一条对角线,跨度长达六英里。巴斯克维尔庄园距离这条线上最近的地方有三英里,离目击马车最近的地点(也就是那对情侣看到马车的地方)也要超过四英里。

我坐着看这条难以捉摸的线,福尔摩斯靠倒在椅子上,闭眼敲着手指。过了一会儿他开口说话,不过似乎跑题了。

"我发现自己忘不了那一小瓶金粒。"

"你让人化验了吗?"

"我自己在实验室里化验了。确实是纯金的小颗粒,不是别的金属,里面还混有少量高酸性腐殖质和一点变质的花岗岩沙砾。"

"泥炭酸性很高。"我说道。

"泥炭,是的。可是有一小片腐蚀的叶子,看起来像冬青树或者橡树那样大型树木的叶子。"

"韦斯特人之林里就是橡树。"

"沼泽其他很多地方也有。明天我给实验室打个电话,问问他们有没有其他发现。我还得赶去普利茅斯的火车,不过可能要在那边过夜了。你去问问艾略特夫人,古尔德的狗拉小车能不能用。"

"再看看能不能用矮马拉车。"红仔还在巴斯克维尔庄园。

福尔摩斯起身把剃须刀和换洗衣服放进包里,我把吃完的早餐收拾好端回厨房。在厨房,我碰到了艾略特夫人,她头发看起来乱蓬蓬的。

"哦,天啊!亲爱的。真不知道该怎么办才好。罗斯玛丽和莱蒂斯都喊着头疼,上床休息了。我看还是让她们休息吧,不能让她们给牧师传染上病。现在就我一个人忙活,还让你端来了,真是抱歉。"

"艾略特夫人,有什么我能帮忙的吗?"我犹豫地问道,"洗洗涮涮什么的。"

她很吃惊:"不用了,不过谢谢你的好意。"如果让一位客人把纤纤玉手伸进脏水池里帮她刷盘子,她就更愧疚了。

"好吧,如果有什么要帮忙的话请叫我。我想问一下,您能找个人把福尔摩斯送到火车站吗?他要赶去普利茅斯的火车。"

她抬头看了眼壁炉台上的钟表,赶紧擦干了手:"那他得快一点了。我去叫邓斯坦先生把马拴在小车上。"

她低头走出门去。我看了眼水池里那堆没洗的盘子,转身上楼告诉福尔摩斯马车马上就准备好了。他刚收拾好包,我跟他说得快点儿。他点了点头,坐下换鞋子。

"你离开的这段时间,我要干什么?"我问。要是没什么事,我真想收拾行李和他一起去,只是为了离开这儿。

"我们需要知道更多关于帕瑟林的信息。"他说着系好了一只脚的鞋带,又抬起另一只脚,"我希望你去……"

"抱歉,福尔摩斯,"我抬起了手,"有人来了吗?"我们听了一会儿，没听到任何声音。我又走到了窗边，看见车道上停了一辆摩托车，但是门廊的顶部挡住了我的视线，所以尽管有点像吆喝着卖鱼的女人，我还是将窗户打开，把头伸了出去，大声喊道："嗨，有人吗？"

过了一会儿，一个戴着帽子、穿着大衣的男人进入我的视野。他缓缓地从门廊处退回来，探着脖子寻找着声音的出处。

"是巡官长法伊夫！"我说道。他看到了我，有点犹豫地摘下他的帽子。"进来暖和暖和吧，门没锁。我们这就下来。"我缩回脑袋，关上了窗户。

福尔摩斯早已出了房间，我没追上他。下楼的时候，我看见他正和巡官长法伊夫握手，而巡官长法伊夫依旧戴着帽子。这种时候，我似乎需要扮演管家的角色（因为艾略特夫人和她手下的女佣都不在），我帮他拿着他脱下的帽子和大衣，但并不清楚接下来要怎么做。我直接把帽子和大衣放在椅背上，之后跟他们一起坐在壁炉边上。

法伊夫在火快熄灭的壁炉上摩擦着他的双手，动作很快。福尔摩斯蹲在旁边，摆弄着壁炉里的火，想把它重新燃起来。"我们能为你做些什么？巡官长先生。"我问道。

"我有一些问题想问问巴林·古尔德先生，是关于帕瑟林的。"

福尔摩斯抬头看着他："你觉得古尔德能知道些什么？"

"我希望从他这儿得到些信息，因为我们对帕瑟林一点也不了解，完全不知道他来自哪里或者他的身份。"

福尔摩斯抬了抬眉毛："我知道他是北方一所大学的讲师，应该是约克大学。我记得古尔德说过。"

"可是这所学校的人都没听说过他，也没有任何一个员工符合这些描述。没有什么结了婚、孩子还小的考古学家或者人类学家。"

"这就有意思了,巡官长先生。艾略特夫人!"他高声叫道。我回过头,只见艾略特夫人正往客厅走。"请帮我转告邓斯坦先生,我现在不需要马车了,我可能会搭晚些的火车走。请您给巡官长上些热茶吧。"福尔摩斯简单收起了壁炉前长凳上铺着的地图,露出那只正在睡觉的虎斑猫。他坐在它的旁边,向法伊夫示意坐在另一张椅子上。"巡官长,给我讲讲你了解到的有关帕瑟林的情况吧。"

法伊夫坐在离他最近的扶手椅上,只坐了一点点边沿。"今天中午,我会给苏格兰场打电话。"他说,听起来语气非常顺从。

"这里没有电话亭。就我们所掌握的信息,他周六的中午到了科里顿车站,之后走到卢当,在当地一家旅店住下,喝了些茶就来这里了。他下午六点左右就来了,直到你赶他他才走,据这位小姐……呃,夫人……您的妻子所说,他过了午夜十二点才走。

"他之后回到卢当,叫醒了旅店的老板,老板开了门,让他进去了。他第二天早上十点才从房间里出来,碰上了威廉·拉蒂默,两人聊了一会儿。威廉·拉蒂默是替他妻子送鸡蛋来的。他妻子本来说周六过来,但不巧他们的儿子爬苹果树摔伤了手臂,她就带儿子去看医生了。拉蒂默和帕瑟林讲了有人在沼泽看到猎犬的事,帕瑟林听了非常激动,立刻上楼回房间拿地图。拉蒂默在地图上给他指出了目击地点,帕瑟林又跑上楼,换上一双厚重的大靴子,提了两个手提包——或者说是一个手提包和一个很大的帆布背包。他把手提包留给旅店老板,然后出门上了大路,朝奥克汉普顿走去。

"克莱文附近的一个农民在两点左右见到了他,说他朝沼泽走去了。这个农民是他生前见到的最后一个人。"

我重新拿起那张一英寸比一英里的地图,在上面找到克莱文。克莱文就在沼泽的下面,利德福德以北两英里、索尔顿突岩以北一英里处,这个地方被我们用铅笔反复标注了很多条线和×。

"他去了哪里?"福尔摩斯问道。

"拉蒂默告诉他猎犬就在沃特恩突岩附近。"

福尔摩斯用手肘杵着膝盖,看着壁炉里的火光,手指尖轻点在嘴唇上。"为什么是猎犬?"他喃喃道。

还没等法伊夫开口,就听到一阵叮叮当当的陶瓷声,艾略特夫人来了。福尔摩斯戳了戳那只虎斑猫,它从长凳上跳下来,生气地竖着尾巴以示不满。福尔摩斯让艾略特夫人把托盘放在长凳上。她考虑得很周到,带来很多涂满黄油的吐司和三个盘子,尽管福尔摩斯和我先前已经吃过了。法伊夫几乎把这些吃的一扫而光,还连喝了三杯咖啡。

"您说什么猎犬?"他嘟囔着说,嘴里的吐司还没咽下去。

"巡官长先生,我只是在想,为什么猎犬会出现在这儿?"

法伊夫咽下了吐司:"我听说今年夏天有不少人目击了这些怪事。"

"他们目击了霍华德夫人的马车,有时候马车和猎犬同时出现,但如果没有马车,猎犬单独出现,就非常令人费解了。"

法伊夫手里拿着吐司,疑惑地问道:"您说的这只猎犬就是《巴斯克维尔的猎犬》那本书里的那只吧?"

"这是不同的猎犬,巡官长先生。它们出现的时间、所扮演的角色和物种起源都不相同。这就像是雅各布身披约瑟夫的彩衣,出现在艾萨克的面前准备接受祝福一样。不是完全不可能,但确实不合理。"

"不同的故事,"我向巡官长解释道,他听得有点迷糊,"很多人都会搞混这两只猎犬。"

"唯一的问题是,"福尔摩斯说道,"是否有人故意混淆这两只猎犬。"

"不是唯一的问题，福尔摩斯。"我小声说。

"不是？你或许是对的。告诉我尸检都发现了什么，巡官长先生。"

法伊夫匆匆将剩余的吐司塞进嘴里，然后从口袋里掏出笔记本。当他翻到相关的内容时，他正好吃完了最后一口吐司，他开始念道："男性，体瘦，健康，37岁左右，身高五尺六英寸（1米67左右），右肩有一明显胎记，约有一先令大小，在左膝上有一个旧的疤痕。牙齿有过修补，生前身体健康，直到有人用一根管子打碎了他的头骨，一命呜呼。"最后一句不是念的笔记本上的记录。

"为什么是管子？"福尔摩斯提高声音问道，"病理学家找到蛛丝马迹了吗？"

"不，我说管子只是想大概表明凶器的形状和硬度。也可能是一根木质坚硬的手杖，或是步枪的枪管，如果枪的主人不介意这样糟蹋他的枪的话。当然，这话反过来说应该更符合常理。我曾遇到过一个案子，大家都以为是枪击案，直到我们从枪管上提取到受害者的指纹，才发现是凶手用枪杆挥向别人的时候，枪走了火，击中了他自己的头。但跟现在这事没什么关系。"他回过神来，忽然想起现在正在说的事情。"是一个不太锋利的物体，比拇指要粗一点，伤口看起来像是惯用右手的人从背后袭击，一直延伸到面部。"他在自己的发际线上画了一条线，从耳朵到右侧的太阳穴处。如果当时帕瑟林是跪在地上的，那么也有可能是被一个习惯用左手的人从正面击打所造成的。当然还是法伊夫这种简单的解释可能性更大。

"死亡时间是什么时候？"

"被袭后不久——颅内出血不多，外部出血量少于一品脱。尸体出现了短暂的僵直，尽管气温比较低，但尸体还是出现了腐烂现象。医生推断他死于周二早些时候或周三晚些时候，但他只在水里浸泡了几个小时，肯定不到一天。"

"胃里都有什么？"福尔摩斯问道。法伊夫斜眼看了一下我，将手里的一片吐司放在盘子边上。

"他死亡时距离最后一餐已经过去很久了，只找到一点残留物，医生认为应该是鸡蛋和面包。"

这个结论一点帮助也没有，这些东西从早餐到下午茶，什么时间都有可能吃到，尤其是在沼泽里徒步的时候。

福尔摩斯一跃而起，向巡官长法伊夫伸出了手。

"非常感谢你，巡官长。你说的这些都很有意思。从尸体上采集到指纹了吗？"

"我们采集了一些相对完整的指纹，尽管尸体在水里泡过一阵，有些浮肿。目前还没发现什么，我们已经把指纹送去伦敦了。"

"非常好。有任何新的消息请告诉我们。保持联系。"

十九

在旺代，男人们光着腿，趟过浅浅的水沟，这些水沟与沼泽地相交。在陷入一段时间后，他们会用力拔出一条腿来，之后是另一条腿，每条腿都吸附了几条水蛭……

女人们没有跟在他们后面，她们的气色显得很好，也更有活力。被水蛭咬住不是一件值得高兴的事情。

——《中年忆事》

我和法伊夫都不知道福尔摩斯是如何把案件掌控在自己手中的，但似乎大家都认可了这种安排。法伊夫离开了，看上去有些困惑。福尔摩斯向他保证，巴林·古尔德醒来以后，我们会向他询问有关那个伦道夫·帕瑟林的相关信息，有了消息会通知他。

法伊夫走后，福尔摩斯关上了门。他靠在门上站了一会儿，似乎想把所有烦乱挡在门外。

"真是个难题，不是吗？福尔摩斯。"我说。

他没有回答我，但是站直了身子，走回大厅中间，看起来犹豫不决，这很少见。

"你错过火车了吗？"我问。他朝我摆了摆手，然后从口袋里拿出一小包香烟，皱皱巴巴的，抽了一根出来，点燃，站在那里抽起来。我在一旁整理地图，收拾第二顿早饭的托盘。

"我们去看看那个包吧，就是帕瑟林留给旅店老板的那个。"他把抽了一半的烟扔进火堆，大跨步走出了门。

帕瑟林留在旅店的手提包里没什么重要的东西，主要是一些在沼泽徒步用不上的"好衣服"。福尔摩斯拿出一套精心折叠的灰色套装，有些破旧；一条丝绸领带，看起来像是姑妈送的圣诞节礼物；一件白色的衬衣，洗过以后就穿过一次；一双被擦得很亮的皮鞋，两只鞋底都有修补过的痕迹。我们检查了一下剩余的东西：另一件衬衣，同样补过，该洗了；一双厚袜子，也脏兮兮的；一支钢笔，一小沓横格纸；一本破了角的廉价小说，上面还有水渍（我觉得这本书应该是件地摊货，已经很便宜了，又赶上突如其来的暴雨，基本上就卖不出去了），还有一本古尔德写的书，我在古尔德的书房里并没见过，一直在找它，这本书讲的是德文郡的故事。

我捡起这本书，翻开封面，想检查一下名字，发现它的第一页被人撕掉了，撕得很仔细。或许是帕瑟林想掩盖他的真实姓名，抑或这本书是从图书馆里偷来的？我翻开目录，找到达特穆尔的字眼，翻到和沼泽有关的内容时，找到一点帕瑟林留下的痕迹，显然他已经看过这些内容。他用硬铅笔在上面做了笔记，下笔犹豫，但写了不少，似乎是要弥补论据上的不足。他更正了一些巴林·古尔德的拼写错误，改了一些地名，写了一些评论、注释或相左的意见，满满地挤在书页上下和旁边的空白处。

我给福尔摩斯随便指了一页，他正忙着拆一支笔。"你说这个字迹会是帕瑟林的吗？"

他瞟了一眼，又接着拆手里的笔："毫无疑问。"

"你认为法伊夫会反对我借走这本书吗？即使没有帕瑟林

的评论，我也一直打算读读这本书，但古尔德书房里没有。"

"你或许已经注意到了，现在书房里剩下的都是一些没人爱看的书。古尔德把这本书放在了床头柜的抽屉里，跟他的《新约全书》和普通祈祷书摆在一起。我确定法伊夫不会发现有人拿走了这本书。"

"巴林·古尔德把这本有关德文郡的书放在床头柜里？"我说。这似乎是个奇怪的地方，尤其对一个开着灯也不一定能看清字的人来说。

"多愁善感。"福尔摩斯放弃了那支笔，把它丢回手提包。"他再也不能去沼泽了，甚至从房子里也看不见沼泽，所以他把他的书放在手边，还有一两张照片和一沓手稿。"虽然他的语言和手势表现出一种毫不在意的感觉，但他脸上的表情却显得很严肃。

看到眼前的情形，我觉得有些心酸。直到我们离开旅店，向山下的卢宅走去时，我才仔细思考了一下他的话是什么意思。

"你说他把他的书放在床边，除了这本，还有什么？"

"只有这本《西部故事：德文郡》和《达特穆尔之书》而已。噢，还有一些歌曲的手稿，他收集了一些歌曲。"

"我也很想读读《达特穆尔之书》这本书。"

"他不会介意的，我确定。这本书市面上有很多副本，只是他很爱惜而已。"

"很好。现在我们要怎么办？"

"我会沿着帕瑟林的足迹去沼泽。你去普利茅斯找巴斯克维尔小姐吧。"

我就知道他会这样安排——即使是对我，福尔摩斯通常也会非常绅士地承担更加困难的工作。当然，这也同样意味着他手头的工作会更有趣，但这次我是绝不会跟他争着去沼泽的。我只是问了问最早离开科里顿的火车是什么时候。

福尔摩斯从衣服内衬的口袋里拿出手表,扫了一眼。

"艾略特夫人可能会让你从科里顿走,但其实从利德福德站上车到普利茅斯只需要不到两小时,这站虽然远一点,但还来得及。"

这个安排让我有时间换下这身休闲裤,穿上那条适合任何场合的粗花呢裙子。路过马厩的时候,我将头探了进去,告诉邓斯坦先生,请他将双轮马车准备好。他无奈地叹了口气,我只好冲他抱歉地笑笑,之后小跑回房间,打包一些出门过夜的必需品。

福尔摩斯进来的时候我正站在房里,仔细检查自己有没有忘记什么。他拿出一本书。

"古尔德说希望你能觉得这本书很有趣。"

"谢谢你,福尔摩斯。"我说。我把《达特穆尔之书》放进包,又把帕瑟林那本《西部故事:德文郡》从包里拿出来,这本书上满是帕瑟林各种各样的注释,这些苍白无力的文字在摇摇晃晃、灯光暗淡的列车上会很费眼吧?"古尔德说过在哪儿能找到有关帕瑟林的信息吗?"

"他把帕瑟林的信收在书房里,但他确信作为寄信地址的那所大学只是转交地址。我临走之前会把这些信找出来的,然后寄给法伊夫。"

"你今晚就出发吗?还是等明早再走?"

"我今天就出发,晚上在布里迪斯托或者索尔顿过夜,天一亮就继续赶路。没遇上事的话,我应该周一就回来。"

我知道,他所说的"遇上事"很可能就是帕瑟林遇上的那种事。我低着头问:"你带上左轮手枪了吧?"

"带了。"

我点点头,收好了我的行李。

"一切顺利。"他说。

"你也是，福尔摩斯。"我说，又在心里对自己叮嘱了一句，一切安全。

我提前十分钟到了利德福德站，虽然可能走着会更快点，但至少坐马车不会溅得满身泥。车站实在太冷了，我在那里走了一圈又一圈。眼看太阳就要落下去，而呼出的蒸汽又一点点地带走了白天积蓄的热量。天空一点云都没有，看样子是要大幅降温，今天晚上应该会下霜，等明天福尔摩斯到了达特穆尔，天气就更糟糕了。

火车到了，人特别多。不过这也挺好，因为车厢实在太老了，四处透风，唯一的热源就是同隔间的另外三位乘客。我们裹着大衣瑟瑟发抖（但有的人很有经验，带了旅行毯），眼睁睁地看着车窗的角落慢慢结冰。我实在冷得厉害看不了书，就算戴着手套勉强能翻书页，还是冷得没法看。为了减少热量散失，我只能抱着胳膊，尽量缩成一团。

这趟火车简直哪儿都停，只要是超过六户人家的村子，就一定要停。火车到普利茅斯的时候，天已经完全黑了，虽然刚到八点。我磕磕绊绊地叫了一辆出租车，让司机师傅找了当地最好的一家酒店，在那儿订了间房、洗了热水澡、又吃了饭。我安慰自己，不能这么晚去找巴斯克维尔小姐，所以就抱着《达特穆尔之书》上床了。

达特穆尔就像另一个古尔德：它变幻莫测、固执刚硬，又充满野性的热情，零零散散地栖息在这片旷野之上。全书开篇就是令人闻之丧胆的迷雾，而古尔德却将迷雾中的探险比作羽绒被下的愉快摸索，又讲了一句不那么恰当的玩笑："到此探险的人无论出于什么目的，都将受到达特穆尔的质问。"接着，他又讲到了艳丽的石南属植物、香甜的石南花蜜和越橘、奇形异状的突岩……如数家珍。从当地居民到汉字正字法和中国习俗,从基督圣人到劳伦斯大主教的风湿病痛,从燧石箭头到当地一种发着磷光的苔藓,从《英国土地志》到乡村道路,再从石墓到立石纪念碑……方方面面无所不谈。当他讲到德鲁伊教考古学家的荒唐言论时,我不由得坐正身体,想起了可怜又神秘的帕瑟林。当古尔德继续讲到布伦特突岩上的微风时,我才渐渐回过神来。后文又提到了伊丽莎白时期的锡工艺和中世纪时期的横井,读到这里,我眼皮已经快合上了。

这时,"金子"这个词的出现让我眼前一亮,让我一下精神起来。

> 河床的花岗岩碎石中出现了金子……数年前,有人在沼泽中发现了淘盘的锌制模具。

就这两句,貌似古尔德在淘金方面没什么可说的。但我又饶有兴趣地读了一百多页,后面又讲了一些有趣的话题,比如一场长达四十年的官司、沼泽西部和东部的植被对比、童真殉道的威尔士圣女威尼弗[1]、西克莫槭和山毛榉的对比,甚至还讲了达特穆尔的空气对于年轻人肺部保健多么有益……但对于淘金仍然只字未提,甚至对淘洗工具也不再提及。

我有点头晕,就关上灯,把被子严严实实地盖到了脖子。这一天真是漫长,而且前两夜又基本没睡,但我却没有立刻进入梦乡。乔赛亚·戈顿装有金沙的小药瓶在我脑海久久萦绕,挥之不去。

---

1 St. Winefred,威尼弗受舅父本诺的训导,立志献身事主,守贞不嫁。但村长胡华登拟娶威尼弗为妻,威尼弗不从,逃往圣堂,途中被村长用利刃斩死。由于本诺的祈祷,威尼弗神奇复活。其死而复生的地点,涌出一股灵泉,成为著名的朝圣之地。——译注

二十

> 纵然一个家族不断融入外族血液，某些特质必定会得以延续，贯穿整个家族。世代族人的画像，会让这一事实昭然若揭。
>
> ——《乡村旧日》

在巴斯克维尔小姐的客厅中，我一眼就看到了那个身着黑色天鹅绒夹克、衣领镂空的骑士的画像。他面孔严肃，嘴唇很薄，高居炉火之上，俯视着整个屋子。

我等了好久才进入这间屋子。因为尽管对于周日来说，我来得已经很早了，但这家的女主人已经出了门。

女佣没说具体去了哪里，但她说每周日早上巴斯克维尔小姐都会去拜访她父亲的老用人，为他们提供所需，带他们去各自的教堂或附属教堂。中午的时候，她会赶到自己的教堂做礼拜。之后，她让司机送各位老用人回家，她自己则走回来，或者如果天气不好的话，在教区长那里等车回来接她。

于是我去了巴斯克维尔小姐做礼拜的教堂，在后排等她。我坐到了楼板供暖的出风口，但还是冷得厉害。后来暖风突然冒出来，让人开始出汗，渐渐脱去了大衣。

牧师布道的时候，我想起了艾略特夫人曾说过的话。她说古尔德是少数几个倡导十分钟、单一话题布道的人，如果牧师讲到了十五分钟，他就会清清嗓子提醒一下，如果牧师讲到了二十分钟，那他就直接起身走人了。可是眼前的这位牧师，显然没有得到古尔德的真传，他的布道一点都不简短，但其展现的学识和智慧倒是相当"简短"。坐在我身边的是一个满头大汗的胖子，他几度差点打起呼噜，好在他妻子时不时用胳膊肘顶他一下，这才没发出声音。

女佣对她家主人的描述十分到位，礼拜刚一结束我就找到了她。她在门口边戴手套，边和朋友们说话，和她们约定了下周的午餐。她的朋友们刚走，我就走到了她跟前。

"您是巴斯克维尔小姐吧？"

"是的，有什么事吗？"她问道。

"我是玛丽·罗素，巴林·古尔德牧师的朋友。我这几天来城里，他让我顺便来看看您。"我撒了个小谎。从她礼貌而又保持分寸的态度来看，她知道古尔德是什么样的人，但不会拆穿我这个小谎。

我和她短暂地握了手，跟她解释是女佣让我到这来找她的，并征求她的意见能否一同回去。

"当然可以。"她说，虽然语气并没有那么肯定。

"有几个事情，我想问问您。"我在回去的路上说。又跟她说明了一下我丈夫（没提名字）和古尔德的长年友谊、古尔德的身体近况和他回忆录的撰写情况。

她是个身材娇小、衣着干净的女人。我说话的时候，她会侧头认真倾听。她开始脚步很快，说着说着就放慢了。她并不算非常聪慧，有点越听越糊涂。快到门口的时候她说，她很想为她父亲的老友古尔德做些什么，却不知道能做些什么。

"我可以进来坐一会儿吗？"我说。

"当然可以。您留下来和我一起吃午饭吧。"

我说不必麻烦了，但她执意留我，并吩咐用人收起行李，准备两人的餐具，接着招呼我进了客厅。

客厅的墙面是奶油色和杏黄色的，椅子和地毯都印有花形图案,除去雨果爵士的画像不看,这屋子还是很明亮、很有女性气息的。虽说这装修不是我的风格,但可以看出,如果装修年代较早的话,那装得还是很不错的。

"您想来杯雪利酒吗,罗素小姐?我不喝酒,但如果……"

我本想来杯热朗姆托地酒驱走身上的寒气,但既然这里没有,而且女主人又不喝酒,我便委婉拒绝了。用人端上了热茶,这倒也能暖暖身体,一起端上来的还有饼干,但没什么味道,我吃了早餐,所以基本没吃。

我边等她倒茶,边琢磨怎么和她打交道。很快我就得出了结论,她不是敌人。无论沙伊曼或基特里奇在搞什么鬼,这位巴斯克维尔小姐都不可能和他们一伙,更何况她对他们也没什么利用价值。她富有同情心,对老用人们尤其如此,相貌和雨果爵士也相差很多。从他的画像就能看出来:一副冷酷的面孔凝视这屋子里的碎花地毯和流苏装饰,好似一个藏着不可告人秘密的会计,和眼前这位小姐差别很大。

而且我不得不承认,沙伊曼和雨果爵士相似度也不高,如果不是福尔摩斯提起,我都看不出来什么。那薄唇和眼睛的大致形状确实相像,但沙伊曼的脸虽瘦,却不像画像中那样棱角分明。而且我也从未见过沙伊曼的眼神曾和那画像人物一样冷酷无情。我突然想到,雨果爵士的画师好像很害怕他。不过,确实他也应该害怕。

"罗素小姐?"我吓了一跳,抬头看着这位身穿灰色裙子的金发女人。她一蹙眉,眉心就出现了一条细纹,让我瞬间想起沙伊曼眉心的那条细纹,就是那晚和福尔摩斯在巴斯克维尔庄园吃饭时注意到的。但在我认识到这一点的同时,便打消了任何武断的想法,提醒自己这两条皱纹并不能说明他们之间的关系。不过,当我接过茶杯的时候,我暗自决定,就算没有那条皱纹，我也不能什么都告诉她。

"那张画像可真有意思，"我说，"它看起来年代很久远了。"

"是1647年的，"她说，"是我的一个远亲雨果·巴斯克维尔爵士。据说他有点玩世不恭，虽然我看着不太像。我很喜欢他领口的镂空设计。"

"您还有家族祖先的肖像吗？"我假装不经意地问道，"巴林·古尔德先生说您的家族非常古老，我想应该会有一些画像吧？"

"我把房子卖给基特里奇先生的时候，确实带走了两三张。"她坐回椅子上，和"我"这位新结识的朋友随意地聊着天，"我的高祖父有一张肖像，特别珍贵。还有一张肖像，画的是一位女士，穿着蓝色裙子，挂在卧室非常合适。当然，还有一幅萨金特[1]画的我父母的画像。我一开始没有把雨果爵士的肖像带来，因为我觉得这幅画像是属于庄园的，它似乎代表着过去的奢华生活，我不想带走太多回忆，但基特里奇先生坚持让我带来。事实上，他亲自从庄园带着画像来找我，把肖像用布单盖着，说他不能看我失去所有的家人，而且雨果先生还是有点名气的。您知道柯南·道尔的《巴斯克维尔的猎犬》吗？"

我告诉她我非常熟悉这个故事，也知道雨果先生在故事中的角色（尽管我认为我会选择用声名狼藉这个词）。我一直在想，理查德·基特里奇对巴斯克维尔家族的故事那么感兴趣，要让他把这幅画像拱手送人该是多么不可思议的一件事，毕竟这幅画像可是这故事里最吸引人的物件。

"您什么时候搬来这里的？"我问道。她美丽的脸庞不知

---

[1] 约翰·辛格尔·萨金特（John Singer Sargent, 1856年1月12日—1925年4月14日），美国画家，是19世纪末、20世纪初活跃在欧美的世界最优秀肖像画大师之一。——译注

怎的，突然变得有些惆怅。

"搬来两年多了。我的父亲在战争之前就去世了，我的大哥是在1916年去世的，我的二哥1918年在海上失踪了，在那之后，我的母亲大病一场，连感冒都没挺过去。1919年的冬天，她也走了。我是最后一个巴斯克维尔家族的人。"

"这太令人伤心了。"我真心诚意地说。

"我试着守住那座庄园，但希望渺茫。基本上只有我一个人操持庄园，很难找到一个能干的人帮我打理，而我又对庄园管理一窍不通。两年以后，我不得不承认自己失败了。那个时候，基特里奇先生提出想购买那套房子，我和律师合计了一下，觉得他给的价格非常优厚，就卖掉房子，搬到了这里。"

我们喝着茶，吃着点心。女佣屈膝走进来，告诉我们午饭准备好了。于是我们停下来，走向旁边的房间。

"午餐有点简单，希望您不会介意，罗素小姐。"她说，"我知道大多数人喜欢在做完礼拜之后大吃一顿，但我似乎不太习惯那样。"

我告诉她对于她准备的这些东西我非常满意，而且准备好好品尝一下清炖肉汤和罐装的芦笋肉冻。

"您怀念沼泽吗？"过了一会儿我问道。

"噢，我不知道。一开始我觉得我不会怀念，因为这里是那么的生机勃勃，阳光明媚，在这里生活很愉快……但是现在，嗯，我偶尔会想到它，想石南开花的样子，小野马在沼泽奔跑的样子，还有他们焚烧石南时产生的那些浓烈的烟雾和火光。我甚至还会想念那些枯燥的突岩，原来我在庄园里盯着突岩看的时候只觉得幽暗、压抑。"

我笑道："突岩确实很幽暗，却有种奇怪的美。"我完全可以理解，对于一个比我稍大一点的传统女孩，这样一座远离人烟的房子更像是一个需要摆脱的负担,而不是值得珍惜的遗产。我记得她母亲并非出生于此,她被迫随丈夫过来协助他那个恶毒的计谋,之后得到亨利先生的保护,在沼泽度过了余生。

说了这么多,我觉得该把话题引向我感兴趣的方向了。"基特里奇先生是从哪里听说的那座房子?从广告上吗?"

"啊,不是,我还没有登广告。实际上,我当时还没决定卖房。毕竟,巴斯克维尔家族在那座庄园已经居住了六百年之久,不是能够轻易割舍的。虽然现在因为战争和税法变化的缘故,有很多类似的事发生,但我仍旧希望能多留住这个庄园一段时间。可是基特里奇先生找到了我。他听说了我想租房的消息,但他想买下来。他对那座庄园很有热情,知道的历史似乎比我还多,感觉他就是很……热爱这里。我考虑了几周时间,在这期间,我每天都有一大笔费用,买煤、修冻裂的管道、消灭木蛀虫害、修缮房顶……样样都要花费。

"我想,我为什么要把巴斯克维尔家族六个世纪的重担压在自己身上?最初巴斯克维尔家族拥有一大片富饶的农田,但被世世代代的祖先一点点挥霍掉了,最终什么都没给我留下,让我拿什么维持那座房子?对我来说,它就是一个负担,甚至是一所将我禁足的监狱。但基特里奇先生却将其视作珍宝,所以我卖给了他。"

我想,要是她知道基特里奇厌倦了这个珍宝该做何感想。当然,我不会告诉她的,至少这个消息不会从我嘴里说出去。其实,我很欣赏她,她对历史的不公有自己的评判,也尊重自己的意愿。但考虑到她外表姣好,举止温顺,又继承了一笔巨大的财富,我心里还有一个疑惑。

"您考虑过结婚吗?"

她脸红了,看上去很可爱。"我本以为我是个与幸福无缘的人，罗素小姐。在战争期间，我曾经订过婚，但六个月之后，我的未婚夫就在法国战场上牺牲了。后来，一切都变得不是那么轻松，不是吗？"她的声音渐渐低下去，看着比她小五六岁的我，右手无名指戴着一枚戒指。在欧洲一些地方，这根手指戴的既有可能是婚戒，也有可能是用作留念的戒指。我没有解释，就让她以为我是英国众多老姑娘中的一个吧。毕竟，在战后，肢体健全、适于结婚的男人变成了稀有物种。

"但是，"她低头看着手中的勺子，又接着说，"最近，我……订婚了。"

我向她表达了祝贺，之后又回到重要的问题上。

"我之前提过，牧师古尔德正在写他的回忆录。"

"我也听说他最近要出版一本书。"她说，听起来有些犹豫。

"唉，您也知道老年人上了岁数，好多小事都记不清了，尤其是近几年的事。"我说道。希望她能体谅这位在卢特伦查德身体状况堪忧的老人，虽然他其实头脑还很精明。

"我理解。"她说，听起来肯定了一些。她平时常常帮助年迈的用人，所以我这番话很快引起了她的共鸣。

"他最近就非常苦恼，怎么也想不起第一次见基特里奇先生是什么时候了。看他整天这样，我只好说来普利茅斯的时候顺便帮他问问。您知道是什么时间吗？"

"我觉得应该是在基特里奇先生买了那座房子后不久吧。谢谢你，玛丽。"她说。我顿了一下才发现她是在和用人说话。那个叫玛丽的用人正在收拾盘子，准备端来些咖啡。

"您知道具体是……"我说。她停下来开始回忆。

"他第一次来庄园是 4 月份的时候，"她想了一会儿说道，"我确定是在 4 月份的早些时候，因为管道是在 3 月份的第一周冻裂的，水停了三周，正因如此，我才想到把房子租出去，然后搬到镇上。他来的那天,正好赶上管道工过来修水管。我记得很清楚,"她笑着说,"因为一开始,我以为他是过来修水管的。我当时特别惊讶,还想一个管道工竟然能买得起那样的车。"

我完全没顾上听她的笑话,我开始警觉,甚至有点颤抖,就像猎鸟犬第一次嗅到了猎物的温度。

"4月初,"我重复着,"之后您很快就决定卖给他了吗?"

"也没有那么快,我感觉就在夏至之前吧。那时沼泽正是一年之中最美好的时候,白昼越来越长,黑夜越来越短……那天晚饭后,我走到庄园附近的那处突岩看日落,将近午夜时分才回来,那时我才做了决定。"

但基特里奇先生却跟我们说,他是在苏格兰打猎的时候第一次听说这座房子,春天或盛夏可不是什么狩猎的季节。这就有些蹊跷了。

"所以,他1921年的4月份第一次来巴斯克维尔庄园,向您表明了购买的意愿,而您在两个月之后,也就是6月份才决定卖给他,对吗?"

"是的。"她说。她眉间的细纹又出现了,似乎是疑惑我为什么对这些问题感兴趣。

"巴林·古尔德先生,"我赶紧解释,"整日因为想不起来这些细节而懊恼,真是没办法。"她并没有对我的这番话产生怀疑,这也说明了她其实对古尔德知之甚少。

"哎,这个可怜的老人。"

"基特里奇是在那年秋天办下手续的吗?"

"我记得我们是在9月的第一天最终签订了合同,签完他就搬进去了。"

"所以他很可能是在那个时候见到的巴林·古尔德。"我说,好像一个重要的问题找到了答案。

"我想是的。如果这很重要,您为什么不直接去问基特里奇先生呢?"

"我不想打扰他,反正我总是要来普利茅斯的,而且巴林·古尔德先生想知道您在新家生活得怎么样。您刚搬来不久,基特里奇先生就把雨果的画像带给您,真的是太贴心了。"我漫不经心地说道,"他肯定是想把它作为暖房的礼物。"

"是的。"她也这么想,接着又给我添了些咖啡,但我谢绝了。"他和大卫……呃,也就是沙伊曼先生一起来的。当时我连家具都还没备齐,他们就把雨果先生的画像帮我挂在墙上了。"

我刚打算离开,突然僵住了,一种不好的预感向我袭来。

"沙伊曼先生?"我缓缓地重复道,"您经常见到沙伊曼先生吗?"

她又脸红了,这条差点被我忽略的重要信息像一记重拳击中了我。"啊,是的,他对我很关心。他就是我说的那个人。"她又补了一句,"我们今年夏天要结婚了。"

二十一

> 要说约克大主教和罗切斯特大主教把我的名字记入他们的黑名单也并非不可能,毕竟我对他们确实不怎么顺从。这给我造成的唯一影响,就是让我只能在自己的教区里发挥有限的光和热。
>
> ——《中年忆事》

基特里奇的秘书,一个和雨果爵士嘴部极其相似的人,向亨利·巴斯克维尔先生唯一在世的孩子求婚,我不知道这意味着什么。但想都不用想,这里面一定有事。

我再没有其他事情想要询问巴斯克维尔小姐了。我含含糊糊地邀请她回访,说了几句类似客套的话,最后看了一眼壁炉上方的雨果画像就离开了。我走上街,拐了个弯,愣在那里,一脸严肃地看着一排排修剪整齐的玫瑰丛,直到一个绅士从房子里出来,同样一脸严肃地问我是否需要帮助。

我茫然地走着,任由脚步带我回到酒店。我取回我的小包,打车去了火车站。结果发现,下一班回利德福德的火车还要等好几小时。

等到要上火车的时候,我差不多快把《达特穆尔之书》中的一些章节背下来了。这车厢比来的时候还冷,我什么也不想读,只是坐着,把领子竖了起来,用围巾裹住耳朵。我把手插进袖子中,盯着对面软座上的一粒纽扣,默默沉思。

我很确定,我们收集来的这些信息,如果按照正确的方式拼凑在一起，一定能组成一幅有意义的画面。和往常一样，总有一些过于琐碎的细节扰乱思路，却无从分辨哪些是关键信息，哪些是琐碎信息。据我所知，还原真相的最好办法就是把所有信息罗列在脑中，移动一块拼图，看其他拼图是否会因此而找到合理位置，不行的话，再换一块试试。

火车轰隆轰隆地从普利茅斯开往利德福德，依旧在每个乡村小站停靠。我待在座位上，盯着这粒纽扣，完全没理会那两个年轻女人的眼神、窃笑和不断累积的恐惧。她们的隔间里还有另一个神情恍惚的年轻女人，她每次掀起帽子时都会露出前额上一条又深又长的伤口。可以看出那伤口已经好了一半，渐渐褪成了黄色。但这些我都没管。我在头脑中紧紧抓住这些零散的线索，把它们一一挑出来仔细研究，依次排除，试图想清楚哪些是关键线索，哪些毫无用处。

乔赛亚·戈顿的谜底还未揭开，霍华德夫人的马车也仍是个谜。那么帕瑟林呢？可以肯定这是则重要信息，虽然现在还不清楚他为什么出现在沼泽，又最终横尸湖中。但居于整幅拼图中心的金子，那些真正的、闪闪发光的金子又在哪里呢？军用坦克又是否与此相干呢？或者还有什么遗漏的信息吗？

我将这些线索前前后后地梳理了一遍，又来来回回把问题想了无数遍，我知道自己没有时间可以浪费。

火车到达利德福德时已经天黑了。我没看到查尔斯·邓斯坦和马车，有点儿惊讶。我告诉过他我会乘下午的火车回来。也许是他等了太久先回去了，也有可能是马蹄铁脱落了，还有可能是他临时有事来不了。天没下雨，此时月亮高高地挂在天上，距离满月还有三天的时间，明亮的月光足以照亮夜路。我给车站主人留了个口信说明去向，就朝着饭馆出发了，准备饱餐一顿。

用牛肉和韭菜饼填饱肚子后，我穿戴好外套和帽子朝外面走去。外面的气温很低，天空一点云都没有，邓斯坦和马车还是没来。一辆车从我身旁开过去，听声音像是辆老旧的福特。我的眼睛已经慢慢适应这浓浓的夜色，于是我把包挂在肩上，朝着福特车行驶的方向走去。

过去两周，我把这里绝大多数的小路都走了个遍，虽然树枝间泻下的苍白月光照得这些路看上去有些不一样，但我还能认清方向，不会偏离太远。一直走下去，要么走到朗塞斯顿和奥克汉普顿间的高速公路，要么走到科里顿铁路支线。我刚刚吃得很好，只要保持运动就不会觉得冷。我身上只背着轻便的包，又完全不用担心下雨。总而言之，这简直是我来德文郡后最愉快的一次漫步。

尽管大路路面非常糟糕，但相比穿过田野，通向加尔福农场那条崎岖不平的小路，我还是选择了前者。从寡妇家旁边路过时，我对磨坊旁的狗打了声招呼，它静了下来，嗅嗅我的手，好像感到很熟悉。然后我从屋后的树林进入卢宅。为了从门廊走，我还绕了些路，我想艾略特夫人会觉得客人这么做更加合适。我打开通往客厅的门，一股新鲜的空气和亲切的感觉扑面而来。

今天晚上走的路有些多，再加上之前喝了些汤和德文郡本地的麦芽酒，我有些撑不住了，于是快步穿过安静的房子上了楼。时间还早，但一进房间我就想爬到自己的床上去。屋子里很冷，而床很柔软，没过几分钟我就钻进温暖的被窝睡着了。

早晨的天气还是很冷，气温甚至比昨天还下降了一点。我穿戴整齐后去外面走了走，欣赏早晨的风景。我还没走远，卢当就升起了袅袅炊烟，那味道给我一种岁月静好的感觉，勾起了我的食欲，让我迫不及待地想要尝一尝艾略特夫人做的早餐。她告诉我巴林·古尔德自从周五开始就卧床不起，但现在已经开始好转，估计这一两天就能下床走动了。福尔摩斯先生是周六出发的，动身比较晚，估计到明天才能回来。假如我听到餐厅里传出奇怪的声音，用不着担心，那只是清理烟囱的声音。

用过早餐后，我从帕瑟林的包里拿出那本关于德文郡的书，带着它来到温暖的大厅。我把椅子挪到炉火旁边，朝红色的炭火上面扔了几块木柴，踢掉鞋子盘腿坐下来。整个宅子古老又结实，在这镶嵌木板装饰的房间里，我坐在陈旧的弹簧椅上，十分舒服。壁炉上雕刻着狐狸和狗，一旁的炉火发出噼里啪啦的声音，猫在长凳上安眠，不时有说话的声音从宅子另一端传出。我叹了口气，心满意足地读起书来。

一看到这本书我就深深地被吸引了，像两个好朋友一见如故。书的开头讲了德文郡和康沃尔郡的居民，以及这些居民身上融合的凯尔特人和撒克逊人的血统，然后又提到了杜姆诺尼人、罗马人以及皮克特人。有几行讲述的是罗马人的入侵，还花费两页纸的笔墨介绍了第一位最忠诚的仆人。德文郡的乡间音乐优美动人，柔情百转，却在管风琴和音乐厅歌曲出现前开始陨落。德文郡的建筑十分坚固且别具一格，却被自命不凡的伦敦专业人士所嘲讽。巴林·古尔德一想到这些就悲伤得不能自已。书里讲了不少绯闻轶事，这些故事是基于那些消失的时代浪漫幻想和口耳相传的描述，摄人心魄，虽然有时会忽略事实。德鲁伊教传刚刚讲完，就提到了新石器时代的棚屋里发现的大量石英晶体，这证明这些棚屋曾属于巫医（他们使用石英来占卜），其他地方还发现了大量的圆形小鹅卵石，证明石器时代的人们对游戏的热爱。

我读得非常愉快，完全沉醉其中，无法自拔。我很敬佩作者字里行间洋溢着的无限热情，又有点不满他对待学问不认真的态度,以至于我一点都没意识到艾略特夫人的到来,直到她碰了一下我的肩膀才反应过来。我被吓了一跳,抬起头,看到她手里拿着一个黄色的信封。

"非常非常抱歉……这是福尔摩斯先生刚寄过来的,还有,牧师问您愿不愿意和他在楼上共进午餐。另外,就是想问问您昨晚是不是等查理·邓斯坦先生了。"

"没有,当然没有。"我对她撒谎说,"当时也没说定。"

"好的。"她说,听上去放心多了。她要忙的事情实在太多了,昨晚忘了请邓斯坦来接我。像她这样的女人,难得也有犯错误的时候。

我接过信封并告诉她:"我愿意跟古尔德先生共进午餐。"

"二十分钟后。"她说。

信封很薄,我将它撕开后,发现只不过是从伦敦的实验室寄来的,福尔摩斯之前把黄金以及土壤样本留在了那里。这封信啰里啰唆但又包含着一些专业术语,不知是寄信人拼错了,还是报务员觉得麻烦,有点小错。主要内容都是福尔摩斯已经发现的,那些东西是一中匙的腐殖土和沙子,其中包含着一小撮纯金。但信中并没有写明混合物的成分。

我将视线停留在壁炉上方栩栩如生的雕刻上,迅捷的猎狗和偷鹅的狐狸。古尔德曾说过,这些雕刻属于伊丽莎白一世时期。好笑的是,我忽然之间想到他真的说对了,从风格和布景来说,这东西确实属于伊丽莎白一世时期,甚至它早在伊丽莎白一世时期之前就有一百多年的历史了。我把书放在椅子上,轻轻抚摸着沉睡的猫和壁炉上方雕刻的狐狸,然后上楼打扮齐整,准备去见那位几乎失明却仍旧头脑精明的卢特伦查德的老乡绅。

"玛丽,"古尔德欢迎我说,他发出的声音比我预料的要大,"进来吧,亲爱的,尝尝艾略特夫人为我们准备的美食。"

他倚在几个枕头上面，看起来像是直直地坐在那儿。

他膝盖上架着一张短腿宽桌子，上面铺着一张亚麻桌布，还摆着一个水晶玻璃杯。另一张较小的高腿桌子摆在床边，和他面对面，这是为我准备的。在坐到自己的位子上之前，我绕到床头，轻轻地吻了一下他那平坦而又老迈的额头，然后才坐下来。

他看上去既有点慌乱又有点高兴，没有发表任何评论。"身体怎么样，玛丽？"他问我，"巴斯克维尔小姐怎么样？"

"我身体挺好的，谢谢您的关心。我觉得巴斯克维尔小姐在阳光明媚的普利茅斯要比在巴斯克维尔庄园的时候开心很多。"

"但她不得不放弃家族的宅子，还是一件令人伤心的事啊。"

"她的父母和弟弟都去世了，这的确很可怜。但我个人并不认同一个人应该为了区区一个宅子而去束缚自己的生活。"

"我把毕生的心血都放在了卢宅上。"

"您的确把这里变成了一块有着至高尊严的净土，但是我觉得您肯定不会要求自己的子孙为了保住这块土地而陷入贫穷。"我也不知道我为什么说得这么肯定。有些人可能会觉得自己不仅为了这宅子耗费了大量的人力、物力，还投入了自己的感情，为此要求自己的后代对其怀有同样深沉的情感，这也无可厚非。但是不知道为什么，我觉得他不会这样想。过了好一会儿，他犹豫地点了点头。

"事实虽是事实，但这太难接受了。我活了这么多年，见过无数昔日的家庭迫于无奈，不得不丢下祖先留下的家业背井离乡，抛弃祖辈们所扎下的根基。不过我得说，对外开放中央大厅和画廊简直更令人厌恶，尤其是对那些大口喝柠檬水的游客开放。我有时候会想，如果按照维京人那套老做法，人走的时候把所有的东西都一把火烧个干干净净,这样会不会更好。你在笑我,玛丽。"

"我没有。"我抗议道,但是发现他抬眼看着我,只好承认,"好吧,也许有那么一点儿。不过要是将卢宅付之一炬,真是太可惜了。"

"那你喜欢卢宅吗?"

"我非常喜欢。"

"命运待我不薄,我已经有一笔丰厚的遗产了。"他说完轻轻叹了口气,我把那当作满足的表现。随后艾略特夫人和罗斯玛丽送来了食物。

我还没反应过来,这个时日无多的老人就胃口大开地吃了起来。眼前这些家常便饭在他口中就像美味佳肴一般,他吃得十分高兴。巴林·古尔德问我,有没有尝过在我家乡苏塞克斯水草丰美的传统牧场中养出来的羊。我说以前吃过这种羊肉,我们有个邻居从前有一小块未开垦的土地,即便是在拿破仑战争时期的饥荒年也未开垦过,可以用来圈养羊群。他表示很嫉妒,然后继续跟我谈论食物,提起他这一生的最爱,就是腹中填着鼠尾草和洋葱烤制的鹅,他的夫人也曾沉溺于这种美味而不能自拔。他还说到了叉烧牛肉是如何诱人,说那种新式的半熟法国奶酪简直没法与之匹敌,还有以便宜鱼粉为食的母鸡下的蛋,完全无法入口。他还说,庆幸在战争时期生活在一个自产黄油的地方。最后他讲了一个小故事。那会儿他新婚宴尔,和妻子在伦敦度蜜月,非逼着这个可怜的新娘跟他一块儿去家具仓库,看了好多不科学的机器构造,又听了很久枯燥的演讲宣传。他们当时在那里吃了干三明治。"那些三明治啊,"他用一种追忆往昔的口吻说道,"在当时的环境下,简直就是上帝的恩惠。"

他讲完自己的故事后,我考虑要不要趁着这个间隙插个嘴，这时他问我："你怎么看理查德·基特里奇这个人？"

我不能把自己对基特里奇的担心告诉古尔德。他叫我们过来的目的是解答沼泽里发生的神秘事件，我希望我们的工作能做得干净利落，不想让调查使得这片土地上的人相互猜疑、疑神疑鬼、紧张不安。也许福尔摩斯和我想的不同。让我忧心的是，上周五在湖边发现的那具尸体，已经让这位疾病缠身的九十岁老人操尽了心。

"他在育空[1]一定有过一段不同寻常的经历。"我换了个话题，"他跟您说过他曾经被埋在雪里的经历吗？"

我们谈论了一会儿，然后我跟他说起了巴斯克维尔庄园的变化（小心地略去了庄园将会更换主人的事），还提到秘书迷上了猎狗的故事。这会儿他看上去有点累了，于是我和艾略特夫人一起搬走了那个不大却很重的桌子，然后准备离开。

刚走到门边，他叫住了我。

"玛丽，我想告诉你，我知道你回避了我的问题，你没告诉我你怎么看理查德·基特里奇。"我心虚地回头看他，但没有在他脸上看见任何愠怒，只是些微有点遗憾，"我病了，这是事实，但是我脑子可不糊涂。"说完他闭上了眼睛，让艾略特夫人帮他把枕头拽出来拿走了。于是我也离开房间下了楼。

看来注定是不能立刻回到书中的世界了。我刚刚坐到椅子上，还没来得及打开手里的《德文郡》，门铃就响了，罗斯玛丽抢在我之前去给医生开了门。他进来后一直跟我说话，我花了整整十分钟的时间才让他相信我真的不了解巴林·古尔德的病情。也许这位医生只是想找个身体没问题的健康人谈谈话吧。他走后我继续看起了书。

五分钟后，厨房的一阵骚动惊动了我，于是我想去看看

---

1 Yukon，位于加拿大西北边陲，约十分之一位于北极圈内，气候严寒，是淘金热的目的地之一。——译注

到底发生了什么。我靠近厨房打探，里面像是闹翻了，我便站在门旁试探性地问了问里面要不要帮忙。近距离地观察以后，我发现厨房里好像来了一家人，其中有五个八岁以下的小孩，都流着鼻涕，一直咳嗽，嗓子都哑了，而艾略特夫人好像在发火。

"你们不能赖在这儿，巴林·古尔德先生需要休息，我不能冒这个险，这会给他染上病的。"这家的男人听了以后像是准备离开，但女人仍然坚持着。

"乡绅他老人家说过，如果我们需要任何帮助，都可以来找他，现在我们来了。"

艾略特夫人嘘了一下，说："声音放小点。"但收效甚微。这个女人一只手搂着一个瘦小的小孩，那个小孩的鼻子很恶心，穿着一件满是补丁的衣服。另一个孩子坐在厨房的长椅上，吃着面包和黄油，饶有兴致地看着眼前争吵的人们。不管问题能不能得到解决，这两位是打算不吵到晚上不罢休了。安德鲁·巴德怒气冲冲地走进来，打断她们的争吵。他是园丁的帮手，周五那天还兼任了我的船夫。

"是谁把那该死的牛放到花园里的？"他大声质问道。

艾略特太太赶紧让他小声点，这家的男人立马站起来，但女人还在抱怨诉苦，说他们被人赶出来，带着五个孩子和一头牛太不容易。这男人一边看着自己的妻子，一边悄悄地走到门口。忽然，他把帽子戴到头上，消失在门口，还在生气的巴德跟在他后面。

这扇门刚关上，另一扇门又打开了，医生走了进来，这让我觉得自己像是走到了哪个舞台剧的现场。这位先生可是有着相当大的权威，这是所有人都认可的。医生催促着孩子们赶紧穿好衣服和鞋子（有两个穿着鞋），然后告诉这个女人自己有套房子可供他们住一周，在事情解决之前可以住在那里。就这样,他急匆匆地把这个女人从厨房推了出去,然后关上厨房的门,说两天后还会回来照看自己的病人,虽然艾略特夫人一直都将病人照顾得很好。

在接下来的沉默当中,艾略特夫人为了平息刚刚的怒火,用力抖了抖自己的身体,然后气冲冲地吩咐罗斯玛丽把刚刚那些小孩坐过的桌子都擦一遍,接着把自己手中擦拭杯盘的抹布扔进柜子里,抓起刚刚那些闯入者们使用过的盘子。没等她把目光移到我身上,我就离开了,又回到书中的世界。

卢特伦查德回归宁静的状态,一共持续了二十多分钟,没有什么打扰猫、炉火与我;直到我读到一件发生在达特穆尔的黄金欺诈案,从这一刻起,这个下午不再宁静。

二十二

黄金永闪耀。

——古尔德家族箴言

这一章节讲述的事情发生在奥克汉普顿，很长一段内容讨论的都是一只胸前长着白羽的鸟，人们都认为它的出现预言着死亡。还有一首用当地语言唱的歌，是关于一个年轻人的，他因为自己的羊跑了而十分生气，气愤的他敲了老父亲的头，结果被处以绞刑。

后面讲述了一个有关黄金的故事：

> 几年前，达特穆尔发生了一起严重的诈骗案。传言称，矿山开采的废料中含有黄金。一时间，所有矿主都采集样本寄往伦敦化验，化验报告称样本中确实含有一定量的金沙。一些人为了确保化验的真实性，亲眼见证了粉碎、清洗样本、分析和提取黄金的全过程。于是，人们开始大量购买废料粉碎机。然而，粉碎机买到手后，人们却发现根本就没有什么黄金。原来是清洗废料的液体被粉碎机制造商动了手脚，他在清洗剂中掺入黄金碎屑，从而通过清洗环节将黄金混入废料，造成假象。

这就是传说中的黄金欺诈案。

看到这里，我的每根神经都开始刺痛。这故事并不是我想找的那块拼图,废料清洗和机器销售不是重点,但我知道"黄金欺诈"一定是问题的关键。

虽然,其实我也不能那么肯定。

我又接着读剩下的部分,但跟上次一样,古尔德写了几句,让人灵感一现,之后就再也不继续写了。虽然古尔德提到有一本小说也写了黄金欺诈案,但我怀疑小说里编造的情节并不具有多大价值。我真想把书扔到一边,再也不看了。

但我并没有这样做。相反,我又认认真真地翻回来看帕瑟林的笔记,那一排排密密麻麻的小字好似这个疯子的自我独白。帕瑟林完全不懂金矿,不懂沼泽,也不懂学术,几乎每条笔记都和德鲁伊教有关。只要古尔德批判德鲁伊教的教义,他就要长篇大论地进行反击,一个个小字要挤在铅字中间才能写下。

还没看完这本书,我的神经就已经崩溃了。我把书扔到一边,不小心惹到了猫,还折了书皮。我穿上大衣,在冷风中走了许久,并做了一个艰难的决定:虽然古尔德状况堪忧,但我还是应该问问他金矿欺诈的案子。

于是我回来了,在厨房找到艾略特夫人。

"艾略特夫人,有件事我得跟古尔德说说,几分钟就好。您知道他什么时候睡醒吗?"

"我不会让您去打扰他的。"她说,语气坚定。她像是一只护仔的母鸡,似乎还深陷在刚才的恼火中没缓过来。

"我没打扰过他。"我说,"我一会儿也尽量不打扰他,但这事关他让我们解决的案子,我这也是为了他啊。"

艾略特夫人似乎觉得我这番说辞有点站不住脚,不过我也不怪她。毕竟我找他谈话,明显就是为了自己。但她勉强松了口,说古尔德在楼上吃晚饭的时候,她会向他征求一下意见。我谢过她,告诉她我在古尔德书房等消息。

一进书房，我就把书架上所有的书都倒腾到了桌子上，一本本翻找有关黄金欺诈案的记叙，但除了落得满身灰一无所获。罗斯玛丽给我端来了晚饭，我就一边吃饭一边翻着书页，眼睛过滤掉与黄金无关的内容。这样找真的特别枯燥，而且意义也不大，要想把这九十多本书都翻完，需要花费很多时间，但至少我不用干等着。

不幸的是，古尔德在晚饭的时候睡着了，我的等待又被延长。艾略特夫人不让我叫醒他，她语气非常肯定地告诉我，古尔德两三个小时后就睡醒了，也有可能是四个小时，到时候一定会跟我谈话。

我又沮丧地回到书房，继续一页页地翻着书，就像是面对十二件苦差的赫拉克勒斯[1]。罗斯玛丽悄悄地在九点的时候给我端来了咖啡，又在十一点她临睡前端来了一杯。这时的我蓬头垢面，紧张而又疲惫，两只手翻书都翻黑了，但还在等。

"来吧，亲爱的。"艾略特夫人高兴地叫我，又说，"天啊，您怎么弄成这样了？不过没事，您进去跟牧师说两分钟就可以洗洗睡了。"

我跟着她上楼去古尔德卧室，等她给古尔德热水让他吃药，等她给古尔德垫枕头让他舒服一点，又等她欢快地跟古尔德聊天。我在门口急得直攥拳，真想把她顺窗户扔出去。

最后还是古尔德先开了口。屋里只点了一支蜡烛，光线太弱，他看不清我，肯定是因为我移动了位置，引得他探头眯着眼看向我这边。

"是谁？"他厉声质问。

"是我，牧师。"我说着走了进去。

"玛丽，现在很晚了。你还这么年轻，肯定不是现在就睡

---

[1] Hercules，罗马神话中的人物，是宙斯与阿尔克墨涅之子。他神勇无比，完成了十二项英雄伟绩，被升为武仙座。——译注

醒了吧？"

"她有事想问您，牧师。"艾略特夫人解释道，然后拿着热水瓶出去了。

"过来吧，玛丽，坐到我能看清你的地方。说吧，你没等到明早，一定是很重要的事。"我照他说的坐到了床边。

"我不知道这事重不重要，只是我查不到信息，让我有点伤脑筋。您在达特穆尔那本书里提到，沼泽溪流的沙石里能淘出金子。"

"我写过吗？我怎么可以这样不负责任。"他说道，但语气里并不关心，也不感兴趣。

"曾经发现过黄金吗？"我追问道。

"没有，怎么可能？我只是在《番石榴》那本小说里写过，是为了剧情编造的。我从没想过有人会因此而在沼泽里开矿淘金。在达特穆尔，我见过最接近黄金的就是发光藓了，有时在光线的照射下，它就像金子一样闪闪发光。"

"我知道，但是您在《西部故事：德文郡》一书中提到了一起黄金欺诈案，说有人通过清洗矿山开采的废料，把黄金碎屑掺进其中，从而诱使人们购买废料粉碎机。"

他开始回忆，几秒钟后表情放松了下来，十分愉悦。"我都快忘了。是的，确有其事。这招很聪明。"他笑着说，"当然，只能聪明一时。"

"多数诈骗犯都是这样。我想问问您，您还有哪本书里提到了沼泽里的金矿，或者哪本书写到过黄金欺诈案？"

眼前这位老人低下头陷入了思考，过了一分钟才开口，却是一个令我失望的回答：

"我想不起来了。你为什么对这个感兴趣啊？"

"牧师，我们现在还是先别讨论这个问题了。"

"这和基特里奇有关吗？"

"可能吧。"我不情愿地说。令我惊讶的是,他伸出手轻轻拍了拍我的头。

"别担心,玛丽,我不逼你。等这故事完整了,你再讲给我吧。那样比现在说更好。"

"呃……如果基特里奇过来拜访,您想让我转告艾略特夫人说您身体不便会客吗?"

"天啊,不用。这点小谎我当然没问题,不用你说。"

我站起身:"晚安,先生。"

"晚安,玛丽。祝你好运。"

"谢谢。"我往门外走去。

"有另一件……"他若有所思地说,"不同类型的诈骗案。"

我停下脚步等他说。

"但是和锡矿有关。"他说。

我又回来坐在了床边:"是怎么回事?"

"我记不清细节了。好像是利用火药爆炸把锡屑扬洒在山上,使之看起来富含锡矿。'撒盐',他们好像是这么叫的吧。虽然我也不知道这跟'盐'有什么关系。"

他的话好像带电一样,让我不禁向后闪躲了一下。而我的整根脊柱就像通了电一样,眼看着一块块拼图在我眼前起舞,渐渐拼凑了起来。

"撒盐",他们好像是这么叫的吧?

一小撮掺着腐叶和沙子的金屑。乔赛亚·戈顿因在沼泽四处游走而死在一个暴雨肆虐的夜晚。之后,伦道夫·帕瑟林也出于相同原因而被谋杀。一间地处偏僻的村舍在雷雨夜震翻盘子。天啊!我知道了!我知道了!

"谢谢。"我语气平静。走到门口的时候,我停住了,"您还记得在哪本书里写过吗?"

"哪本?好多本呢。可能在《古时异事》中提过,或者在

《达特穆尔乡村生活》里讲过,甚至在《乡村旧日》里也有可能写过。这很重要吗?"

"也不是很重要。晚安。"

艾略特夫人拿着那瓶水又回到门口,看到她,让我想起了点别的事情。

"艾略特夫人,今天过来的那家人,他们是从哪里来的?"

"我不知道,我也不关心。"

"谁来了?"古尔德问道。

艾略特夫人愠怒地看了我一眼:"塞缪尔和莉维·泰勒一家过来了,医生暂时给他们安排了住的地方,之后他们会去多塞特,去莉维哥哥那里住。"

古尔德立刻答道,一秒都不用思考:"他们的农场在西奥克门特河[1]附近,鲍登[2]往下走一会儿就到。"

萨莉·哈珀和她丈夫以前的农场离那儿就一两英里,他们刚搬走不久。还有前几天来的那个裹着毯子的老妇人是谁?我应该等等再问艾略特夫人的,我想。"再次感谢您,晚安。"我最后一次道过晚安,又回到古尔德的书房。

我直到凌晨四点才找到我需要的东西,不过是从《英国老房子和故国热土》里找到的。其中有一章讲了矿山所有权的问题,里面提到了古尔德说的那起诈骗案,说有人把锡屑洒在泥土里,以造成其富含锡矿的假象。

如果锡可以,那黄金又何尝不可呢?

我上床睡了三个小时,然后穿衣服起床,找罗斯玛丽问那个医生诊所的地址。我跟她说了好几次,她才相信我没病,不需要她外婆的酊剂,也不用拿热砖敷脚。她虽然不太情愿,

---

[1] West Okemont,位于达特穆尔北部。——译注
[2] Bowden,位于德文郡的达特茅斯。——译注

但最后还是给了我地址。

草坪和地面的落叶上结了一层厚厚的霜。虽然我得到地址就出发了,但医生早早就出门去沼泽给一个难产的孕妇接生了。医生的妻子在照看诊所,她见我失望的样子,就问是否能帮上什么忙。我说我要找被赶出来的泰勒一家。她听后语气不太好,说不但知道他们住哪儿,还知道他们吃的谁家的粮食,但还是给我指了路。

"那是我的房子,之前是我姐姐住在那儿,但她今年春天去世了。如果那个女人允许她的孩子乱来,破坏了我母亲的家具,我可不知道自己会做出什么举动来。"

这家人并没有我想象的那么混乱,在一家人被赶出来又带着五个孩子的情况下,局面基本上算是控制住了。尽管如此,我还是叫塞缪尔·泰勒到门外交谈。

我问他之前租的谁的房子,怎么被赶出来了。他抓了抓头,想着应该怎么跟我说。

"唉,是奥克顿的。但问题是他把房子卖给别人了,三个月前就卖了,说买家一过来,俺们就得走了。"

"我觉得你应该不知道买家是谁吧?"我问道,并没有期待答案,但他给了我一个惊喜。

"奥斯卡·里奇菲尔德先生,他说他是伦敦人。我不知道一个伦敦人要这小农场干啥,但既然他买下了,就希望他能从中找到些乐趣吧。"

他看起来一点也不痛苦,真心希望那个在河流下游的小农场能给下一任的所有者带来快乐。我倒是很怀疑下一任所有者会从中获得快乐。

穿过卢当往回走的途中,我用公用电话联系了迈克罗夫特。他刚好在家里还没去上班。我给他大致讲了一下情况,让他直接去调查一下奥斯卡·里奇菲尔德先生及其位于达特穆尔高原边缘的小农场。

我到了卢宅,先找艾略特夫人打听那个前两天过来的老妇人是谁,因为我当时正在巴林·古尔德的书房里,所以不太清楚情况。

"您说的是彭杰利夫人吗?可怜的人啊,不得不搬到埃克塞特的亲戚家住了。要说她家那小房子可是她丈夫亲手盖的呢。不过,好在她的房子卖了点儿钱,可以让她后半生过得舒服点儿了。"

"彭杰利夫人是从哪儿来的?"

"噢,她是康沃尔人,我确定。"

"我的意思是,她丈夫亲手搭建的那个小屋在沼泽的什么位置?"

"在哪里?噢,亲爱的,我想不起来具体在哪儿了,但应该离布莱克突岩不远。说实在的,不是什么好地方,又寒冷又荒凉。我跟她说,她在埃克塞特还能生活得开心点儿。"

"希望如此,艾略特夫人,谢谢你。"

管家艾略特夫人疑惑着走开了,留我一个人在原地整理思绪:最近这三家来卢宅的人,其实都来自沼泽的同一个区域,也就是福尔摩斯前几天出发去调查的地方。

我不喜欢我的猜测,但现在除了盯着窗外,等他回来,我什么也做不了。

二十三

　　她刚睡着不久就被敲门声惊醒了，外面电闪雷鸣，门似乎都要被敲坏了。纳斯被吓到了，躺在床上一动不动，只希望敲门声停止，而敲门声却越来越大。最终她还是起来了，打开了窗户，一道闪电打下来，晃得她几乎什么也看不见，这时门外一个骑着大马的矮小男人正用力砸着大门。

　　——《西部故事：德文郡》之"小鬼的诞生"

　　新的一天终于来了，我精神越来越不集中，急切地想要见到福尔摩斯，最终我再也坐不住了。我拿起大衣，告诉艾略特夫人我会在晚饭前回来，之后便离开了卢宅。

　　我走上通往奥克汉普顿的大路，在一家酒馆找了个靠窗的位置坐下。我要了一杯咖啡，把面前盛点心的盘子推来推去，茫然地盯着马路。当我看到福尔摩斯远远地出现在一个坡上时，我迅速收拾好东西，留下结账的钱，跑出去找他。

　　他向我走来，步伐轻快，背着一个大大的背包，挂在一边的锡制杯子随着他的步子有节奏地晃来晃去，看着并不像已经在沼泽徒步了几天的人。

　　我们快步朝对方走去，在碎石路上看着彼此停了下来，同时开口。

　　"他在给河床撒盐。"他说。

　　"他撒黄金是为了制造骗局，"我说，"用炸药。"我补充道。

"是黑火药,"他纠正道,又继续说,"利用雷声掩盖爆炸的声音。"他牵着我往卢宅的方向走。"很好,罗素。你是怎么发现的?"

"全在巴林·古尔德的书中。"

"什么?"他停下脚步看着我,非常惊讶。

"很散,但全在书中,有心人就能找到。"

"沙伊曼就是一个'有心人'。"他说道,又接着往前走。

"他是这两个人中爱读书的那个,的确。而且他已经和维奥莱特·巴斯克维尔订婚了。"

这次福尔摩斯完全停下了脚步。他抖了抖肩,让背包落在地上,然后坐上背包,又取出烟斗,期待地看着我。我在旁边找了一块岩石,也坐了下来。

"巴斯克维尔小姐说基特里奇1921年3月第一次来到这里,这点她很确定,7月之前他就买下了这个庄园。买过房子之后,他和沙伊曼一起把雨果爵士的画像专程带给了巴斯克维尔小姐,现在这幅画像正挂在她的客厅里,画像上一副恶人面孔,和温馨的客厅完全不搭。"

"我可以想象到。"他抽着烟斗,喃喃地说。

"你是怎么发现的?"我问他。

"奥克门特的河床。"他只说了这几个字。烟斗点燃后,他又站了起来。我刚想抗议,但想到除非我们也想和基特里奇一样冻出几块冻疮,否则最好还是回到温暖的卢宅接着说。我从岩石上下来,想把福尔摩斯的背包背起来,结果差点跌落到路旁的小沟里。

"这里面装了些什么鬼东西?"我大声叫道,"石头吗?"

"是的,确实有几块石头。还有三本书,一个烹饪炉,还有一顶湿乎乎的单人帆布帐篷。"

"周二暴风雨来临的时候帕瑟林正在沼泽露营。"我推断道。我转身面向回去的路,身子稍往前探,让这个沉重的背包带着我向前走,"他一定是听到或看到了他们装炸药、把金粉炸向河床的罪行,而且还非常愚蠢地暴露了自己。"

"不止这样。他是在索尔顿公地附近的一个保护区扎营的,我却在半英里之外的河流旁边发现了挣扎的痕迹,还有一些石缝间渗出的血渍。"

"你认为他疯狂到直接和那些人对峙吗?"

"你觉得他不是那种人吗?"

"恐怕你说得对。感谢上帝保佑,幸好我们身边这样的疯子不多。"

福尔摩斯不再谈论帕瑟林:"收到电报回复了吗?"

"只有伦敦的实验室有回信。"我告诉他回信的内容,接着说,"我本来还期望能找出炸药的成分呢。"

"可能是样本太小了吧,"他说,"我其他的询问都没有得到回复,这太让人烦躁了,我还想至少能批下来对沙伊曼的逮捕令。他们究竟能干点什么?"

不过他烦躁的情绪只持续了一会儿,因为我们回到卢宅刚打开门,就看见了桌子上的电报信封。福尔摩斯拆开信封阅读,而此时,我正努力地让那个沉重的背包从我肩上轻一些落地,我不想让它砸坏地板。我慢慢地站直身子,活动了一下我的肩膀,以确定肩膀上的伤没有加重。

"你的肩膀怎么了,罗素?"福尔摩斯问道。他没有回头,听起来烦躁又回来了,看来电报上不是什么好消息。

"我没事。电报写了什么?"

他把电报塞给我,径直向厨房走去。我听到他和艾略特夫人交谈了一会儿,随后他又回到客厅,站在壁炉前。

"你肯定是告诉过他们不能暴露姓名吧?"我好奇地问。

我把这页薄薄的信纸又读了一遍。

"我跟他们说过这里是乡下，谨慎一些总是好的。"

谨慎在这种情况下显得有点多余，毕竟这封来自纽约的电报只写道：

> 第一位未知，第二位曾任校长，身体缘故辞职。1921年学校售出，现在倒闭。
>
> ——M.布里奇斯

就算是电报交流需要简洁，福尔摩斯又要求谨慎，但这封电报上的信息也太少了吧。"这封电报没解答什么问题，却又引发了不少新问题，你觉得呢？"

一时间福尔摩斯的烦躁全写在了脸上："肯定是平时给我提供消息的那个警员不在，这个布里奇斯应该是他的下属。但是，这封电报至少可以表明沙伊曼是主动离开纽约的，而不是因为犯罪被驱逐。有意思的是，他竟然和他的父亲一样经营学校。他走了学校就败落了，说明临走时还把学校彻底洗劫了，又或许整个学校都要依靠他的本事才能生存下去。"

我觉得完全没必要回应第二种说法，于是说道："跟我讲讲帕瑟林吧。"

艾略特夫人端着茶水和一盘小松饼进来了，她出门回厨房后，福尔摩斯开始给我讲他这三天的经历。

"我是周日中午才出发的。"他对我说，尽管我已经从艾略特夫人那儿听说了。事实上，他是中午过后很久才走的。那天上午福尔摩斯一直陪着巴林·古尔德，等他做过礼拜，又陪他用了午餐才走。我没有告诉他我已经知道了，他也没有多加解释。

"当晚我在索尔顿的一家旅店住下了。第二天一早我就离开，临走前成功地从他们那儿要来一杯茶，但我实在不能等到大厨师傅醒来之后再走。到现在我还没有吃过一顿像样的饭，也就今天中午才能好好吃一顿。"他停下来，拿了一小块松饼，涂满黄油。

"正如这地图上绘制的一样，沼泽边缘十分陡峭，要想从这里上去甚至得手脚并用。然而，这就是帕瑟林当时走的路，所以我也没得选择。

"周一天刚亮，我就去了索尔顿公地，这地方离去拉特灵布鲁克泥炭厂的缆车不远。我很快就找到了帕瑟林第一天露营的地方。这家伙刚到沼泽就扎帐篷住下了，甚至都没找个遮风挡雨的地方，不过这也在情理之中，毕竟他到沼泽的时候已经天黑了。我从那里往东，向沃特恩突岩走去，地图上显示要走四英里，但实际上我几乎走了两倍路程，而且还要越过小山、河流和沼泽。

"我不知道帕瑟林的确切路线，但我看到了一些他经过后留下的痕迹。他这样一个号称热爱古迹的人，竟然在沼泽随处乱丢垃圾。

"第二天晚上他是在沃特恩突岩附近露营的。从他露营处留下的罐头盒数量来看，从星期一的下午茶时间到星期二中午，他一直在那附近活动。我在沼泽区域发现了大量他的鞋印，毫无疑问他是在那儿寻找大型犬类的爪印。估计他本来打算晚点再走，但那天下午两点左右，开始下起了暴风雨，他不得不改变计划。

"帕瑟林或许以为可以在暴风雨肆虐之前离开沼泽。他露营的地方完全没有遮蔽，而且非常不适宜居住，当然他也不想留在那里。于是，他急忙收拾背包，向西走去，落下了一个帐篷桩和一些还没打开的食品罐头。我猜测他是在朝西奥克门特山谷走，因为看地图可以知道那里虽然也有大风，但还算安全。

"过了河之后,他就被暴风雨困住了,那里离索尔顿不到三英里,路非常难走。他在河流附近找了一个地势较低的地方,勉强搭起帐篷爬了进去。

"那晚对于他来说一定很难熬。他的食物只剩下一罐豆子,头顶的帐篷被狂风吹得呼呼作响,又有多处漏雨,他潮湿的睡袋跟其他所有东西加起来差不多沉。

"夜里暴风雨刚刚缓和一些,他却在这时因为什么事离开了帐篷。他冒险踩着潮湿的泥土,沿着河流走了半英里,来到河边一片狭窄的原始橡树林,有点像韦斯特人之林。"

"布莱克突岩灌木丛。"我说。我在指南书和地图上看到过。

他点点头:"那里荒凉、空旷,帕瑟林就是在那儿丢掉了性命。我在岩石间发现了他手电的碎片,还在石缝中发现了渗出的血液,只是稍微被雨水冲掉了一些。"

"在通桥,暴风雨一直持续到了午夜。"

"在靠北的地方,暴风雨结束得要稍早一些。他的尸体在那里停留了一小时,或者更久。直到暴风雨结束,泥炭地面逐渐干燥的时候,凶手才把他的尸体沿河流下游转移,藏到一英里外的一处废弃矿井中。之后凶手回去拿帕瑟林的帐篷和其他东西,但这次没走那么远,只是藏到了我上次去过的那个横井里。"

"啊,跟一具尸体共享观测台,真是够瘆人的。"我说道。

"这也说明他们还没用完这个坑道,不论是用来贮藏、瞭望,还是仅仅用来遮风挡雨。"

"但你还是拿走了帕瑟林的帆布背包。"

"这背包被凶手远远地丢在了矿井坍塌的部分,那里已经被用作垃圾堆了,帕瑟林的睡袋也在那儿。我想他们应该不会忍着恶臭再把这些东西捡回来，所以我简单拨弄了一下睡袋，基本没改变外观，然后把下面压着的其他东西拿出来了。"

我决定就不追问他垃圾堆里都有什么了，并暗想一会儿就把外套洗掉。

"我是先发现的横井，后来又继续向下游走。在操炮区以北的位置，我发现了一些痕迹，起初我以为是弹药射出场地留下的，但后来我发现有人用铁锹掩埋了痕迹，又撒了些树叶，意图将其遮住。估计不出一个月，落叶不断积聚，就真的完全掩埋住了。

"再往前走不远，在一处废旧的锡矿附近，我发现土壤被人为翻动过，挖掘的迹象清晰可见。仔细检查后，我发现了一些管子。"

"管子？"我问道，眼前闪过一幅山上长满海泡石和石南烟斗的奇怪画面。

"空钢管，直径两英寸，长约两英尺。总共有二十根，每根间隔约四英尺，都埋在地下，用盖子小心地挡住了两端，以防杂物进入管内。"

"是不是装满了黄金和黑火药？"

"暂时还没有，"他眼神闪动了一下，"我觉得他们是想在松软的地面上钻洞或者铲土挖洞，再把钢管放进去。然后准备长度相近、直径较小的薄壁软管，将其密集打孔，并稀松地填满火药、一盎司金与河沙的混合物，随后将这根较细的管子轻轻放入粗管中，再将外管撤出，并将雷管上的引线连接到雷管柱塞的主线上。"

"最后引爆它，清理钢管和引线，河床上就有黄金碎屑了。"

"在更靠下游的地方，"他继续说，"我发现了曾经藏匿帕瑟林尸体的矿洞。我将帆布背包放在附近的一些岩石下面，沿着小径接着走，走到一个农场。

"结果那里大部分居民都说，周四晚上天刚黑之后，似乎听到了汽车的声音。"

我不知道他为什么那样看着我。我开始回想周四发生的事情，突然感到一阵恶心，好像腹部被人狠狠踢了一脚。

"天刚黑的时候？啊，不，福尔摩斯。你该不会是说……你难道是说……"

"那天你在巴斯克维尔庄园的时候，沙伊曼把车开走了多久？"

"大约三小时吧。"我勉强回答道。

"巴斯克维尔庄园距农场约十四英里，加上一英里下矿井找尸体的距离，再开十四英里回来，三小时差不多。"

一阵强烈的厌恶袭来，我用手捂住了嘴。如果福尔摩斯的推理是对的，基特里奇载我回卢宅的时候，那辆车里还放着已经死亡两天的伦道夫·帕瑟林的尸体。基特里奇一定知情。他绝对知情。

"基特里奇知道吗？"我问。

"看来他应该知道吧，除非你认为沙伊曼和他的老板开车回家后，又立即原路返回将尸体带到了这里。"

"不，我认为沙伊曼没那么冷血。他若是瞒着基特里奇，在他身后的后备厢里藏着尸体，不可能一点也不惊慌。"想起自己也曾坐过那辆车，我就不寒而栗。当我对夜晚美丽的景色发出一些无足轻重的感慨时，身后竟蜷缩着一具尸体，而且第二天清晨我还亲手翻动了他的外衣。

我将背包远远地推到一边："为什么不把尸体留在矿洞？为什么要带过来？"

"罗素，你看地图。虽然马车的目击地点从沼泽东北部一直延续到中西部，但可以确定凶手的目标就是让人们把视线远离西北部。当他们不得不引人注意的时候，比如乔赛亚·戈顿的死，猎犬的出现，或是帕瑟林的尸体，这些事也都被转移到了沼泽西北部以外的地方。将尸体留在矿洞里风险太大，他们不想把人们的注意吸引到这里。更何况，藏匿尸体的地方距离农场不到一英里，而农场里嗅觉灵敏的狗很容易便能发现尸体。此外，想就地在湿透的泥炭土中挖出一个足够埋葬尸体的大坑，也是极其困难的。如果穿过沼泽，把尸体带到沃特恩突岩附近，也有被发现的危险。他们将乔赛亚·戈顿的尸体运送到沼泽的另一边，正是出于这些考虑。但这次他们更加谨慎，毕竟帕瑟林和戈顿不同，后者只是在沼泽四处游走的锡矿工人，而前者却是教育良好、有家室的年轻人。帕瑟林的死很有可能引起大量关注，所以凶手直接把他的尸体带出了沼泽。当然，也有可能因为他们愈发猖狂，或者这次时间紧张。你那天去巴斯克维尔庄园或许让他们感到了形势紧迫，不然他们很有可能把尸体带到别的地方。"

我思考了很久，没有头绪，但似乎目前也做不了什么。"那你这段时间一直都在沼泽吗？"

"差不多吧。走访过农夫后，我发现确实有一个地方两三天前来过汽车。就在邓禄普斯。"我刚想开口，他就说了，"这辆车比较新，就像基特里奇的那辆车。"

"谢天谢地。现在我觉得他跟霍华德夫人一样恐怖。"

"但还不足以作为法庭上的证据。"

"确实。"

"我之后去了驻扎在奥克汉普顿附近的陆军部队。"

"天啊！"

"我必须确认那些疑似炮击的痕迹是假的。"

"确实应该。"

"尼古拉斯·威克·穆林顿少将还请我喝了杯茶。"

"不错啊。"

"凑合吧。就是今天早晨九点钟的事,他并没有请我喝咖啡,也没请我吃早饭。"

"你昨晚在哪儿过的夜?"

"在农夫家的仓房里。"

我差点以为他要说睡在遗弃尸体的矿洞里。谷仓是个好地方,至少不会潮湿,幸运的话,还很暖和。

"所以你和少将愉快地喝了茶。"

"我沾了迈克罗夫特的光。他向我展示了坦克。"

"这可是一份殊荣呢。"

"任何有自尊心的侦探看到这坦克都会笑死的,虽然我相信它在帕斯尚尔[1]的泥潭中确实陷不下去。这坦克看起来好像漏了一半气的气球上趴着的一只鸭子,它移动起来——更准确地说是爬行起来,就像得了关节炎的老妇人一样步履蹒跚。"

"真是革命性的设计。"

"他还向我提供了另一个消息,我想你这次该不会嘲笑了。"

"一个长着翅膀的潜艇模型?"

"不,射击训练时间安排。"

"古尔德不是说他们只在夏天训练吗?"

"除非他们想在恶劣天气条件下进行演练。"

"之前我觉得这里的夏天已经够长了,但他们竟然还没练够。"

"他们计划周四,也就是后天,在夜间进行演练安排。现在日程表已经张贴在沼泽的公告板上了。"

---

[1] Passchendaele,指一战期间,英国和德国于1917年在比利时的帕斯尚尔发生的著名战役。——编者注

"为什么……等一下，"我已经明白了他是什么意思，"现在已经过了经常出现雷暴的季节，但沙伊曼和基特里奇仍在谋划下一次爆炸。"

"夏季的自然雷暴如果可以，那么人工雷暴——炮弹射击的声音不是一样可以掩盖他们的活动吗？站在横井入口上面的人可以轻易观测到士兵的动向，同样可以第一时间看到射击产生的光，并利用其掩饰黑火药的爆炸。"

另一件事情在我脑海中显现："而且很快就要满月了。借助上帝之手，无论如何，我们也要将他们抓获。"

福尔摩斯缓缓地笑了，但只是说："我想看看你在古尔德的书中找到了什么。"

我们上楼回房，我给他指出了书中的内容就出门了。他脱了鞋，仰面躺在床上，手里拿着一本书，手边还放着一本。一小时后我进房时，他睡得正香。我静静地离开了房间。

二十四

> 一英寸的地图上找不到就换六英寸的。
> ——《西部故事：德文郡》

周三早晨，霜已散去，天色昏暗，乌云密布，但卢宅却给人欢乐轻松的感觉，因为那位卢特伦查德的乡绅又可以下床活动了。

周四晚上军队就要再次演习了，在此之前我和福尔摩斯还有很多事情需要商讨，还要制订复杂的计划。然而，早餐桌上的热点话题却是蜂蜜。画像中的人物看上去很赞成这种话题，福尔摩斯似乎也非常乐意迁就老友，所以我也只好跟他们一起讨论。

"我前几天给你尝了蜂蜜酒，"巴林·古尔德说，"现在给你尝尝蜂蜜，那蜂蜜酒就是用它酿造的。"

福尔摩斯乖乖地把茶匙放入面前的浓稠液体中搅了搅，然后取出浓稠的一勺放入口中。我和巴林·古尔德都看着他，就连过来取咖啡壶的罗斯玛丽也停了下来，等他评价一番。

"味道很特别。"他费劲地说道，嘴里满是黏稠的蜂蜜，伸手去拿咖啡杯。

巴林·古尔德用力点点头："我跟你说过吧？它采摘自一种最美丽最芬芳的荆豆花。要知道，在沼泽中养蜜蜂可不是件容易事儿，因为常年刮风。但是巴克法斯特修道院的一位修士继承了亚当修士[1]的衣钵,他的名字是……一个年轻人,但已经是一个养蜂的领头人了。"(养蜂领头人是非常难以获得的高位吗?我无聊地思考着,难道只有资历够高的修士才能胜任吗?)"他对于繁殖蜜蜂有非常独特的见解,你应当下山和他聊聊。"

"好的。"福尔摩斯说,"我之前和亚当修士通过信。他最近向我咨询了有关蜂螨病的问题。我建议他去意大利看看,那里没有蜂螨病的困扰。"

"真的吗?他是个德国人,这几年不太好过。但他也有自己的独特之处,他性格很真诚。虽然我承认也许他有点过分热情,但在这个以无情和冷漠为行为标准的时代,这正是他吸引人的优点。你知道吗?"他开始转向另一个话题,"在旧时代总会有与众不同的男女,而现在,新闻媒体和便利的铁路出行似乎磨灭了人们的个性。为什么这样说呢?我相信你听说过晶体收音机,似乎这个东西一定会普及。我想,这种快速的信息传播,加之当代教育和便捷旅行,势必会造成区域特色和个性的毁灭。你觉得呢,福尔摩斯?世界正变得千篇一律,男人和女人都像雕刻品一样雷同。一个真正的怪人都没有。"我仔细地看着他,等着看他眼神的闪烁告诉我他是在开玩笑,但他只是皱起眉头,往烤面包上滴荆豆蜂蜜。我瞥了一眼福尔摩斯,他严肃地点了点头,认同现代社会失去了怪人的悲剧说法。我不得不起身去厨房,叫艾略特夫人再烤几片黑面包。我回来的时候,巴林·古尔德正在讲故事,显然是关于一个已经过世的人。

"……乞讨,或是装扮成一个遭遇海难的海员,又或是一个土地被淹没的肯特郡农民。他会读报纸查看最近发生的灾难,并换上任何需要的伪装。某一天他可能是一个房子被

1　Brother Adam,20世纪初欧洲著名养蜂专家。——译注

烧无家可归的人,在路边坐着,身上只披一条被烧焦的毛毯;第二天他又会变成一个贫穷的士兵。地方法官和王公贵族出具的证明信他都有,当然,肯定是伪造的。吉卜赛人最终接纳了他,并将他称为乞丐之王。福尔摩斯,你可以跟他学学。"他笑着说。

"可是,古尔德,"福尔摩斯说,"流氓也各有不同。人们或许会单纯因为班菲尔德·摩尔·卡鲁[1]的厚颜无耻而钦佩他,但是也有像斯凯普[2]那样的人。"

"哦,那当然了。"古尔德说,并且暂时放下了手中的刀叉,"斯凯普实在是个坏家伙。"他继续用餐,并对着我的方向解释道,"斯凯普是18世纪古尔德家族的一个人——爱德华船长,他的肖像就挂在楼梯上。他差点把这座房产变卖一空,当然在此之前他已经挥霍掉了大量财富。他还杀了一个曾和他一起赌博的人。他请的律师约翰·丹宁,后来也成了他的债主之一。一位目击者称事发当晚看到爱德华·古尔德在月光下开枪杀了人,但在庭审时,丹宁拿出一本日历,证明那天晚上没有月亮。爱德华被无罪释放,但那个时候他已经欠了丹宁很多钱,不得不把他名下的所有财产都给他抵债,如果不是因为当时卢宅在他母亲的名下,也早就被用来抵债了。然而,有意思的是,约翰·丹宁拿出的那本日历是伪造的。"

我不是很感兴趣,实际上古尔德也只是对这种不道德的行为摇了摇头,福尔摩斯甚至好像根本没听。他的注意力在厨房的门上,当罗斯玛丽从厨房里走出来的时候,他把注意力又放到了她右手里的黄色信封上。

"罗斯玛丽,什么事?"古尔德问,"这是什么?"

---

[1] Bamfylde-Moore Carew, 1693—1759, 英国恶棍、流浪汉、骗子, 自称为乞丐之王。——译注

[2] Scamp, 原意为"流氓"。——译注

"先生,这是电报,给福尔摩斯先生的。"

还没等厨房门关上,福尔摩斯就已经用餐刀拆开了信。他来来回回把那几行字扫了几遍,然后看向我。他点了点头,然后把信折叠起来,放入内袋。他向巴林·古尔德简短地解释了一下,并巧妙地转换了话题。

早餐后,巴林·古尔德去书房写信然后休息,福尔摩斯将黄色的信封递给我。发送电报的人显然铭记福尔摩斯要求谨慎,电报中的措辞十分小心:

据调查,第一人宣称土地含某矿物(此罪名无法坐实),从而大肆售卖土地。建议在科罗拉多州、内华达州和南加州继续追查。第二人罪行未知。抱歉流出受污染货品。请待后续来信。

哈里森

"基特里奇因使用欺诈手段贩卖土地而臭名昭著,他宣称土壤中含有'矿物'——我推测是黄金——虽然信上并没有写。"我拿着电报解读,"哈里森是阿拉斯加警察局的吗?"

"他是加拿大骑警。淘金热期间主要是加拿大人负责监管土地。看哈里森道歉的口吻和他一直追踪调查基特里奇的事实,我想哈里森应该知道基特里奇涉嫌黄金欺诈罪,却无法将其治罪。"他停下来,抬头看看我,目光似乎要从我身体中穿过,"基特里奇跟你谈他童年时都说了什么?他在巴斯克维尔庄园和你谈话时,不小心说漏了对家乡土地的描述。"

"红石头,"我说,"说他在荒原里长大,那里也有突岩,但那些突岩是干燥的、红色的。"

他脸上超然物外的表情告诉我,他正用自己超常的记忆力进行搜索,就像在一间堆满杂物的房间里寻找一样。几分钟后,他灵光一现,发现了他寻找的物件,他心满意足,眼里闪烁着光芒。

"圣地亚哥。"他说,"19世纪60年代后期,或者是1870年。"

"什么?"我不解地问道。但他停了下来,眼神如炬。

"19世纪60年代后期,加利福尼亚州圣地亚哥外的红山上曾发生过淘金热。这个发现是真的,但是和其他淘金热一样,这里很快就被纷至沓来的诈骗犯、强占土地者和投机者所湮没。"

"基特里奇说话就带着加州南部口音,但他当时年纪还小,不可能参与其中啊。他应该和你差不多大。"

"五十七岁,除非他说三十一岁赶上克朗代克淘金热[1]是骗我们的。确实,他当时太小了,但他很可能从小就目睹父亲的伎俩,成长过程中潜移默化地受其影响。基特里奇狡猾如狐,美国和加拿大两个国家的警察都对他束手无策,希望哈里森下一封信中的线索能帮助我们拿下基特里奇,让他受到应有的惩罚。"

直到此时,我才真正意识到达特穆尔很可能将要面对什么:淘金热。一旦有关"黄金"二字的谣言散布开来,它就会像魔鬼一样让人疯狂、丧失理智,再也不会有勤勤恳恳的锡矿矿工在狭长幽暗的地洞中一点点开采、挖掘……当然,几周之后这一切都将结束。到时候,山上再也不会有比锡更有价值的金属,而在河水的冲刷下,也终将只能剩下那些最基本的金属。但在上万双钉靴的践踏、无数铁锹的肆意破坏和大量炸药的轰炸下,这片土地将被洗劫一空、面目全非……

我摇了摇头,想把脑海里混乱的想法清除出去。"这里肯定不会真的出现淘金热吧?这太……荒唐了。"

---

[1] 发生于19世纪90年代,许多人前往加拿大育空地区的克朗代克河附近寻找金矿。旁边的道森城一度成为一个人口数万的城市。——译注

"你觉得英国就能对淘金热免疫吗?"

"我们一定要阻止这一切的发生。"

"我在想……"福尔摩斯沉思着,欲言又止。

"你在想淘金热出现的可能性吗?"我追问道。

"不,淘金热是完全可能出现的。但我在想,他们要通过什么方式散布谣言。狗和马车有可能是用来分散注意力的,也有可能是阴谋上的关键一环。这阴谋的内在似乎是诱使潜在的投资者上钩,他们会想:'一、这个靠淘金发家的美国人正悄悄地收购土地,还试图利用鬼神吓走他人。二、这个美国人是个非常聪明、成功的投资者。三、布莱克突岩附近一定藏有巨量的黄金,一定要立即买下这块地。'"他说,"如果他只是依靠谣言的宣传贩卖土地,而非亲口传播不实信息的话,将很难通过法律将其治罪。"

"肯定会有法律制裁他。"我说道,虽然我并没有底气。

"最终来看,确实会被判为诈骗,但审判过程将会极其漫长。而一旦土地拍卖的赃款进了他的腰包,他一定会立即逃之夭夭。"

"还有巴斯克维尔庄园。"我突然想起,"基特里奇已经找到买家了。"

"这倒是很让人意外。"福尔摩斯若有所思地说,"我应该想到,沙伊曼的目的不仅仅是重振巴斯克维尔家族这么简单,他的目的还是钱。但现在他事事参与其中,再也摆脱不了干系。

"但我们现在已经没时间多想了,明晚就是截止期限。我现在只希望……"他皱眉望着窗外阴沉的天气,"天气不要太糟糕,千万别延误了军队的演练。"

"他们倒希望增加点困难,实战演练呢。"我故作轻松地说,假装不知道如果当真幸运的话,那我们可就要顶着滂沱大雨，冒着二十枚黑火药在脚边爆炸的危险出去行动了。

我们拿着六英寸比一英里的大地图开始着手计划，只在午饭时间和罗斯玛丽端咖啡过来的时候歇一会儿。

我们猜测基特里奇和沙伊曼将在周四晚上十点操炮区演习的时候出现在布莱克突岩灌木丛附近，用射击演练的强烈火光和声音来掩人耳目，趁机进行其早已准备就绪的"撒盐"行动。此外，现在已经临近满月，很可能他们会再次策划霍华德夫人马车事件。我和福尔摩斯会潜伏在布莱克突岩灌木丛，等待基特里奇和沙伊曼的出现，但要想悄无声息地跟踪他们，我们还需要一小队精干的"非正规军"。福尔摩斯说着，我在一旁做记录。

"需要两个人蹲守在巴斯克维尔庄园，密切观察基特里奇和沙伊曼的一举一动，他们一旦有行动，就立刻报告他们出门的时间和方式。如果艾略特夫人能找到摩托车就太好了，不过自行车也可以。但骑马不行，没法把马藏在灌木丛里。"我记下了巴维-2-车，"这两个人必须得清楚我们要的人是谁，最近的电话亭在哪儿，一旦有情况，让他们给索尔顿旅店打电话。"

不到茶歇时间，我们就已经设计好了圈套，又加以润色、修改、推理，至少从理论上看是行得通的。当周四晚上基特里奇和沙伊曼离开巴斯克维尔庄园的时候，无论他们走大路还是走沼泽，我们都有眼线。一旦发现他们的踪迹，就会有人给索尔顿的另一个眼线打电话，他接到电话就会赶来给我们报信。或者如果时间来不及的话，还可以利用索尔顿公地上的小山。我和福尔摩斯藏身的地方可以看见这座小山，如果基特里奇和沙伊曼行动迅速不方便报信的话，就让他拿灯或者手电给我们打信号。

这是一个精妙的小计划，虽有些复杂却很有趣，还为突发情况设计了 B 计划。当然，再缜密的计划也不可能万无一失，因此这最关键的一环——"收集证据和抓捕行动"，将由我和福尔摩斯亲自出马。剩下的就是开庭时让证人在法庭上提供严谨可信的证词了。出于这方面考虑，我推荐安排安德鲁·巴德在吉比山上目击这一切，因为他性格沉稳、处事不乱（在他花园里看见牛的那次是个意外），一定可以做好证人。

我们需要艾略特夫人明早把眼线们召集到卢宅，给他们分配任务。但在此之前，我们最需要做的就是好好吃顿晚饭，早点休息。

我们还没在饭桌前坐下，就来了两封电报。其中一封伯明翰发来的为我们揭开了一部分谜底：

伦道夫·帕瑟林原名伦道夫·帕克，为约克大学的求职者而非讲师。生前就任于贝德福德公立学校，而非伯明翰教师培训学院。偏执狂患者，被认定为"无害的疯子"，其患病与出版压力有关，只有德鲁伊教书籍出版才可获得工作。

另一封电报是福尔摩斯的哥哥从伦敦发来的：

匿名隐藏的实际土地所有者金匠公司，总部洛杉矶，控股公司众多，最近一处为奥克汉普顿好猎公司。

迈克罗夫特

我翻译了一下，"奥斯卡·里奇菲尔德只是个幌子，藏在其后的是一个加州公司。是这个公司在收购达特穆尔的部分土地。"

"毫无疑问,这公司背后肯定是理查德·基特里奇。"福尔摩斯说,"我闻到的是烤鹅吗?"

古尔德也坐在了餐桌前,看起来没有前些天那么疲惫了。他俩又开始像从前一样谈天说地、无所不包,但我现在已经习惯了,反倒很愿意听。

整只烤鹅被我们一扫而光。这时,正说着话的福尔摩斯突然僵住了,他抬着头,认真地听着什么声音。他抬手示意我们安静,但一分钟过去,我什么也没听见,于是试探性地问道:"福尔摩斯?"

只见他迅速站起,走到窗前,大手一把扯开窗帘。他仍示意我们不要说话,于是我们继续等待。

三分钟……四分钟……终于,一道闪电划过天际,照亮了天空厚重的乌云。

虽然已过了雨季,但雷雨仍然突袭了达特穆尔。

二十五

> 我拼尽全力大叫"救命!"顷刻间就沉入了水下,只剩头和胳膊还未被没过。我只能尽力抓住任何漂浮的苔藓、黏滑的半腐烂杂草和水草……
>
> 我好像在和一只巨型八爪鱼做着殊死抗争,它那柔软而有力的爪牢牢地将我缠住,死死地向水深处拖去。
>
> ——《中年忆事》

"你不会是想……"我开口说。我们忙活了一整天制订的计划,前提都是那两个美国人用武器试验的声音做掩护,认为他们几乎不可能遇到雷雨。也许他们今晚依然舒舒服服地窝在家里,但是……

"我们不能冒这个险。"他语气坚决,"我去找轻便马车,你去带上雨衣,穿好靴子,拿两把手电。对了罗素,我的左轮手枪在抽屉里,带上。"

然后他径直冲出门,只剩我安慰受到惊吓的古尔德。我只能告诉他案子已经进入收尾阶段,很快就可以跟他解释这一切。运气好的话,明天就可以。我走的时候听到他在后面嘟囔了一句:"他从小就这么倔。"

我绕到厨房,让艾略特夫人给我们随便弄两个三明治,因为这个漫漫长夜可能会很难熬。然后我又跑上楼,从抽屉和衣柜里拽出所有防水保暖的衣服,从床边的抽屉里找出福尔摩斯的左轮手枪和一盒子弹。我上了膛,装进衣兜。

下楼时，我看见罗斯玛丽正用防油纸包裹三明治，只听到古尔德微弱的声音从餐厅传来，好像正跟艾略特夫人生气。我找到罗斯玛丽问她："这里有猎枪吗？"

"在餐具室，夫人。"她迅速回答，给我指了指屋子另一边的一扇小门。我找了一会儿才看到，在一个高架子的最顶层。旁边还整整齐齐地摆放着六盒子弹，我一股脑儿都装进了另一只口袋。我检查了一下，猎枪还没有上膛。我向罗斯玛丽要了一段绝缘油布，收起所有的东西，从厨房的门离开了。

我到了马厩，帮福尔摩斯扣上最后一枚搭扣，然后牵着那匹毛发杂乱的矮马上了车道。福尔摩斯提着一盏灯，光线完全不够照亮前面的路，但也足够警示其他车辆，不至于被撞。福尔摩斯一赶上来，我就牵动了缰绳。然后我俩都上了马，这匹矮马有点搞不清楚状况，但它很愿意载着我们，小跑着上了路。

福尔摩斯一件件掏出衣服穿上，不出一英里，第一滴雨就落下了。当我们路过布里迪斯托的时候，雨已经下得很大，行进缓慢了下来。这匹矮马倒是很争气，不愧是土著马，不论是宽阔的车道还是去往农场的小径，它都认得。

到了农场，福尔摩斯大步流星地朝一间亮灯的屋子走去，我则在后面卸缰绳。我还没卸完，一双厚实的大手就接了过去。

"我来吧，夫人。"那个男人说。我把缰绳交给他，从坐垫下取走猎枪，用绝缘油布小心地包好，然后把枪和一包干粮交给福尔摩斯。

我们冒着倾盆大雨朝沼泽继续赶路。接下来的两英里非常险峻，我们爬上陡峭的沼泽，穿过河流，往布莱克突岩灌木丛走去。我的夜间视力本来就很差，再加上大雨模糊了我的眼镜，现在基本跟裸眼视力相差不大了。逐渐加剧的暴风雨伴随着闪电，带来了黑夜中唯一的光亮。至于基特里奇和沙伊曼什么时候过来、从哪个方向过来，我们无从得知。（时间会告诉我们一切，现在我们能做的只有等待。）

当我们在河床边上艰苦跋涉了几小时后，那些低矮的灌木丛终于出现在我们的视野中。这里没有路，只有山坡。我不禁好奇福尔摩斯打算怎么到另一边的堤岸上去，因为只要稍一暴露，就会让基特里奇和沙伊曼加强警惕，逃到玛丽塔维去。

"再往上走视线就清楚一些了，而且上面有一条小道。"福尔摩斯答道，"我们在这里观察动向，一旦时机成熟，从上面翻过去应该不成问题。"

我必须听他的，因为我们现在所处的位置似乎就在福尔摩斯的计划之中。这里有一块巨大的岩石，看上去是之前从山顶滚落下来的，现在搭在另外两块岩石上面，正好形成一个狭小的空间，虽然背后没有遮挡，但足以让我们在此避雨。我解开衬衣下面的三个扣子，用衬衣下摆擦了擦我的镜片。

福尔摩斯找出烟斗和烟草，背对着山谷，肩膀缩成一团，等待闪电一出现就划燃了火柴。接着用手护住火光，抽起了烟斗。

我们就这样静心等待。

大雨一直在下，山谷随着闪电时隐时现。我在那里坐着或者蹲着，偶尔在这狭小的空间下站起来，让双腿放松。我把手夹在胳膊下面，快速地来回摩擦我的手套，脚趾也尽量在潮湿的鞋子里活动。我们继续等待着。

时间一分一秒地流逝，暴雨中心离我们越来越近，雨也越下越大，我们还在等待。福尔摩斯没有点燃第二根火柴，只是咬着他空空如也的烟斗。闪电变得越来越密集，河水翻腾起来，淹没了我们对面的堤岸，橡树的树枝被狂风吹得作响，伴随着断断续续的雷声。但那两个人还是没来。

"在黑暗的时光里，邪恶的力量总是变得异常兴奋。"福尔摩斯嘟囔道。

"邪恶的夜晚。"我同意道。

"邪恶的地方。"他说。

"嘿，福尔摩斯，"我反对道，"这地方本身并不邪恶。"

"或许不邪恶，但我注意到，达特穆尔就像是一个放大镜，会把人的冲动放大，不管是好的还是坏的。古尔德如果留在摩西的教区里，顶多就是个独裁的小牧师，平时欺负欺负他的妻子，烦烦他的主教而已。然而，在这里他却像变了一个人，越来越自大，越来越膨胀。斯台普顿也是一样，我曾想过，如果没来这里，他也就耍点骗人的小把戏，可到了这里，他却开始利用传说制造祸端，并且蓄意谋杀。现在基特里奇和沙伊曼也是如此。"

我没有回答。过了一会儿，我把包拿起来，递给福尔摩斯一个三明治。罗斯玛丽往三明治里切了一些鹅肉，又铺了厚厚的一层蔬菜，非常美味。但暴风依旧在我们周围拍打着岩石，我们依旧在等，他们还没有来。

怀表的指针一圈圈地转动，黑暗在沼泽降临。午夜来临又离去，我俩一动不动，不言不语。我感觉我周围的空气有点奇怪，忍不住回头去看。可能是心里的恐惧加上身体的不适，也可能是因为阵阵雷声和闪电，我感觉有另一个人藏在这狭小的空间里，又或许不是一个人。我感觉，它似乎并不是个邪恶的存在，甚至也不具有强大的力量，但我感觉它很老很老，又很有耐心。我觉得，就像是沼泽自己在看着我们。福尔摩斯似乎除了感觉不舒服，渐渐失去耐心之外，没有任何其他感觉，而我也不想告诉他我的想法。但是，此刻有他在我身边，我非常感激。

就在我即将放弃我们的探险时,河流上游闪过一道手电筒的光亮,他们来了。这道光瞬间打断了我对达特穆尔的幻想。福尔摩斯把空烟斗放回口袋,身体前倾。我重新包裹好猎枪,又装了两个弹夹,放在脚边。

两个光点出现,强烈的光线照亮了他们的脚下。他们越来越近,左手各拿着一个工具包。他们沿着河道边缘从我们前面走过,在离我们四十英尺的地方停下来。一道闪电让我看清了这两个穿戴厚重的家伙,一个高一点,在观察山上的石头,矮一点的那个单膝着地。闪电划过,整个山谷轰隆隆作响。

我们仍然在等,但好在现在除了石头,我们还能看看别的东西。基特里奇跪在他的包上待两三分钟,尽管我看不清,但他一定是在准备引爆装置。当他跪在那儿时,高个子的那个,沙伊曼,在这个地方转来转去,每走几步就停下来拿他的包,然后在地上放下些什么。有一次,我看到了金属管的反光。

"他在把小一些的管子放入洞里,管子上已经打过了孔,装满了金屑、河沙和黑火药的混合物,放好再把外层大一些的管子撤掉。"福尔摩斯小声说道。

很明显,沙伊曼之前做过很多次。尽管狂风吹打着他单薄的外套,他的动作仍然很快,没有一丝迟疑。当沙伊曼装了六根管子,基特里奇开始放引线时,福尔摩斯拍了拍我的胳膊:"我们看到的够多了。走吧。"

我把衣服披在身上,把枪夹在右胳膊下,跟上福尔摩斯,一路用左手摸着路走。雨水变小了一点,但我们仍然像是在海浪中行走,海浪拍打着陡峭的悬崖,只是雨水里没有盐分。但我坚持往前走,穿过灌木丛,又走了二十多码的距离,终于走上之前看好的那条路,虽然依旧磕磕绊绊,但比之前稍稍快了一点。每一次闪电时,我们都会停下,等我们的眼睛适应了黑暗后,我们会再次上路。

我们从那两人身边的转弯处过了河,之后继续向悬崖上爬,爬上沼泽。这片土地和其他地方一样,到处都是岩石,但也不完全一样,因为岩石只会让人放慢脚步,而在这里还需要放轻脚步。福尔摩斯扶着我的胳膊,在我耳边说道:

"他们肯定是开车过来的,或者是骑马,估计就停在横井入口。我去把车弄坏或把马放走,之后在他们上方的那处突岩顶上和你会合。十到十五分钟我就会赶上你。"

他没有给我说话的机会,就消失在黑夜里。我转身,低头,挡住一些风雨,沿着河边的路往回走,回到之前踩点处的对面。在夜晚云彩的映照下,那处突岩清晰可见,我突然意识到暴风雨在减弱,一定是满月映在云后透出了光。

我能听到他们的说话声了,这断断续续的声音让我不敢轻举妄动,暴风雨的声音越来越小,稍有不慎就会暴露自己。

"……以后去沙漠里生活,沙漠从不下雨。"沙伊曼的声音。

"……能够……"

声音很远,很不清楚,我从突岩顶部往河道摸索,小心翼翼地踩过松碎的沙石,有些声音从后面传来。我听到"……庄园?"之后又是一阵低语和交谈。当风突然停下来的时候,我听到了沙伊曼的声音,特别清楚,吓了我一跳。

"该死,最后一个到底在哪儿?"他说。我踩空了一块石头,向一边倒去,我奋力想要保持平衡。我就要倒了,几乎要把猎枪丢到山谷里,但最终我还是稳住了。他们的交谈继续传来。我深吸一口气,找到一块大石头坐下来。这座突岩不像我知道的其他突岩那么稳,或许是底下有湍急河流冲刷的缘故?还是最近三个月的爆炸削弱了本就易碎的石头?我很好奇。

接下来的一刻钟里,他们发现没能装好二十根管子,也许是弄丢了一根。那位和善友好的基特里奇对沙伊曼恶狠狠地说了一会儿话，之后我听到他们决定只安装十九根管子，尽管在确定自己是否在巴斯克维尔庄园里落了东西之前，沙伊曼是不会去睡觉的。他们又继续做准备工作。我往回走，等着跟福尔摩斯碰面。

我离峭壁的边缘还有一段距离，不能完全看清他们的脸，但能看见他们的手电偶尔打到堤岸对面橡树上的光，有时他们也会走进我的视野里。此刻基特里奇就出现在了我的视线中。他一只手拿着一卷引线，然后把引线放在地上，做成一个个圈，用几块石头压住。之后他站起来，拉着引线的一端向上游走去，消失在拐弯的地方。

我想知道他走了多远去安装引爆器装置。

我想知道福尔摩斯回来的时候，能不能保持足够的安全距离。

我想知道如果福尔摩斯没能很快回来的话，我应该做些什么。

但我没有想太久，因为河流上游传来的呼喊声把我吓了一跳，这样愤怒的声音只能说明一件事。我从突岩上跳下来，向着突岩周围悄悄地跑去。我看到了福尔摩斯，他站在基特里奇手电打出的光柱中，举着双手。

"站在那儿，别动，福尔摩斯先生，"基特里奇说道，"我可是个神枪手。"

"我相信，基特里奇。"福尔摩斯说。光线离他越来越近，很快，基特里奇就站在他面前了，用手电照着福尔摩斯的眼睛。

"把手放在头上，福尔摩斯。"他命令道，然后把福尔摩斯的口袋搜了个遍，拿走了福尔摩斯的枪、折刀和手电。此时，河床那里又出现了一道光，沙伊曼充满恐惧的声音传来，问发生了什么事。

"没事，大卫，"基特里奇向身后大喊着回答，"只是一个不速之客而已。你最好在暴风雨结束之前把那些东西都弄好。等你布置好了，我就引爆。"另一道光晃了晃，之后消失了，我紧张地听着基特里奇对福尔摩斯说的话。

"哎哟，福尔摩斯先生。我一直很害怕这样的情况发生。"

"我猜，这就是你一直干扰我查帕瑟林案的原因。"

"很抱歉，这并不是一个恶作剧。我很喜欢你，福尔摩斯先生。当然，我更希望，我在这里干我的事情，以后和你永不相见。说到这里，你妻子在哪儿呢？"

我吓了一跳，开始向突岩后面爬，尽力隐藏自己。

"在卢宅，估计已经睡了。"福尔摩斯告诉他。

"那就你一个人？"

"恐怕是这样的。"

基特里奇对着福尔摩斯的脸照了半分钟，然后突然毫无预兆地用手电扫过山坡。看到光，我以最快的速度躲了回来，向我之前藏身的岩石退去。我听到基特里奇对福尔摩斯说了些什么，然后两人就盯着我这个方向看。

我以为基特里奇会用手电照河对面的砾石堆，发现不了什么异常，所以我向突岩最远的一边绕去。可没想到他用手电扫的范围要大得多。手电光从我右边照过来。我无法逃往索尔顿公地，因为说不准什么时候一道闪电下来，我就会像在聚光灯下一样暴露无遗。我只能在我们之间的这个突岩沼泽后待着。我仍旧围着突岩转，脚下路面松碎，也没有光，我只能依靠手里这该死的枪保持平衡。他的手电很快朝我的方向扫来，在光移开前，光的边缘照亮了我右边石头堆的顶端，很快就要照到我了。我想朝石头堆跳过去，像块石头一般躲在我的大衣下面。但让我惊讶的是，我发现这座坚硬的突岩竟然有个裂口，从顶端一直裂到中部。我侧身进去，发现这个石缝低矮光滑，还很干燥。我完全躲了进去，隐藏在这座突岩的中心。

我小心地挪动着往外面探头，等灯光靠近。强烈的光照亮了入口，照到我的眼镜上，光线从我的眼镜上反射出去，好在和湿滑光亮的斜坡反射出的光线是一样的。我往后缩了缩，看着他们过去了。过了一阵儿，我慢慢从洞中爬出来，像兔子冒险爬出自己的藏身之所一样机警。

他们走下斜坡，基特里奇远远地跟在福尔摩斯后面，与他的俘虏保持一段距离。但对于我来说还是太近了，还不能冒险开枪，甚至移动到峭壁边上的时候，仍然不好开枪。于是，我坐下来观察进展。

沙伊曼站在那里看着他们从陡坡上下来，一手拿着枪，一手拿着手电。地上放着空工具袋，旁边杂乱地堆着二十个撤出的两英寸粗管，十九根细管都已经埋好。基特里奇把手枪放在口袋里，走过去从包里拿出一团引线。他又走到福尔摩斯面前，说："我秘书的射击技术不如我好，福尔摩斯先生，但是这个距离对他来说不算什么，所以不要轻举妄动。"

他把福尔摩斯的双手绑在背后，看似松松地绑住他的脚，但其实非常牢固。他给绳子打了结，用小刀割掉剩下的部分，然后从福尔摩斯身边走开。

"坐下，福尔摩斯先生，我们不会耗很长时间的。大卫，看好他。"

福尔摩斯环顾四周，选择了一块长满苔藓的岩石，摇晃着蹭过去坐下来。沙伊曼密切地注视着他，做事情时也不远离他。

"不要离他太近，大卫。"基特里奇警告说，然后把十九根管子依次连接到引线末端的主控开关上。天空中闪电一闪而过，但随之而来的隆隆声低沉又遥远，像是在敷衍人们。福尔摩斯并没有抬头看我。我不确定他是否知道我在这里，但他肯定知道我在不远的地方。我没有别的地方可待，也没有接近福尔摩斯的办法。我没法做到在引开那两人的同时保证福尔摩斯的安全，不管是他们的枪还是我自己这把，都有可能伤害到他。我必须等待，希望他能给我制造机会。我知道，他一定会让基特里奇开口。

福尔摩斯松了松肩膀，然后用清晰的声音跟基特里奇说话，他正跪在地上装引线。"我猜你和这位沙伊曼先生是在从纽约来的船上相识的，对吗？感觉你们的计划像是一点点拼凑起来的，可以这么说吗？"

基特里奇的双手还在冷静地组装引线，"是的，我们是那时候认识的。那是一段非常无聊的旅程，当大卫从纽约上船时，除了聊天我们无事可做。"他从袋子里拿出一把断线钳，先剪断连接点，再有条不紊地缠好，"我原本无意来英国。这里并不是能实现我计划的地方，所以我只是想来放松一下，看看乡间的美景，花花我在其他地方赚的钱。"他对自己的成果很满意，又埋头在包里寻找碎瓦片，盖在引线上，以防止雨水打湿，然后继续安装下一根管道的引线。"我们无所不谈，如果你知道我在说什么的话。很有趣，可以说是一见如故。世界上没有人懂我们在谈什么，但大卫和我彼此都懂。"他停下来回头说，"如果你一直在听，我想你可能知道。我们就像两个泥瓦匠一样握手赞同彼此，坦白地告诉对方自己的阴谋。船靠岸后，我们互相告别，并没有想太多。在船上他还谈到在纽约北部经营的学校倒闭的事，当作我们茶余饭后的消遣。哦，不要担心，大卫，"他对正在抗议的秘书说，"我敢肯定福尔摩斯已经知道了这些。想必他还知道一些我在金矿区耍的小伎俩，买无用的土地，然后再倒卖给外地人。我们并没有告诉对方任何可能会被认为是犯罪的事情,但我们会炫耀自己的小聪明,我想,有心人会注意到。

"后来,我一个人在伦敦过得自由自在,直到一个人出现在我的旅店,是大卫,他非常激动,勾画了一幅属于我俩的宏图伟业。

"原来大卫是巴斯克维尔家族的人。"他再次转过身来看着福尔摩斯,我可以看到他露出了牙齿,随后他又转了回去,"这点你可能也知道了。他来到这里的原因之一是看看他们家的房子,他的父亲通过并不完全合法的手段欺骗来的。大卫到普利茅斯后,听说这幢古老的宅院属于一个独居的小女孩,她想找几个租客住,然后自己搬进城里。

"好吧,大卫没有足够的钱买下这个庄园,但他并不想成为租客。他在屋里沉思了好几天,然后来找我,提议和我设计一场骗局,不管是什么,我们都会一起分享成果,这样他就能付得起买庄园的费用,成为下一代的庄园勋爵。"

"成为贵族恐怕不太可能。"福尔摩斯讽刺地说。

基特里奇不屑地挥了挥手里的断线钳:"我不得不告诉他,我的计划不适合在城市里进行。因为城市里有太多新奇的想法,警察也太多。我请他吃饭,他跟我说了这个地方,我开始动了心。像这种偏远的地方,可以做好充足的准备。所以我们进行了详细的讨论,在土地销售等方面达成协议。他负责将人们从这片荒地中吓跑,有时也帮我打打下手。"

"所以他通过改造机动车来模仿霍华德夫人的马车,然后又弄来一只大黑狗装神弄鬼。实际上,"福尔摩斯说,"我很好奇为什么你们不好好地利用这只狗。"

基特里奇大笑,对着引线摇摇头:"你曾经和狗一起工作过吗,福尔摩斯先生?也许我们抓的那只狗训练不佳,它真是一个噩梦。哦,它看起来没有问题,大卫甚至在它的头上装了一个由电池供电、精巧可爱的装置，使它拥有一只'发光的眼睛'。养狗的初衷是想制造恐怖气氛，但一百二十磅重的狗实在太恐怖了。把它锁在马厩里，它就狂吠，甚至还把门给抓下来。把它松开的话，它就去追羊。你还得喂它吃肉，跟在它屁股后面擦屎擦尿，免得留下排泄物的痕迹。而且你不知道，当你跟随霍华德夫人出行而狗却不配合的时候，有多尴尬。我们7月驾'马车'出去了两次，8月也是两次。在第二次出去途中，这该死的狗就朝附近的一家农场疯狂地跑去，我猜里面是有只发情的母狗。我们很幸运，因为除了一个耳聋的老太太，农场全家人都不在。但我还不安心，我让大卫把这只狗弄走了。我们不得不把狗交给大卫的父亲，让他用在自己的计划里，该死，如果我知道他是如何做到的该多好。"

"他想得到庄园，你会得到什么？"

"哦，我会得到一大笔现金，只有这样我才觉得公平，因为我做了大部分专业的工作。我们计划把巴斯克维尔庄园修葺一新，然后按照合同上的价格卖给他，但其实他不用花一分钱。我会承担罪行，带着所有的钱财逃离这个国家。到时候人们会觉得他日子非常不好过，因为他如此愚蠢，选择了这样一个欺骗老手当他的老板，还被他的土地计划骗得团团转。但没关系，他还有整座庄园作为慰藉。"他停了下来，坐在地上，对他的助手咧嘴笑笑，"这个聪明的家伙甚至和那个体弱多病的巴斯克维尔女人订了婚，他想拥有这一切。"

"直到帕瑟林……"

基特里奇发出一连串咒骂，然后继续工作："是的，直到那个讨厌鬼无意中撞破了我们的计划。这是什么运气！上个月死的那个老家伙也是撞破了我们的事才死的。结果又来了这么个好管闲事的教授，大卫过去就把他的脑袋打碎了。"

"不然我还能怎么做？"沙伊曼说，"我们不能就那么放他走，而且用钱也没法收买他。"

"你说的对，大卫。"基特里奇随意答道。好像这样的争论已经发生过很多次，他已经没什么兴趣继续了，"可这样一来，你接管庄园就要付出额外的代价，人们会说你跟那个美国诈骗犯的关系绝不简单，而且死人的事绝不会轻易随风而逝。大卫，我劝过你，你只需要拿到你的那份钱，放弃庄园，在一个温暖的地方娶不错的女人，然后在那儿建一座学校。"

他站起来掸了掸手，用手电照着检查他的成果：十九片碎瓦，十九根引线与主线相连，全都整洁干燥，万事俱备。他准备对福尔摩斯做什么？

"你清理一下那些管子，大卫，确保我没留下任何东西。我会带福尔摩斯先生和你在引线末端集合。上去吧，福尔摩斯先生，"他说着拿出他的枪，"只要跟着引线走就好了。"他用手电照着福尔摩斯脚下，跟着他离开锡矿。

因为福尔摩斯步履蹒跚，他们到达引爆器那里还需要几分钟。我放弃了在河上的藏身之处，在他们到达之前绕道抢先赶到，借着时隐时现的月光和远处的闪电偶尔发出的惨淡光线。时间紧急，我冒着生命危险爬到河边，移走石头。

引爆器已经准备就绪，只需将其与引线连接，再放低接触点就可以了。我犹豫了一下，我想就算有微量金屑撒入废弃锡矿的碎料中应该也没关系，而且还能制造强烈的混乱。于是我用手帕挡住手电的光亮，然后趴在地上用腿夹住手电，用小刀匆忙断开导线的两端，迅速破坏掉连接点。然后我把它拿起来用力拉扯，确保引线没有缠住任何东西。我又迅速顺河而下，来到悬崖的隐蔽处。我只听得到潺潺的河水声，但是不到一分钟，我就看见了移动的手电发出的光线，所以我准备采取行动。我不知道沙伊曼在哪里，但我认为应该离基特里奇不远。此时我已经想不到更好的计划，只能近乎疯狂地向上帝祈求庇护。

手电发出的光芒靠近了,我可以听到一些声音。

福尔摩斯在高声说话,这说明他希望我到这里来,也知道我会出现在这里。我听到沉重的步伐声和基特里奇尖锐的说话声,他们正在我的上方。

我击中了柱塞,然后迅速向基特里奇抬起了猎枪,几乎同一时刻,福尔摩斯迅速身体后倾,从基特里奇身边闪开。爆炸的声音和突如其来的攻击扰乱了基特里奇射击的精准度。虽然他的手指不停地扣动扳机,子弹还是打得很偏。片刻之后,他开始疯狂扫射,射击的火光在空中胡乱闪动,我也打空了一管子弹来震慑他,福尔摩斯趁机溜入河边的黑暗中。

面临扫射又弹药耗尽的基特里奇迅速转身向来的方向跑去,跑向缓慢坍塌的山体。他消失在一片烟尘之中,不过在确定福尔摩斯安全出水之前,我不能去追他。

我丈夫在岸边稍作休息,在岩石间痛苦地挣扎着想割断绳子,同时激烈地咒骂着。我把枪放在乱石旁边,拿出小刀,替他断开手脚上的束缚。

"谢谢你,罗素。"他挺直身子,平复呼吸后说,"确切地说,比我原本想的效果还要好。基特里奇在哪里?"

"上山往车子那里去了,或者可能是马?"我伸出双手,帮助他从光滑的岩石上站起来。

"一个特殊的精巧装置,一辆轮胎非常大、气充得很足,引擎上有许多垫料的汽车——在沼泽里行驶几乎没有声音,也不留任何痕迹。但今晚,他哪儿也去不了。沙伊曼呢?"

"可能跟他一起走了。"

"他在我们后面。"

"哦,天啊。希望我没杀死他。"我惶恐地望着背后,基特里奇扔下的手电竟然没有坏,手电光线中的烟尘还在强烈地翻滚着。这个时候我才意识到雨已经停了。"我没想到爆炸的威力竟然这么大。"

"不应该有这么大的威力,也许山石不稳固,掉下来了。我得走了,沙伊曼就交给你了。你一个人可以吗?"

"福尔摩斯,你没有武器,不能去追基特里奇。至少要等我们抢来沙伊曼的枪再去。"

"罗素,我不会容许第二个坏人逃出这个沼泽。"他冷酷地说,"当你可以的时候就跟着我。"他拿起地上的手电,匆忙上山去追基特里奇了。

我给枪换了弹匣和上面的枪骨,然后非常谨慎地来到下游的爆炸点,以防被沙伊曼偷袭。然而,当我看见他时,我发现他再也不能突袭我了,他被半埋在倒塌的山坡乱石之下,已经不省人事。我检查了他的口袋,拿走了坚固锋利的折刀,准备将他挖出来。

他的一个脚踝断掉了,胫骨也骨折了,如果他能活到第二天的话,他的腰部以下都会变黑。我把他拖到一边,将他的手绑在背后,然后我脱下防水外套和羊毛大衣,牢牢地把他裹好。我想如果这次的恶行夺走了沙伊曼的生命,我更希望他死在法官的手里,而不是我的手里。

我没有找到他的枪,可能是从他的口袋里掉出来了或者情急之中被他抛了出去。但我知道,如果我找不到它,他也不可能找到。我转身去了福尔摩斯和基特里奇所在的沼泽。

我之前藏身的那座突岩坍塌了,我站在这堆碎石的最高点,很容易便找到了他们。两束光线在黑暗的平原上移动穿梭,彼此相距约半英里,一路向西。很难说离我比较近的手电有多远,但我认为不会少于两英里。我跟随在他们身后,开始下山。

我逆流而上,来到一个只有溪流的地方,在那里,我发现了基特里奇的车——霍华德夫人的马车,这是沙伊曼设计的方法,用来恐吓沼泽上的居民。我花了一点时间来观察它。令我惊讶的是,它的上部结构是个巨大的正方形车厢,各个角落里都涂抹着磷光涂料,假扮成霍华德夫人丈夫们的"发光的骨头",主体车型和接送我们回巴斯克维尔庄园的那辆车一样,它的邓禄普轮胎被换成了充气饱满的大型内胎,这些内胎不会留下任何痕迹,而且像幽灵一样悄无声息。他们可能受到了水陆两用坦克的启发,我预感到迈克罗夫特可能会因此被激怒。而且,必须有人骑着那匹看上去正在拉车的马,松松的马具才会发出刺耳的声音,以达到效果。我突然意识到,我已经没有时间对这个东西发呆了。我回过神来,转身向沼泽赶去。

我与二人的距离意味着我要一直往上爬才能跟上他们的步伐,就算我一路跑也没法赶上他们。每次我往上爬的时候都看到他们两个,但他们之间的距离在慢慢变小。因为福尔摩斯只需要跟上他,而基特里奇必须选择他要继续走下去的道路。事实上,我开始怀疑福尔摩斯并不是要故意保持距离。我必须加快赶上他们。

狂风平静了很多,但是我好像听见前面空旷的地方有一种细小的撕裂声,不过我不确定那是什么声音。我循着声音的方向,用手电忙乱地寻找,我站在一块岩石上,看到了一束光,一束静止的光。

我开始不顾一切地奔跑,不管脚下是小溪还是碎石,无论前面是泥泞的水洼还是废弃的煤矿。我沿着起伏的山路狂奔,不小心踩进了延伸出来的泥塘,都没反应过来。我奋力地把脚拔出来,但是泥紧紧地拽住我的靴子和小腿,只有靴子和泥摩擦的声音。我的后脚跟触到坚硬的石头。我重重地坐在地上,然后用脚在泥塘里摸索。福尔摩斯跟我说过,灯芯草，一定要在灯芯草那儿寻找外力。确实，泥塘周围长着半圈厚厚的草。拉着灯芯草，我终于在泥没到我靴子鞋带之前拔了出来。我的后半段路绕着泥塘，没出什么危险。翻过那座山之后，我远远地看着那束孤独的光，好像就在四分之一英里外，冰冷地投射出来。

我检查了一下已经上膛的手枪，然后一步步地慢慢靠近，直到我看清坐在光旁边的那个黑影时，心中悬着的石头终于放了下来。

"福尔摩斯？"我说，"我好像刚才听到了枪声。"

他循着我的声音转过身来，然后又回过去看着前面。"你确实听到了，"福尔摩斯说，"他不让我靠近。"

"靠近？"我问，然后走过去和他站在一起。他的靴子上都是黑泥点，还粘着泥块，他的裤子已经挽到了膝盖上方。

我把手电举到他前面，照向他一直盯着的地方。在我们脚边不远，是一片平整的开阔地，上面是整齐的草皮，好像有谁在这儿铺了一层绿色的地毯。地毯靠近我们这边有一些磨损，借着手里的灯光，我看到它的中心地带散落着一些发光的黑色物质，然后我意识到那是泥。剩下的地方草皮比较完整。福尔摩斯说前面是颤沼，也就是被古尔德戏称为羽毛被的地方。现在它成了基特里奇永眠之处。

福尔摩斯的头探向前面的沼泽。"沼泽吞噬了他，"福尔摩斯说着用手疲惫地搓着脸，"他呼救的时候，已经被没过了大半个身子。我试着把他拉出来，但是他到最后一秒都用枪对着我；直到只剩手和眼睛在外面的时候，他还在对着我；我试着救他的时候他还要射杀我。我真的是想救他。"

我弯下腰捡起他的手电，放在他的手上，然后轻抚着他的后颈对他说："你自己也说过，是沼泽带走了他。走，我们回家吧。"

二十六

上了年纪之后,比起年轻时,我更加享受自然和艺术之美所带来的愉悦。随着年龄的增加,我也更欣赏那些美好、真实的东西。这种对生命的欣赏不会因为对死亡的恐惧而磨灭,却会因蚕蛹破茧飞翔的灿烂而与日俱增。我不会再回头留恋过去,抱怨"一切都死气沉沉"。当我看见花苞盛放,看到野草在风中瑟瑟挺立,当我呼吸着森林里松树的芬芳,聆听着湖水沁人心脾的歌唱,我心中有一个声音在回响:"一切都充满希望。"

——《中年忆事》

我们回到苏塞克斯的家中,但还要完成我们在沼泽的最后一项任务。

后来警察把基特里奇的尸体从颤沼里打捞了出来。三天后,我们借来基特里奇的车,卸去它的伪装,重新装上邓禄普轮胎,开到卢宅门口。门口牧鹅少年的青铜像还在,我们把车后座垫高,往后备厢装满野餐用品:填了鼠尾草和洋葱的烤鹅、羊肉三明治和蜂蜜酒,等着古尔德上车。我们用旅行毯把古尔德裹得严严实实,脚下放上热砖。福尔摩斯陪他坐在后座,我开车。我们带着巴林·古尔德去看这世界上他最深爱的地方——沼泽。这也许是他生命中最后的一次沼泽之旅。

编辑附笔

在我写下这些文字的时候,最后一个房间已经用石南和藓类植物装饰完毕,等待着我明天即将埋葬的人,她是我最后一个老教徒,也是上帝的跟随者。她的一生纯洁芬芳,虔诚地热爱和服侍上帝,以同样神圣的想法供养家人。她走得很安详,被天国拥抱。也许我们看不到,但我们相信天国的存在,并用一生去追求它。

——《中年忆事》

考虑到当时的环境,对于玛丽·罗素的案件总结中没有涉及任何名人这一点,我有些惊讶。当然,可能这些名人所经历的案件大抵相似且乏味,所以不能吸引福尔摩斯,而与之相反的案件可能会引起他的兴趣。内行人会发现,福尔摩斯和罗素很少插手那些司空见惯的事,无论有多大回报。相反,他们会钟情于那些出人意料的离奇事件。罗素的描述正好印证了这一点。

到现在为止,我认为罗素女士的叙述有这样一个中心思想:巴林·古尔德是一个如此真实的人,他是一个实实在在、随心所欲的英国怪人,一个醉心于学术的浪漫小说家,一个轻信别人的怀疑论者,一个冷酷又热情的人。他的人格比科依诺尔钻石的面还多。他选择了一条光彩夺目、坚持自我的路,却用一种难以捉摸的权威主持着家庭和德文郡教区。每当有神奇的东西吸引他时,他就起程上路,去达特穆尔,去伦敦,甚至走向欧洲大陆。他的妻子格蕾丝一定也是上帝虔诚的信徒,巴林·古尔德认为他早就意识到了这一点。

在其九十年的生命中,古尔德完成的作品之多令人难以置信(共一百五十本书,其中五十五本是小说)。从《狼人及其历史》到相对更加为人所知的《西部民歌》,古尔德的作品遍布世界各地图书馆中人迹罕至的角落,书上常年积着厚厚的一层尘土。对他卓越的一生感兴趣的读者,建议阅读他的两本回忆录,即《早年忆事》和《中年忆事》,这两本书分别记叙了他人生中不同时期的三十年。另外,还可以阅读威廉姆·波塞尔著的《信徒如同精兵》和比克福德·狄金森著的《萨宾·巴林·古尔德》(比克福德·狄金森是巴林·古尔德的孙子,1961—1967年担任卢特伦查德教堂的牧师)。还可以参加萨宾·巴林·古尔德研究学会(位于英格兰德文郡,科普尔斯通),每年需交付六英镑的会费,可以获得三份时事通讯,并有机会与其他志同道合的会员结交朋友。如果读者希望通过收听的方式来增进对巴林·古尔德的了解,您可获取一份录音磁带,其中包含巴林·古尔德收集的德文郡民歌及其文章和回忆录的节选音频。有意者请联系英格兰,德文郡,奥克汉普顿,圣詹姆士街1号,雷恩基金会。

有趣的是,另一位萨宾·巴林·古尔德的孙子威廉·斯图尔特·巴林·古尔德同样是一位才华横溢、涉猎广泛的作家,他为夏洛克·福尔摩斯先生写了一本传记,即《贝克街的夏洛克·福尔摩斯:世界首位咨询侦探的一生》。作者在撰写福尔摩斯童年时期的章节中,似乎参考了其祖父的《早年忆事》(当然,没人真正了解福尔摩斯的童年时代)。威廉·斯图尔特只改动了日期,其他内容均未改变:从因父亲受伤而离开印度军队,到产生对洲际旅行的热爱,在不断迁徙中度过童年。再从开始对考古产生兴趣,到零零散散学到的知识。

甚至，福尔摩斯乘坐的邮轮，也和巴林·古尔德家族在英格兰搭乘过的邮轮具有高度的相似性。

萨宾·巴林·古尔德于1924年1月2日去世，再过二十六天就是他九十岁的生日。此书中记录的事件发生仅数周，他便与世长辞。但令人欣慰的是，在他离开躯壳与妻子格蕾丝一同长眠于卢特伦查德教堂之前，他已得知他所热爱的沼泽逃过了20世纪的最大一场劫难。我想在他离开之际，他是快乐的。更重要的是，我相信所有的谣言终将不攻自破，他弥留之际最后一次呼吸的，仍然是来自沼泽的清新的风。

——劳拉·金

加利福尼亚，自由城

1997年圣斯威逊节

我想，我即将归于泥土，生前再无憾事。
所以啊，朋友们，愿上帝与你同在。
最后一位民歌歌手已死。

THE MOOR by Laurie R. King
Copyright © 1998 by Laurie R. King
Map Copyright ©1997 by Mark Stein Studios
This translation published by arrangement with Bantam Books, an imprint of Random House, a division of Penguin Random House LLC.
Simplified Chinese translation copyright © 2017 by BEIJING ALPHA BOOKS CO., INC.
All rights reserved.

版贸核渝字（2016）第095号

图书在版编目（CIP）数据

沼泽/（美）劳拉·金著；李想译. --重庆：
重庆出版社，2017.9
书名原文：The Moor
ISBN 978-7-229-12420-5

Ⅰ.①沼… Ⅱ.①劳… ②李… Ⅲ.①侦探小说—美国—现代 Ⅳ.①I712.45

中国版本图书馆CIP数据核字（2017）第160348号

沼泽
ZHAOZE
[美]劳拉·金 著
李 想 译

策　　划：	华章同人
出版监制：	伍　志　徐宪江
策划编辑：	张慧哲
责任编辑：	张慧哲
责任印制：	杨　宁
营销编辑：	张　宁　初　晨
装帧设计：	主语设计

重庆出版集团
重庆出版社 出版
(重庆市南岸区南滨路162号1幢)

投稿邮箱：bjhztr@vip.163.com
三河市九洲财鑫印刷有限公司　印刷
重庆出版集团图书发行有限公司　发行
邮购电话：010-85869375/76/77转810

重庆出版社天猫旗舰店
cqcbs.tmall.com

全国新华书店经销

开本：880mm×1230mm　1/32　印张：9　字数：206千
2017年9月第1版　2017年9月第1次印刷
定价：39.80元

如有印装质量问题，请致电023-61520678

版权所有，侵权必究